长篇悬疑小说

王牌×密码

萧子屈 著

成都时代出版社
CHENGDU TIMES PRESS

图书在版编目（CIP）数据

王牌密码 / 萧子屈著. —— 成都：成都时代出版社，2020.12
ISBN 978-7-5464-2726-3

Ⅰ.①王… Ⅱ.①萧… Ⅲ.①长篇小说—中国—当代 Ⅳ.①I247.5

中国版本图书馆CIP数据核字(2020)第226224号

王牌密码
WANGPAI MIMA

萧子屈 著

出 品 人	李若锋
统　　筹	蒋雪梅
责任编辑	李　佳
责任校对	张　巧
封面设计	九天众和
装帧设计	原创动力
责任印制	张　露

出版发行	成都时代出版社
电　　话	（028）86742352（编辑部）
	（028）86615250（发行部）
网　　址	www.chengdusd.com
印　　刷	成都蜀通印务有限责任公司
规　　格	165mm×235mm
印　　张	17.5
字　　数	260千
版　　次	2020年12月第1版
印　　次	2020年12月第1次印刷
书　　号	ISBN 978-7-5464-2726-3
定　　价	48.00元

著作权所有·违者必究
本书若出现印装质量问题，请与工厂联系。
电话：（028）64715762

目 录 CONTENTS

上篇 密码之源

引　子		/002
第一章	小马哥	/005
第二章	灵异世界	/009
第三章	技术总监	/015
第四章	消失的符号	/020
第五章	酒吧	/025
第六章	陌生来电	/030
第七章	忠武堂	/035
第八章	嗨！成都妹子	/040
第九章	武侯祠的玄机	/046

第十章	灵魂通道 / 052
第十一章	警报器 / 057
第十二章	微型定时炸弹 / 062
第十三章	冤家路窄 / 067
第十四章	停尸房 / 076
第十五章	重症监护室 / 082
第十六章	死里逃生 / 087
第十七章	九歌王者 / 091

中篇 解密之旅

第十八章	杜甫眼中的八阵图 / 098
第十九章	机器人雷同 / 103
第二十章	符拉迪沃斯托克的海风 / 108
第二十一章	青花瓷碎片 / 113
第二十二章	技术总监的退路 / 117
第二十三章	小马哥上贼船 / 120
第二十四章	福星公司的老板 / 125

目录
CONTENTS

第二十五章　八阵图的真实遗迹 / 130

第二十六章　叛徒与知己 / 136

第二十七章　欧阳芙蓉成为人质 / 141

第二十八章　被驯服的猎物 / 143

第二十九章　智能集装箱 / 148

第三十章　安澜索桥的奥秘 / 153

第三十一章　幽灵现身 / 159

第三十二章　圣物 / 165

第三十三章　女神救驾 / 167

第三十四章　纯爷们儿 / 172

第三十五章　谁是幽灵 / 177

第三十六章　青城山上的魅影 / 182

第三十七章　波音客机上的奇遇 / 187

第三十八章　云深不知处 / 190

第三十九章　徐悲鸿的插画 / 196

第四十章　忠武堂的总部 / 201

第四十一章　"九歌王者"再次消失 / 206

下篇 没有谜底

第四十二章	观光直升机 / 218
第四十三章	蓉欧班列 / 224
第四十四章	阿拉木图的天使 / 229
第四十五章	大神归位 / 233
第四十六章	共和国广场的交易 / 239
第四十七章	心有灵犀的尾巴 / 244
第四十八章	天使坠落 / 249
第四十九章	金蝉脱壳 / 255
第五十章	回到原点 / 261
第五十一章	"九歌王者"的真身 / 268

上篇

密码之源

丧己于物，失性于俗者，谓之倒置之民。

——《庄子·缮性》

引　子

成都某金融大厦，晚八点。

空气中弥漫着咖啡和快餐的味道。

皓月当空，为这座庞大妩媚的建筑体披上一袭轻纱。轻纱裹挟着一个个忙碌的身影。早过了下班时间，这帮年轻人依然坐在电脑前编织梦想。

第23层的所有办公室黢黑一团，犹如隔绝于尘世，独立于夜幔。没有灯光，没有呼吸，没有心跳，这里一向以神秘闻名于整栋大楼。

此刻，一个更神秘的影子穿梭在走廊里。他佝偻着背，脚步蹒跚，上气不接下气，从窗户渗入的月光勾勒出那张苍白衰老的面孔。

欧阳克教授嘴角渗着血，一手抚着胸膛，好似在努力安抚那即将迸出的心脏。

他本想扶着墙壁喘口气，身后更黑暗的角落传来了不祥的脚步声。脚步声像一把利刃剥开四壁，似随时可以撕破他脆弱的躯体。

上 篇
密码之源

该来的，终究是要来的！老人信奉科学，也相信宿命。他慌忙在一个闪着绿光的门禁键盘上输入一长串复杂的密码，同时摁上指纹，快速进行脸部识别。

一扇厚重的金属门缓缓打开了。

温暖的光从里面倾泻而出。

老人冰冷的脸上像回光返照般闪出异彩，更多的是希望。他扑倒在一堆智能高速信息储存设备当中，用一种神圣的手势启动了操作系统。

这多像一只上帝之手，叩开了通往灵异世界的大门。

语音提示随之响起，宣告公司最重要的数据"九歌王者"正在被删除，这个消息同时会通过专门的固态电路发送给公司高层的三个核心主管。

"你个老骗子，收了钱，却不给货！"一个沙哑阴冷的声音从门外飘进来，像是出自那种刻板廉价的智能语音机器人。

这声音如同刺骨的寒风，将身形单薄的老人吹得摇摇欲坠。

欧阳教授转身望去，什么也看不到。那个可怕的影子像幽灵悬浮在半空。

老人没打算关闭金属门，因为他深知科学是阻止不了幽灵的。

"欺骗你这种败类，我问心无愧！"老人心中的畏惧正在消失，脸上显出超然的笑意。"对于一个真正的生物信息科研人员而言，金钱就是粪土，我心系家国，决不会出卖灵魂。"

"多年前你在医科大学讲坛上也是这么说的，可时代在改变，谁也阻挡不了。只有你甘愿抱着呆板的信条走进坟墓。"那冷漠的声音中夹杂着嘲笑。

"这信条比我的命更重要。"欧阳教授猛烈咳喘着，他的命运已无法掌控在自己手心。"善不积，不足以成名；恶不积，不足以灭身。我算是修成正果了，而你的末日也不会太远了。"

语音提示再次提醒"九歌王者"即将被全部删除。

老人挺直了腰板,他要堂堂正正地面对死神。对于一个常年默默与病毒战斗的老学者来说,名望和生命都不重要,名节才是最值得捍卫的。

"别以为你能毁掉一切,这研究成果早就被我拷贝下来了。换句话说,你毁掉的只是你自己。"幽灵的笑声震碎了老人引以为傲的防火墙。

"这不可能!"欧阳教授已心脏病发,不用幽灵动手,他就会自行坠入地狱。他比谁都清楚,启动销毁程序是把双刃剑,虽能避免核心机密外泄,可他会成为公司的头号罪人。

这项秘密研究成果耗费了不下5个亿,足可挽回公司当前的颓势。一旦毁掉,公司将面临灭顶之灾。

老人试图阻止,已然是徒劳。他的腹腔真的被撕破了,大脑极度缺氧,自卑的灵魂正被死神召唤着。

身后的笑声越来越放肆,却始终不见幽灵露出真面目。

老人颤抖的身子犹如风中的枯叶,摇摇晃晃地飘落下来。

在脸颊紧贴地板的那一瞬间,他用尽最后的力气突然将一个晶莹剔透的东西抛出窗外。

一声脆响。

那东西居然比钻石还坚硬,轻易击碎玻璃,优雅地消失在了绚烂的夜空中。

幽灵的脸上露出绝望无助的神情,恰似一个正被摧毁的病毒。

警报声四起,整个23层都在颤动,整座摩天大楼依然安睡在摇篮中。这个独立特殊的楼层神秘得令人生疑。

当几个粗壮的保安踏着纷乱的步伐从走廊两侧跑来时,幽灵早已从监控屏幕中蒸发!它更像某个未知的病毒,侵入这座大城市的血管里……

上 篇
密码之源

第一章　小马哥

马超捧着玫瑰花，站在成都环球中心旁的一家大超市门口。

闪烁的灯光挤开细碎的月光，映出一张难掩激动的面容。

这是一个外形神似哈利·波特的邻家大男孩。他斯文消瘦，戴着大框眼镜，透着一股倔强和韧劲，眼中闪动着智慧的光芒。显然，他不是那种甘愿被忽视的主。

自从去年来到成都，他就迷上了这座充满人情味和烟火味的城市，生活就得这个味。关键是他经过一番推算，断定自己在三年后某个名人的诞辰能在市中心首付买房。倘若换作在北上广深一线大城市，他奋斗三年，充其量只能买个卫生间。幸福是个时髦词，更是个现实命题。能耐有多大，自己最清楚，人人都想捅破天，到头来没几个人能真正立于天地间。当摇摆不定的屁股往高铁二等座上一撅，马超就知道了下半辈子的安乐窝在哪儿。

他真的选对了地方，也自信选对了女友！

今天是他在公司转正的日子，也是他即将成为阿美正式男友的日子。能不激动吗？双喜临门哪，他不知经历了几世轮回才有幸等到此等好事砸到自己头上！

正当小马哥望眼欲穿时，阿美终于美美地出现了。

这个性感爆棚的女孩坐在一辆宾利跑车上，这车披着世俗的月光，顺着宽阔的车道肆无忌惮地驶来。

马超悄无声息地转过身去，又悄无声息地抹掉眼泪。因为他刚刚发现，阿美和驾驶座上的高富帅无声地秀起了恩爱。

没有抱怨，没有号叫，像一头在冰天雪地中微微发颤的饿狼。隐忍、坚强、记仇，等待时机反扑。

马超斜视着那辆香艳的豪车扎进了一片富人区，这才自卑地吸了口夜气。他差点被腥臭的夜气呛住,好在他内心异常强大。他忍不住吻了吻手中的玫瑰花,似在寻求安慰。

马超诅咒着自己的无能,最重要的是无钱。

手机铃声冷不丁响起来。平素最喜欢的铃声,今晚却似"午夜凶铃"。

马超平静地从兜里掏出手机,来电显示是个被加密的内部号码。

接通电话,一个熟悉又陌生的声音传来:

"小马,立刻回公司!"

马超意识到这是公司技术总监孙哲的声音,短促却不失威严。

马超从喉咙深处哼了一声,如同硬生生地将一根鱼刺咽下。就算疼得翻江倒海,也是自找的。他扔掉手中累赘的花朵,奔向一辆停在路边的电动出租车。

半个小时后,马超像个游魂穿行在金融大厦静寂如坟的空旷大厅中。

这座大楼是由法国最顶尖的建筑设计公司设计的,竟没有一点法国浪漫主义气息。被抛弃的人总是看什么都不顺眼,更何况偌大的封闭空间里只有他一个活人的气息。

他浑身不自在,把前女友买的大衣裹得更紧了。脚下的地灯随着他移动的身影发出暧昧的光芒,引导这个失落的男人走向未知。要想马上忘记耻辱是不可能的,可又能怎么着?这才是冰冷的现实。

早过了加班时间,成都的夜生活刚刚开启。这个倒霉鬼则要做好通宵达旦忙碌的心理准备,太不公平了,但好在能疗伤。曾在混沌初开的大学时代,有个颜值逼近满分、考试成绩逼近零分的学长一板一眼地说过男人不做爱,就得作死,反正不能辜负此生。也罢,治愈失恋的良药就是没命地工作,掏空上半身的精血以治疗下半身的疼痛。男人都坚信只要事业有成,不愁找不到好女人!

刷卡进入梦幻般的电梯,直接上升到23层。

平素上班高峰期电梯内人满为患，无论你在公司官居何位、年薪几何，只要沙丁鱼似的挤在这里就是缘分，就意味着平等和自由。这个过程通常需要六到八分钟。在这个月黑风高的夜晚，马超以快舟一号甲般的发射速度到达目的地。

他耷拉着脑袋走出电梯，来到一堵庞大的玻璃门前。据说这是防弹玻璃，也是进口货，造价昂贵，唯一的缺点是不能防内鬼。

他瞪大左眼，盯住一个旋转的小绿灯。

视网膜扫描成功，玻璃门带着沉重的喘气声打开了。这扇门对于城市蚂蚁来说是梦想的起点，而今晚却会将他引入一条没有终点的隧道。

走廊里伸手不见五指，不像是加班的氛围。这到底是生物科技公司，还是医院停尸房后的过道？管他的，反正心情不好，看啥都是阴郁黑暗的。

马超在墙头摸索着顶灯开关，竟然摸到——

一只冰冷的手掌！

他还来不及尖叫，就被粗暴地摁倒在地。

一道手电筒的光柱打在他惊恐的脸上。

"你把东西藏哪儿了？你在为谁卖命？他们到底给了多少钱让你打进公司内部？"

马超对这串莫名其妙的问题不置可否，甚至顾不上思考，又被重重扇了两耳光。响声撞击着森严的墙壁，又如数返回到他嗡嗡直响的耳朵里。

赏赐耳光的大神正是技术总监孙哲。

这个身材不高、面红耳赤、总是西装革履的大叔是公司高层的三个核心主管之一，负责公司最顶端的技术研发。自从这个精致沉稳的中年男士掌控此领域后，公司研发便毫无建树，但他却依然深受董事长周自横的器重。独特的企业文化，造就了独特的员工。这家神秘莫测的公司要跻身世界500强注定没戏，却从来不乏资金涌入，好像大半个经济低迷的世界里就此地最具造血功能。

马超向来遇事冷静，不急于争辩和挣扎。哪怕躺在棺材里，也得看清楚棺材的品牌是否经过国际ISO或IEC验证。倘若活得没价值，就得保证死得有尊严。

他扫了一眼四周，立马清楚当下的处境。他正被两个彪悍的保安人员制服在地，蹲在前面的孙哲恨不得用手电筒的光芒射穿他的脑门。

"孙总，到底发生了什么事？"马超略显疑惑地问道，"我以为是通知我来加班的，可目前来看你们好像把我当成贼了。"

"你就是个贼！"孙哲示意两个保安松开马超，随手将他拽到那扇半开着的神秘金属门前。

屋内的光晕还是那么温暖，但马超的心头掠过阵阵寒意。

他敏锐地意识到，公司真的出大事了。

操作界面永远停留在删除"九歌王者"的那一页，这意味着公司的摇钱树被连根拔除。马超虽说是蜂巢公司的一名大头兵，却已听闻"九歌王者"的威名。对于一家致力于生物信息学分析、免疫服务、生物芯片以及提供纳米抗体解决方案的科技公司来说，拥有独一无二的核心技术方能创造无限的财富。蜂巢公司承担过多项国家重大课题，具有特定科研生产系统的一级保密资格，甚至参与了某防化部队的涉密项目。虽说名声在外，但一直低调行事，大抵是因为深藏更大的野心。换句话说，公司在研发级别更高的项目，被笼上太多神秘色彩的"九歌王者"于是乎成为神一般的存在。

为了确保高端研发成果的安全性，公司高层采用最传统的保密措施，并放任技术部门去涉足花里胡哨的医学美容领域以麻痹同行。如今来看，公司战略失误，某个竞争对手已神不知鬼不觉地打入公司内部，彻底粉碎了那块压舱石。

负责这个顶级项目的欧阳克教授在哪儿？马超刚要发问，已意识到没这个必要。孙哲刚接到从医院打来的电话，遭受袭击的欧阳克教授昏迷不醒、生死未卜。

就算"九歌王者"真的消失了，与我又有什么直接关系？我刚刚转正而已！

孙哲眨巴着红肿发亮的鱼泡眼，仿如从幽暗的水面下看穿了马超的疑窦。他从密封袋里摸出一部手机，通过密码解锁打开了公司内部的微信界面。

马超凑上去一看，倒吸了口凉气。他再也无法保持平静！

欧阳教授的最后一条信息竟是发给马超的，要求他今晚八点回公司加班……

第二章 灵异世界

孙哲毕竟是老江湖，要不然也爬不上公司高层的位置。他没有像起初那样运用"暴力美学"，并连珠炮似的质问这个刚刚转正的技术新星，而是从旁观察，直到对方自我瓦解然后主动招供。

殊不知，小马哥绝非等闲之辈，兀自坚信这里面有诈。

作为一名毕业于三流大学的一流学子，马超从来就没有自卑过。还是那句话，他内心异常强大，偶尔的急躁不过是肾上腺的一次裂变。他懂得如何在残酷的现实竞争中寻找一方心灵的乐土，懂得越是受挫越要保持淡定！

前一阵子，疯狂肆虐的瘟疫都没有击垮他，何况现在他已修炼得炉火纯青、百毒不侵。再说，所谓"旁行而不流，乐天知命，故不忧"！与人为善与人为乐，才能活得有滋有味。

到成都的第二天，小马哥就戴着斗笠穿着布鞋问道青城山，登临最高处的老君阁洗濯疲倦的内心世界。俯瞰脚下的群山万壑，再有野心的人也会有飘然出世的冲动。

这个念头很快被他恢宏的人生蓝图屏蔽了，他希望功成名就之后再登上老君阁看看还有无冲动。斗则破，和则立，自古皆如此。退一步，或许有不一样的境界。这些独到的见解将他与那些急于求成的同龄人拉开了差距。

心灵的差距，不是一星半点！

孙哲在观察，马超也在观察。高手过招都讲究气场，这鬼地方蓦然静得让人发怵！

当然，小马哥绝非对孙总产生了兴趣，而是对这个被视为公司禁地的屋子充满一探究竟的冲动。他真想扒开那朦胧如幻的外衣，以窥其真身，一时竟忘记自己还处于危险的境地。马超学的是信息安全专业，主要研究确保信息安全的技术手段，还能承担实际应用系统的开发和升级。他在工作中有意无意地融入中国传统道家思想，总能在山穷水尽时有所突破，让那些毕业于名牌大学的"学霸"望尘莫及。

他能在两个月内快速转正成为蜂巢公司的技术骨干，靠的完全是自我才能，没有一丁点裙带关系和情色交易。这个前途无量的小青年曾以为女友，准确说是前女友也看好他这支潜力股。可惜他错了，某些女孩特别现实，尤其在乎眼前既得利益。无论男人天花乱坠承诺多少，只要看不见摸不着，都是屁话，充其量在风花雪月之夜博得几声笑，然后怀着这个春梦去快捷酒店开个房。

孙哲显然等得不耐烦了，一个响亮的喷嚏暴露了他自控力的局限。他不想浪费时间，更不想断送触手可及的前途甚至小命。对付公司的小女生，他有的是招儿，但竟然拿这个性格异于常人的小男生没有办法。

马超将失窃现场仔细扫视了一通，这才把目光落在微微发福但穿着体面的孙总身上。必须掌控主动权把这个离奇的事件搞清楚，决不能背黑锅。

从到公司上班的第一天起，马超就对高度神经质的孙总印象甚差。哪怕一丁点响动，都能让这个精致沉稳的技术总监从转椅上蹦起来。他随时携带两到三种镇静药，除了和女下属调情，这是他恢复平静的最体面方式。没准欧阳教授遭毒手就是拜他所赐，听说他近来缺钱，对金钱的渴望会让一个哪怕是禁欲主义者走向癫狂。

"你看我干什么？"孙哲不仅肾虚，还有些心虚。这话一出口，立马表明他已丧失了对事件的主导权。

马超打了个哈欠，喷出一口蒜香味。那真是格外提神。他看似漫不经心，实际上正在进入状态。

"孙总，请问是谁第一个发现欧阳教授心脏病复发，晕倒在这间屋子的？"

"你怎么知道欧阳教授是因心脏病晕倒在此？"孙哲趋于暗淡的眼神捕捉到了希望的火星，从参差不齐的牙床中挤出一排凉风。

这比头顶上的进口新风系统更见效。

马超毫无怯意，耷拉的眼角透着一丝不屑。

"欧阳教授有心脏病，地球人都知道。"他从角落捡起一枚药丸，凑到孙总的眼前。"他和你一样随身携带药品，这次他显然来不及服用，因为……"

马超轻轻推开傻愣在原地的孙哲，指了指门外的走廊。

那里依旧伸手不见五指，保安不知去向，似乎这个公司穷得连电费也支付不起。"他被一个人追到这里，那人本想要他的命，很快发现没这个必要。教授旧病发作，随时可能死去。"

"那个人就是你吧！？"孙哲一把攥住马超的衣领，旋即松开手。

这样有失风度，反而证明自己心里有鬼。

"单凭一条短信，就认定我是最后见到教授的人，这不符合咱们技术部一贯严谨的作风吧？"小马哥逼视着顶头上司，他不想放过孙哲脸上每一处细微变化。再会撒谎的人，也很难保证面部表情不会欺骗内心。

孙总被看得浑身不自在，这个噩梦般的夜晚像毒蛇缠住了他粗短的脖子。他只想舒舒服服喘口气，偏偏呼吸变得越来越急促、越来越难受。

这下轮到马超担忧了，更多是心软。

"药在你左侧衣兜的口香糖盒子里，"马超掏出手机看了一眼时间，"应该还有一粒。"

马超的这句话简短而富有杀伤力，让孙总呼吸更加急促。本不想在下属面前表现出虚弱的一面，没办法，他必须吃药，否则他也会像欧阳教授一样躺在这里。若不是发现及时，教授估计早就断气了。此刻，那个老东西正躺在医院的重症监护室里生死未卜，撒手将这个烂摊子扔给了直接责任主管。

既然手机在手，就不能着急放回兜里。马超趁上司无暇自顾，随手拍了几张失窃现场的照片。这个工作本该警察来完成，但目前来看，孙总没打算报警。

这应该不是孙总个人的意见。董事长周自横决不想让外界尤其是同行获知这个消息，否则公司遭受的损失将永远无法弥补，更主要是难以向国家相关部门交差。若能在短期内追查到"九歌王者"的去向，那之前下注的5个亿也许不会全部打水漂。这一切的前提是"九歌王者"没有被全部删除，或者是有备份存在。

孙哲服完药后，颓然坐在一台纳米激光图形光刻设备前的圈椅上。

他像个初次犯案的嫌疑人坐在审讯室里，等待警官的继续盘问，可笑的是他对整场灾难几乎一无所知。他只是"九歌王者"的捍卫者之一，也是董事长最信赖的部门总监，而在此漫漫长夜他将成为灾难的第一波受害者。

这比直接感染致命病毒还可怕！生物信息科技公司的领导者大致分两类，一种是金钱至上的纯粹商人，一种是有社会责任心的爱国商人。他们之间并无矛盾，因为每次研发成果转化为市场利润的同时都带有一定公益性。各自的诉求得以满足，才能继续合作。瘟疫发生的第二天，周自横就秘密启动了新一轮研发，他不仅看到了商机，更在以实际行动诠释何为真正的爱国商人。

孙哲就缺乏如此大的格局和胸怀。

他居于两类领导者之间，擅于见风使舵，但绝对是称职敬业的好管家。数天前，他带着年轻漂亮的妻子到南郊的兴隆湖畔挑选了一套别墅，咬牙切齿地交了五百万的定金。矗立在岛上的独栋别墅尽情沐浴在夕阳下，将迷人的身段投影到波光粼粼的湖面，与这个物欲横流的世界隔着一个世俗的距离。那是他渴望已久的天堂，如今可能成为他的地狱。他曾经深信只要"九歌王者"投入市场，或者被某个军工企业收入囊中，即可获得七位数以上的奖金。

美梦变成了噩梦！这个世界变数太多，谁也把握不准。

"你知不知道是我向董事长建议提前让你转正的？"这是在赤裸裸地示好，更像是在下注。当自己无能为力时，何不赌一把？老孙慧眼识才，从无失手。蜂巢公司向来只招聘名牌大学的顶级毕业生，而他额外开恩给了马超一个试用的机会。从今晚的遭遇来看，他的选择是对的。

马超体内的坚冰一下子融化了，情感是最能击中人心的。

他打量着这个一夜间掉了不少头发的伯乐，断定凶手另有其人。哪有如此不堪一击的凶手？可是这里不像有外人闯入的痕迹，除了教授，没人进得来。即使公司高层的三位核心主管，在"九歌王者"被研发成功前也不能擅自闯入。有权有势的人都非常尊重科学家，包括容忍科学家的一切怪癖。

孙哲见马超没有立即接招，伸出舌头舔了一下干裂的嘴角。他有的是办法。

"我知道你是个怪才，三小时前发生的事情更奇怪。如果查不出'九歌王者'的下落，咱们都得完蛋。"这是激将法，上司惯用的招数。

马超依然没有理会，而是直勾勾地盯着那扇破损的窗户玻璃。

足足有两分钟！他的眼睛瞪得越来越大，眼珠几乎快掉出来。

玻璃的裂缝非同寻常，充斥着难以名状的奇幻色彩，能一下子吸附人的灵魂。这罕见的裂缝像是镶嵌在夜空中的神秘星座，为这件怪事留下了魔鬼的注脚。

他不由得伸长手臂，却不敢触摸，生怕一碰就碎。

他匆忙用手机多角度地拍了几张照。镜头每闪动一次，他的灵魂就会颤动一次。这才是他今晚最感兴趣的地方。

他猜想教授在倒下前将某个东西抛向了夜空。会是什么呢？八成是比钻石还坚硬的东西，否则不会如此轻易地击碎玻璃。

"孙总，我想看一下监控。"马超请示道，他顺其自然地把自己拉回到下属的位置。

原本已平静下来的孙总忍不住哆嗦起来，这不是从窗户灌进来的寒风使然。"我建议你别看，"他的声音比身子还颤抖得厉害，"一旦看了，你就会相信这个世界真有幽灵存在！"

马超不为所动，嘴角浮出诡异的笑。这笑意迫不及待，充满热血更充满挑衅！对于一个在现实世界屡遭重创的小人物，不妨去灵异世界寻找一下刺激……

第三章 技术总监

孙总身为蜂巢公司技术总监，又是董事长周自横最信赖的左膀右臂。他无论在生活还是工作中都很低调，谨小慎微又干脆利索，这不仅是一种作风，更是一种姿态。除了偶尔和最亲近的女下属掰扯一下黄段子，几乎没有桃色新闻，即便他的办公室也缺少太多的色彩。

精致、隐忍、刻板，这是成大事者的标签！

这间狭窄的屋子朴素得出奇，倒像某个濒临倒闭的国企车间主任办公室，整洁有序、一尘不染。主人有被人诟病的洁癖，在权术上的能耐远大于在技术上的造诣，但这依然不影响他在管理层中的儒将形象。

暴走的时针迈过午夜十二点，进入崭新的一天。对于别人是新的起点，而对于此时的两位男士却是梦魇的开始。

正是最犯困的时候，可马超兴奋异常，毫无睡意。移驾这间办公室，是孙总的个人建议。他不想长时间待在失窃现场，那会让他加速崩溃。他一直在努力控制情绪，身为公司高管任何时候都不能表现出对局面失去掌控。

一杯热气腾腾的咖啡，早已放在了办公桌上。

平时这是秘书的分内之事，今晚变成了保安曹盾的殷勤之举。在自己当班时发生如此不幸，让作为老员工的他惶恐不安，担心被开除。年终奖泡汤不说，没准还会接受警察的调查，辜负老孙对他的信任。好在孙总并无埋怨，仿佛这固若金汤的公司注定要遭此一劫。科学和宿命也是矛盾的综合体，就看你的信仰站在天平的哪一端。

曹盾搀扶孙总躺靠在椅子上，又贴心地垫上一个色彩呆板的靠枕。

这不是将功补过，是友情的自然流露。

曹盾是孙总同一个村的发小，有一股子蛮力，可惜嘴巴和脑子都不好使。从搬运工、管道工、勤杂工、电焊工，曹盾尝尽人间冷暖，一只手臂还落下了工伤。若非孙总雪中送炭，他早就生活无着了。按理说，蜂巢公司聘用制度极为严苛，孙总还是破例将他收入麾下。破例，在别人看来就是孙哲的魄力，实则是董事长周自横给予的特权。若是无法拿出太多的钱满足合伙人的胃口，适当纵容他的权欲无疑是个性价比很高的解决方式。

曹盾自然是感恩戴德，用体力的长处弥补智力的短板。从穿上保安制服的那天起，他的嘴巴就像涂了蜂蜜，甜得发腻，逢年过节还主动加班。今晚也是他主动加班，没想到刚刷了一集网剧就出事了！

"把4个小时前的监控视频整理一下，压缩成文件发到我的主控平台。"孙总喝了一口咖啡，感觉身体暖和多了。

"老孙，你刚才不是看过了吗？"曹盾真没把孙总当外人，可嘴角明显在打战。"除了欧阳克教授，啥也没有，我都看十几遍了。"

孙哲没有吱声，而是用手指了指站在墙角的马超。

曹盾转身望去，这才发现屋里多了个瘦弱的影子，比监控视频里的鬼影还瘆得慌。

"一个毛头小子能看出啥名堂？"曹盾常年患鼻炎，嗓音浑浊不清，"还是报警吧！"

孙哲狠狠瞪了老乡一眼，意思是"你懂个屁"！

曹盾无奈，灰头土脸地走出办公室。不过两分钟，孙哲的笔记本电脑响起了一阵提醒音。

孙哲向那个站在暗处的身影懒洋洋地招了招手。

马超也不客套。他走到桌前熟练地操作键盘，平时这台电脑从不容许外人触碰。对于一个伟大而专权的"程序猿"来说，自己的女人和电脑都是独有的、神圣的！

马超勾着身子撅着屁股，扭捏的躯干艰难地维持着一种滑稽的姿势。显然，他施展不开手脚，故意用胳膊碰了一下上司低垂的脑门。

孙哲大概是被点醒了。他毫不生气，主动起身让座，将整个身子蜷缩在一侧的长沙发上。那是他当下最理想的安乐窝。在马超分析监控数据同时，他得全面评估目前的态势，以便明天一早，不，是今天一早打国际长途向远在M国的周自横汇报。

地球那一端的周自横貌似和他心心相印，发微信告知已在肯尼迪机场坐上了纽约直飞成都的波音787客机。这对孙哲来说无疑是晴天霹雳。他深知身上和办公室抽屉里再也没有镇静药，只好尽量别乱动别乱想，但显然是徒劳。

真是炼狱一般的痛苦，而且毫无好转的迹象！我咋就这么倒霉？

从纽约直飞成都大概需要15个小时，也就是说明天，不，今天下午就得面对老周最严苛的盘问！友谊的小船再坚固，也会在利益的洪水中说翻就翻。被骂是小事，最要命的是他自己都不清楚这一切到底是咋回事。在此之前，他是个无神论者，自从看到监控视频后竟开始相信世上真有鬼魂在游荡。

三观被彻底颠覆了，这个奇妙的世界就没有不可能发生的事！

老孙的恐惧并未影响到正全神贯注视电脑屏幕的马超。他显得很轻松，如同在观看一部灵异恐怖片，只差手上没捧着碳酸饮料和爆米花了。

整个监控视频很短，只有十几分钟。可这十几分钟，足以改变公司的命运。除了教授独自在黑暗中慌乱地奔跑，确实没有第二个活物。这更像是老头子自编自导的独角戏，但科学家绝不是演员，他的神态和动作表明当时确实遭遇到恐吓或袭击。为了捍卫公司最核心的机密，老人打开了那扇被公司所有人奉为圣殿的金属门。由于金属门内没有安装监控器，那间神秘的屋内到底发生了什么就成为一个谜。

若是换成一般的程序员，可能会无可奈何地到此为止或许稀里糊涂地点到为止。马超毕竟不是一般人，他对数据信息天生敏感，更主要是善于扒开迷雾找寻隐藏的真相。大多肉眼凡胎的人只能看到事物表面，马超则能洞察秋毫，不被乱象迷惑。

马超在键盘上倒腾了一番，强行控制公司内部主机发出指令，对云台上的动作镜头进行调焦变倍操作，并在多路摄像机及云台间快速切换。他切换的速度快如闪电，毫无用处的片段一晃而过，只为了捕捉被光线掩盖或抽象的影子。由于各个镜头拍摄角度和像素的细微差别，必须利用特殊的图像处理模式。这对于他来说只需要吃一盒薯条的工夫！

一个模糊且异于常人的黑影漂浮在镜头左上方。

马超不禁打了个寒战。我去！这个东西绝不是教授投射到墙上的身影，的确像个幽灵！病毒似的幽灵，一旦缠上就会七窍流血，死得连渣都不剩。

他直勾勾地盯着屏幕，完全屏住了呼吸。

这一刻，马超的心脏暂时停止了跳动，以至于没有思绪。

那个无法用语言描述的影子好像也在看着他，等待着他的进一步解剖。

残夜如绸，曙光远未到来。地球似乎在这一刻跟着马超停止了转动，等待造物主的新一轮裁决。难道我们早已习惯的生存定律会重新拟定，不，是重新洗牌？病毒突变的速度总是超乎常人的预想，何况是幽灵般的病毒。

至暗时刻的金融大厦没有一丁点响动，唯有马超的心脏恢复了跳动。这绝非一两颗镇静药能解决的，而更像是被注射了兴奋剂，亢奋过度，正在失去理智。

孙哲不知什么时候从沙发上起身，从后拍了拍马超瘦削的肩膀。

马超吓得跳起来，这是他今晚第一次表现出恐惧。孙哲也被吓了一跳，再次跌坐回自己的大转椅上，瞪大的眼珠正好看到屏幕上的异物。

"那是什么东西？"这微弱的声音来自孙哲的血管深处。血液瞬间凝固，很快连思维也会凝固。

"幽灵！"马超强作镇定地笑了，"今晚，老子算开天眼了，明天得买彩票。"

"兄弟，都这个时候了，能不能严肃点？"

"世界上本没有幽灵，只是随着伪科学的出现，才有了幽灵。"

孙哲盯着这个说话不着边际的年轻人，除了苦笑，啥也做不了。

还是尽快祈祷吧，人一旦闯入灵异世界，全然没有救赎的机会。全人类在瘟疫面前已然表现得如此脆弱和混乱，更不消说蜂巢公司要凭一己之力面对幽灵病毒。而且人心一旦沾上病毒，他身边的人也有感染的风险。谁是零号病毒不重要，重要的是病毒潜伏太久，会在不经意之间大规模爆发并让每个人都变成毒王！

老子偏不信邪！马超粗鲁地挤开上司，以一种舒服的姿势操作电脑。他纤细的手指犹如划过钢琴的琴键，手中的鼠标更像疯狂的指挥棒，似正一步步地将音乐会推向高潮。

又是一盒薯条的工夫。

屏幕清晰多了，扭曲的世界观再次被掰直。

那个幽灵现出了原形！不是病毒，却胜似病毒。

马超嘘了一声，更多是惊愕和不解。

所谓的幽灵在短短十几分钟内，巧妙地逃脱了数个摄像头的捕捉。他像是穿了一件隐形衣，只露出头颅，而整个身子隐没在暗处！一旦科技人员学会障眼法，这个世界不乱才怪。从欧洲中世纪大规模绞杀科学家以来，人们一直在畏畏缩缩地追求真理，直到科学家重新获得社会地位。科学家若不幸被邪念绑架，他们会反向绞杀真理，颠覆人们的固有认知！

孙哲见马超一动不动，意识到他撕破了灵异世界的伪装，让温暖的现实世界回归人心。

这是个好消息，很快孙哲发现这也是个坏消息。

他的惊愕绝不亚于马超，凸出的眼球险些掉到键盘上。

那个幽灵不是别人，正是欧阳教授的得力助手杨少波！

第四章　消失的符号

这个世界上哪有什么鬼？鬼，不过是人性堕落的产物，是欲望的寄生虫。

为了得到某样东西，尤其是当东西被贴上了昂贵的标签，必然会有赌徒铤而走险。所谓道德、信仰乃至基本的情谊，都会被可怕的欲望齿轮磨碎。

杨少波是某名牌大学信息系统专业（所谓MIS）的超级学霸，颜值高，学问更高。在大学期间，他几乎拿遍了该学科的所有证书和奖学金，也同该学科为数不多的美女有过亲密接触。这就是有名的金字塔优越论，并不违背自然界的配对法则！

假若说马超是个遇到伯乐才会逐步发光的怪才，那杨少波则是个随时随地耀眼夺目的天才，无论智商和情商都高出同龄人一大截。他精于利用现代计算机及网络通信技术，为企业建立正确的数据库，加工处理后编制成核心信息，以便管理层进行决策。这已成为企业技术改造及提高企业运营水平的重要手段，被誉为企业良性上升的大脑中枢，所以他受到推崇理所当然！

生物信息技术专家欧阳教授是杨少波的学科导师，也是灵魂导师。三年前教授一招手，杨少波立马收拾行装走进了蜂巢的科研室。他热衷于工作，更热衷于猎艳，但凡出手，没有搞不定的猎物。这种高品质的男人确实抢手，尽管女人心里清楚可能会被玩弄，依然抵挡不住那充满杀伤力的眼神。

这看似不合乎逻辑，却真实存在，还将永远存在下去。

可以推断，杨少波来到蜂巢绝非完全为报答欧阳教授的知遇之恩，也为了有机会接近教授的独生女欧阳芙蓉。这个充满魔性的成都女孩是女神般的存在，凡人很难见到她的真身，一度被传是教授克隆出来的尤物。欧阳教授招募员工从来不经公司高层的同意，这是他的特权，没想到变成了老头噩梦的开端！

话说孙哲和马超看清楚监控视频中的幽灵真容后，一致决定以雷霆速度抓到内鬼。"兵之情主速，乘人之不及"，绝不能优柔寡断。报警是事态失控后的无奈之举，目前来看两人尚能掌控局面。

"公司员工档案库里有杨少波的详细住址，这个时候他估计还沉睡在美梦里。"马超转动着酸痛的脖子，希望缓解一下讨厌的颈椎病。随后，他输入不知从哪里搞到的密码，顺利地进入了内部档案库。

一只粗短的手臂毫无征兆地将马超奋力推开。

孙哲不再容忍这个毛头小子随意践踏公司的数据库，那如同动了他私有的奶酪。怪才有时候需要正确引导，而随意变更规则是管理者的特权，无须解释更不用致歉。

马超踉跄数步，贴着墙根勉强站稳了。他心头直骂娘，今晚终于明白什么叫过河拆桥。

孙哲满血复活，是时候重新夺回主导权了。他原本昏暗的眼珠子迸出红光，连迟钝的手脚也麻利多了。所谓的镇静药不比维生素管用，心存希望才是根治慢性病的良药。

"犯了这么大事，他能睡得着才怪！"孙哲打开电脑的GPS定位搜索平台，在一个卧底软件的数据连接端口上输入某个编号。

马超绕到孙总身后的阴影处，小心翼翼地伸长脖子。他的目光刚落到电脑屏幕右下方的陌生界面，立马惊得眼镜都快掉下来。

他意识到自己的手机也可能被偷偷安装上了卧底软件。在进入公司一周后的员工团建上，董事长谆谆告诫年轻人要学会相互信任。那不过是董事长当时放的一个响屁，信任只是单向的，尤其身处背景如此复杂的高科技公司。

"小杨在九眼桥附近的一个酒吧里，"孙哲轻描淡写地说道，"他的夜生活真够丰富的。"

马超注意到孙总对杨少波还以"小杨"相称，这说明他内心深处还是将对方当作自己人。不过，这是相当危险的，一旦坐实杨少波的内鬼身份，孙总肯定脱不了关系。马超不由得多看了孙总两眼，这个时而精致时而油腻的中年大叔到底是否值得信任？

孙哲将追踪系统绑定至自己的手机，以最快的速度关闭电脑。他背对着马超把电脑锁入保险柜，披上外套走到门口。而马超出乎意料地并没有跟过来。

孙哲扭头面带微笑望着怅然若失的马超，认为自己有必要展现一下领导的亲和力。

"今晚你功不可没，但得陪我走一趟。"这绝不是上司征求下属的口吻，而是以一种委婉的方式发号施令。

"还是报警吧。"这一次，马超说的是真心话。他担心卷入越深，越难以抽身。在公司折腾了大半宿，他发现迷雾非但没散去，反而更加浓了。

"报警事小，可这毕竟是公司的内部丑闻，一旦捅破，咱们的好日子就到头了。"孙哲的一声叹息在四壁弹了几个来回，消失得无声无息。

这句不温不火的话刺中了初入社会不久的马超。他的好日子从未出现过，何来到头？人人都在追求幸福，但不经过凤凰涅槃，哪有资格拥抱幸福？他刚得以转正，绝不能就此终结，况且正如孙总所说他功不可没，倘能再建奇功，没准能平步青云。

马超不由自主地追随孙总的脚步，穿过走廊，钻进电梯。

在关闭防弹玻璃门时，孙总低声嘱咐曹盾看好现场，不许任何人进入。曹盾调皮地保证不放人闯入，却挡不住来无影去无踪的幽灵。

孙总出乎意料地将老乡骂了一通，再蛊惑人心就滚回老家。他像个捉妖大师，立志驱散人们的心魔，还世界一个透亮。

两人火急火燎地下行到负一层的车库。

这里鬼影也没有一个，连续不断的水声从头顶的下水管传来。咕隆咕隆，单调刺耳，让人心塞，如同某个慢性支气管炎患者在卧床咳喘。

孙总的梅赛德斯奔驰SUV停在A区的蜂巢公司专属男神位置，这仍是特权的象征。他曾建议隔壁的车主不要过度解读，知识和财富累积到一定程度，自然会享受不一样的待遇。况且，成都向来重视引进高端人才，释放各种利好只为在准一线城市的人才争夺战中独领风骚。一千多年前，诗圣杜甫能到成都寓居，说明成都自古以来就具有吸引力。这不是刻意贴金，而是无意识中早成了金字招牌。

孙总不等马超坐稳，就发动了爱车。

炫酷的车影带着清脆的轰鸣声势如破竹地冲出庞大的车库，来到了春寒料峭的大街上。

马超摇下车窗，狠狠吸了口湿冷的夜气。

刚才在公司大楼憋得太难受。他真想问孙总今晚加班有奖金否，但一想，肯定没有，先保证自己平安熬到太阳升起的那一刻再议吧。

小马哥倦怠的小眼珠顺着大楼丰腴的外观，一直落到散满月光的地面。

那里有个怪异的微小阴影，或许能贴合马超内心阴影的另一半。

"停车！"马超尖声喊道。他忘记自己坐的是上司的高档车，而不是顺风车。

孙总急忙刹车，刚松弛的神经再度紧绷。他怒气冲冲地转头质问,可马超已打开车门像条泥鳅似的溜下了车。

马超冲过去捡起来一看,忍不住笑出声。

原来是个被压瘪的易拉罐。这玩意儿肯定不是被教授破窗抛出的。

孙哲从身后夺过马超手里的易拉罐,也顺着下属的视线朝金融大厦顶部望去。他习惯从背后出招让人防不胜防,可惜这次注定啥也捞不到。

白天光彩照人的大楼在夜里显得更加神秘。琉璃般的月光贪婪地抚摸着楼层诱人的线条,似乎想让每个生物产生性幻想。能在如此高大上的写字楼里上班,除了冲动,还有一种油然而生的自豪。

"孙总,问你一个小问题。"马超依然仰着脖子,不想直视那颗变化莫测的方脑袋。

"我知道你想问什么。"夜风让孙哲的脑瓜子清醒不少,"欧阳教授应该是在情急之下,将'九歌王者'的备份优盘抛出了窗外。优盘装在一个比钻石还坚硬的小盒子里。只有找到它,才能弥补所有损失。"

"小盒子是立方体碳化硼复合而成的吧?硬度可达108G帕,而钻石为100G帕。"非常轻描淡写的一席话,很像孙哲惯用的语气,但已显示了小马哥的知识储备。这也是成大事者应有的样子。

孙哲没有应声,而是以一种极为欣赏的目光看着这个颜值不高的年轻人。他没有选错人,只是不知道对方是否会成为自己人。

马超不知道孙总在琢磨啥,这超出了理科男的理解范围。他自己则在苦苦琢磨就算教授情急之下做出这一冒险举动,也实在太危险了,万一砸中行人怎么办?万一被那个袭击他的人捡到怎么办?万一……这一晚有太多不合常理的东西,包括那扇玻璃窗的创口。

马超哈欠连天地缩回奔驰车后排,从兜里掏出手机。

孙总将手里的易拉罐扔进旁边的垃圾箱,也回到了驾驶室。现在的年轻人要么不靠谱要么看不透，他嘟哝着猛踩了一脚油门。

马超佯作随兴地浏览朋友圈，心里却紧张得要命。他利用华为手机的编辑功能调节明亮度和色彩，同时将那张偷偷拍摄的照片精准放大。

奔驰车沿着历史悠久的锦江，一路往东。孙哲开得很快，迷蒙的路灯掠过他迷蒙的面颊。

午夜的成都隐没于星星点点的水雾中，像一幅精美的仕女图，娴静而祥和，优雅而温润。谁也不忍心打扰她的美梦。

当车驶过灯光旖旎的合江亭，马超不由得抬头望向窗外。

这座始建于唐代贞元年间的连体双亭，已有1200多年历史。月光下静如处子，又不乏风情万种；亭亭玉立于两江汇合处，寓意美好，引人眷恋。

马超曾和前女友发誓在附近的一家大酒店举行婚礼，还要在合江亭上来一次足可打破吉尼斯纪录的接吻。午夜时分确实适合做春梦，醒来便是无尽的伤愁。

手机照片上的玻璃创口经过粗糙的加工处理，鬼使神差地变成了一幅图案！

一幅曾经消失在历史长河中的怪异的图案……

第五章　酒吧

奔驰车在九眼桥酒吧街最昏暗的角落停了下来。

孙哲刻意远离灯红酒绿，以便让自己有短暂的空隙调整状态。从压抑的写字大楼陡然滑入奔放无忌的声色世界，他很不适应，确切地说他已过了放任自流的年纪。

马超忙将手机放回衣兜，等待着上司的指示。他显然没打算将自己的新发现和盘托出，夜色包裹下的孙总始终让人看不透。

两人不约而同地注视着车外，谁都不相信倨傲自负的杨少波会在午夜三点游荡于此。也许幽灵就喜欢不着边际的暗夜，那能毫无保留地展现最真实的自我。

蓝莲花、隔壁子、菲比、慢格、井介、廊桥等老牌酒吧一字排开，迷醉的歌声只为延缓黎明的到来。温暖世界的第一缕曙光终究是挡不住的，夜色越深沉越缥缈，越容易被捅破被粉碎。只是时间问题！

孙哲向后排挥了挥手，这是他今晚做的最潇洒的手势。他从座椅下摸出一个棱角分明的金属物体塞进衣服夹层，板着脸下了车。

马超扫了一眼那个突兀的物体，有一种不祥的预感。

孙哲看出了下属的担忧，挤出一丝笑容。"有备无患。"

马超不知道说什么，耷拉着脑袋跟随孙哲的身影移动。孙哲打开手机GPS定位系统，搜寻那个鲜红色的目标。

目标很近，一动不动，似乎刻意在静候他俩的到来。

两人很不自在地与一帮穿着前卫的红男绿女擦肩而过，拐进了一家宛如太空舱的酒吧。这里的年轻人没有白日黑夜的区别，他们颠倒了黑白，也颠倒了人生。

目标就在酒吧最深处，不过三五米的距离。

一个孤独的身影背对着两人，坐在桌边自斟自饮，像是刚刚被抛弃了。黎明前的失恋残留着漫漫长夜的伤痕，酒永远是最好的解药。

由于光线太暗，马超无法确认那个模糊的身影是否为杨少波，甚至无法确认是男还是女。当然，在这种场合，男女没有明显区分。在严肃的性学家看来，这是人类堕落的标志。

作为下属，必须冲在前面。马超刚迈开脚步，就被意气风发的孙哲拦住了。

孙哲向马超使了个眼色，抢先奔上去，拍了一下那个背影。

接下来发生的一幕，让马超瞠目结舌。

那人忽然弯下腰，来了个帅气的过肩摔，直接将五短身材的孙总摔倒在地。

只听咔嚓一声，孙总的腰板伤得不轻。一个坚硬的物体从衣服里啪地掉落，正是那把扳手。

酒吧里嗨歌一片，压根儿没人注意到这里的异常。即便有人看到，定会认为是某个土豪撩妹不成被教训。家里有矿，并不代表可肆意放纵。女人再随意再现实，也是有底线的。

那人率先认出了袭击者，从香唇里发出一声哀叹。马超这才发现对方是个女人，并非杨少波。

"孙总，怎么是你？"女孩语带歉意地将孙总扶起来，坐到椅子上。

"欧阳芙蓉，怎么是你？"孙总扶着腰痛苦地轻哼着，他本想在下属跟前抖抖威风，没想到马失前蹄。

这个女孩不是别人，正是欧阳教授的宝贝女儿欧阳芙蓉。

她打小师从散打高手，不仅练就了一身本领，也造就了火辣性感的身材。她穿着一件短款的紫色棉衣，搭配紧身裤和运动鞋，满满的青春气息，又将性感婀娜的线条展露无遗。那精致的五官令人赏心悦目，即便在暗处，光洁的皮肤也白得耀眼；灼热的眼神透着灵气，足以融化世俗的一切。传言不虚，这是个与世界格格不入的天使。对付这种尤物只能智取，不可强攻。

马超看得入神了，全然没在意哼哼唧唧的孙总。刚被前女友抛弃不过数小时，就对另一个女人产生好感，这算不算道德触底？男人大多是靠下半身思考的动物，或许只有结婚后才会有所收敛。

欧阳芙蓉早就习惯在聚光灯下被追捧。她懒得搭理这个来自科幻世界的邻家大男生，甚至心生厌恶，只是一个劲儿地向孙总致歉。

"你怎么会在这里?"孙总问道,他也忽视了马超的存在。

欧阳芙蓉没有立即回答,而是第一次正眼看着马超。这绝非善意的眼神。孙总向她点了点头,表示那个戴眼镜的家伙值得信任。

"一个小时前,杨少波发微信邀我在酒吧碰面。"欧阳芙蓉拿起桌上的手机,"等我从医院重症监护室赶到后,他却提前走了。服务生把这部手机交给了我。"

孙总瞅了一眼欧阳芙蓉的手机,心里无比失落。原来他一直在追踪一部没有灵魂的手机,手机的主人已消失得无影无踪。今晚到底怎么啦?好像地球上的所有物体都穿上了隐形衣。

"能让我看看这部手机吗?"马超总算开口了,声音很轻,带着颤音。即便他向初恋女友许下海誓山盟时,也没有如此紧张过。他必须尽快证明自己的才能,以博得女孩的好感。这才是现代社会的角斗士,绝不能深藏不露,该秀肌肉的时候必须撩起衣袖。

欧阳芙蓉居然没有犹豫,手一扬将手机抛给身后的理工男。

马超敏捷地接住手机,发现锁屏了。

他很快明白过来,欧阳芙蓉在刁难,不,应该是在考验他。对于一个不能靠颜值吃饭的男人,只能靠才华赢得女神的好感,否则,永远没有上位的机会。

马超欣然一笑,他从来不是吃素的。他同时按下"电源键"和"音量键",在开机画面上恢复出厂设置,然后迅速重启系统。蓝牙配对,数据恢复程序Recover MyFiles传送成功。他灵巧的手指轻倏滑动,瞬间恢复手机备份,直接解锁进入微信对话框,前后不过一分钟。

"那条约你到酒吧见面的消息是在1小时38分钟之前发送的。"马超吹掉了落在手机屏幕上的一根头发,"假如消息真是手机主人发送的,那他为什么会爽约?还把手机留下给你?他到底想干什么?或者是有人对他做了什么?"

包括马超自己，没人能解答这些问题。只要那藏在暗中的黑蜘蛛不停地织网，谜团就将越来越大，与之过招的人都会被牢牢黏住。

欧阳芙蓉看出这个其貌不扬的男人真有两把刷子，伸出玉手示意他坐下来说话。这是马超靠实力争取到的荣耀。

他非常听话地准备坐下，又有些犯愁。他不敢坐在女神身边，又不能紧靠受伤的孙总，只能找个稍远的位置落脚。

欧阳芙蓉将一个酒杯推到马超的桌前。酒杯从桌上快速滑过时发出的响声让孙哲感到难受，他忙用手捂住耳朵。这里真的不适合大叔级别的客人。

马超受宠若惊，双手捧起酒杯，迫不及待地放到嘴边。

"等一下，你就不怕酒里有迷药？"欧阳芙蓉环顾了一下四周，"这里是酒吧，很容易失身。"

孙总忍不住笑出了声，刚才的不快烟消云散。由于笑神经牵引，腰板疼得更厉害，几乎快散架，可他还是抑制不住笑。

马超心里很清楚这笑声是在嘲弄他。对于一个没有颜值没有财富的男人，走到哪里都很安全。他装作呆萌无知，赌气地将杯中酒喝了个精光。

他真的太渴了，哪怕是药也得喝下去。做人千万别瞻前顾后，否则啥事也成不了。

"是个爷们！"欧阳芙蓉拍桌子叫道，"我喜欢！"

马超的脸唰地红到耳根，这肯定不是酒精的作用。欧阳芙蓉反倒若无其事，又打开了一瓶德国凯撒黑啤。

"芙蓉，你真当自己是在酒吧约会？"孙哲伸手拽住了欧阳芙蓉手中的酒瓶，"忘了你爸还躺在医院里？"

孙哲的腰好像越发疼得难受，脸上大汗淋漓，再也无法保持上司和长者的风度。

"还是先送孙总去医院治疗吧，我正好有问题向欧阳教授请教。"马超刚说完便意识到自己犯了原则性错误，教授自身难保，哪有可能解答疑惑。

"车在哪儿？"欧阳芙蓉从马超手里抢过手机。虽然这部手机不是她的，但其中兴许藏有揭开今晚谜团的信息。

"酒吧街口。"孙哲双手支撑着桌子企图站起来，又立马放弃了。他像个刚刚经历了剖宫产的孕妇，虚弱得很。

"你真这样走到街口，下半身就废了。"欧阳芙蓉的这句话没错，两个男人听着直犯晕。

欧阳芙蓉伸手指了指马超，再次将一份至高无上的荣誉赏赐予他。

马超心里咯噔一下，他明白自己将背着臃肿的上司走到停车处。那是个多么艰巨光荣的任务，而且是美女亲自下达的。没有违抗的余地，也不愿意违抗，何况这还能证明自己是纯爷们儿。

孙总从牙缝里挤出一丝冷笑，主动伸长双臂向马超殷勤地靠上去——这是急着回家坐月子的节奏！

第六章　陌生来电

欧阳芙蓉驾驶着奔驰车穿过夜幕下的街道，这座酣眠中的城市很快就要被唤醒。黎明行将来临，依然无法驱散他们心头的阴影。

孙哲以一种滑稽的姿势半躺在后排，紧张地望着手握方向盘的女司机。对于一个患有精神洁癖的人，就算是天使触碰他的爱车，孱弱的心脏也会收缩成核。

马超气喘吁吁地坐在副驾，他真不敢相信自己能把孙哲背上车。有这么加班的吗？简直就是玩命！

好在身旁那醉人的芳香让马超获得慰藉，这算是今晚冒险经历的一次补偿。他真希望就这么傻坐着，任由豪车驰骋在街头，没有方向没有目的。潮湿的午夜很适合销魂，只怕你没有机会迎接曙光的到来。

马超不敢接触女神的目光，只能眯缝着眼窥探窗外逐渐清晰的世界。要是世界就这么混沌下去，也不是一桩坏事，至少看不清楚彼此的真面目，就免了那些让人恶心的客套话。

一阵微弱的手机铃声在车内响起。

起初没人在意，因为大家都陷入沉思的旋涡，或者正被瞌睡虫噬咬。黎明前开车，无异于在鬼门关前徘徊。

欧阳芙蓉从方向盘腾出一只手，在臀部后摸索。

马超忍不住瞥了一眼，小心脏怦怦直跳，如同那只手在挑逗他的敏感部位。

手机怎么也拔不出来，又不想停车。欧阳芙蓉求助的眼神毫无征兆地落在马超身上。

马超用手指了指自己红通通的鼻子，露出尴尬的笑意。与其说是不敢相信，还不如说在故作正经。这对任何一个男人来说都是求之不得的好事，可必须兜住，没准是这个鬼丫头的一次小测试。

"还愣着干什么？"孙哲在后排拍了拍马超突出的后脑勺，"是小杨的电话，快接。"

既然领导下旨，那就名正言顺地照办。这才叫师出有名！

马超搓了搓双手，生怕自己的寒气凉了欧阳芙蓉的心。

他哆嗦着朝欧阳芙蓉的翘臀摸过去。这个举动若换作平时，早被扇了一记耳光。此刻欧阳芙蓉一动不动，全神贯注地开车，完全没把马超当回事。

当异性的手接触到自己身体时，欧阳芙蓉还是不禁浑身一颤，紧握方向盘的手居然松开了。

急速旋转的车轮瞬间失去控制，撞向路边的护栏。

"我的车！"孙哲大叫，竟自顾垂下眼皮在心里祈祷。

那只闯祸的男人的手瞬间绕了个弧线护住方向盘，将车轮拽回了正道。

欧阳芙蓉向马超投去感激的一瞥，趁机从屁股后面的兜里摸出手机。

铃声早已停止，来电显示是个陌生号码。

"看看是谁打的电话。"欧阳芙蓉随手将手机扔给马超，继续开车。

"是个陌生号码，看不出来。"马超对自己刚才的表现很是满意，再次缩短了同女孩的心灵距离。

"你不是个怪才吗？"欧阳芙蓉的脸上恢复了挑衅的表情，"我爸常夸你。"

"这话我不信，"马超冷笑道，"他常夸的人应该是杨少波吧？"

"这话我信，"孙哲轻蔑笑道，"要不是欧阳教授在我跟前两次提到你，你以为你真能那么快转正？"

孙哲的话像一支冷箭从后面嗖地射穿了马超的身体。

箭头还涂满毒液，开始在马超狭窄的腹腔内蔓延。他不置可否，疼痛难忍，失落和茫然交织在一起。窗外的夜雾看不透，好歹即将被黎明驱散，车内的夜雾却是越来越深沉。

马超将杨少波的手机翻来覆去研究，这是妥协的必然结果。假如手中有工具，他定会拆开看看里面是否藏有见不得人的秘密。

当奔驰车稳稳地停靠在医院门口，马超抬起头来，眼中尽是绝望与无助。显然，他毫无发现。

欧阳芙蓉夺回手机，直接回拨那个陌生号码。这才是女神的作风，正面硬刚强过一万次的试探。

两个男人都屏住呼吸、裹紧身子，生怕被窗外灌进来的阴风吸走。

电话铃声响了三下，传来一个沙哑冷酷的男音。

"卧龙岗，忠武堂！"

欧阳芙蓉一时蒙了，这怎么像一句古装剧的台词？难道一不留神把电话打到宫廷里了？她悄悄按下免提键，奢望旁边的两枚男神悟性更高。

"卧龙岗，忠武堂！"

那声音重复了一遍，像一台冻在冰箱里的复读机。没有生命，却能控制别人的生命。

欧阳芙蓉焦急地用眼神征求马超的意见。马超伸手示意她别吭声，以静制动、以不变应万变。

"我知道是你，少波，别再自以为是。"那个声音继续，"信任是合作基础，更是我们组织永恒的信条。把东西交出来，这是你唯一的活路。"

"你到底是谁？"欧阳芙蓉终究还是没忍住。

电话被突然挂断，那声音如同被朦胧的晨雾哧溜吸走了。它仿佛来自远古，不属于这个时代，甚至搞不清楚是否是从人类喉咙中发出的。

"着什么急啊，你！"这是孙哲首次对欧阳芙蓉发火。他起身时用力过猛，可怜的腰板发出濒临散架的脆响。

两个医生打开车门，极其小心地将孙哲扶上了手推车。欧阳芙蓉开车前事先打过电话，医院里有熟人就是好办事，万一被推进火葬场，也有后门可走。

马超缩着脖颈从前车门下车，寻思着必须说几句祝愿领导早日康复的屁话。孙哲不等他开口，主动挥手示意他把耳朵凑上来。

"董事长下午就会飞回来，我必须给他一个交代。"孙哲猛地用手指顶住马超的喉结，"要是我没法给他交代，你的日子也不会好过。"

马超有点喘不上气来。

"我就指望你了。记住，有进展第一时间向我汇报，千万别耍花招。"孙哲轻轻拍了拍马超的脸，如释重负地躺下去。还是躺着舒坦，可以仰望梦想的星空。

马超凝视着手推车消失在医院灰暗的走廊尽头，心脏也瞬间跌入冰窟。他只是转正而已，铆足劲儿要为梦想好好奋斗一番，期待早日摆脱"穷屌丝"的外壳，披上成功人士的外衣。怎么现在有一种被推上火线的感觉？

欧阳芙蓉将温暖的身子贴过来，向马超的脸上吹了一口气。

马超仿佛被点醒了。一缕微弱的晨曦落在他身上，赶走了所有不快。

"走吧，带你去重症监护室见我老爸。"

欧阳芙蓉快步走在前面。

马超并未如她所愿，屁颠屁颠地跟上来。他并非是在刻意捍卫大男孩的自尊，而是心里的某个想法得逞了，却一时半会儿不知道下一步如何走。

欧阳芙蓉心头一沉，看穿了这个怪才的小算盘，到医院来不过是为了抛下孙哲单独行动。

"你到底是哪一头的？"欧阳芙蓉像一阵亮眼的白光，反射到马超身边。她拳头紧握、小嘴嘟哝，若是对方回答不满意，随时"大刑伺候"。

"你这头的。"马超回答得很坚定很轻松，像只获救的羔羊。

"才认识不到五个小时，你就拜倒在我的石榴裙下？只有傻瓜才信！"

"相信你，不是因为你裙子短，而是因为你是教授的女儿。"

欧阳芙蓉松开拳头,她第一次被这个在晨风中发抖的男人迷住了。但这种快感来得快,去得更快。

"马上回车里去,我给你看样东西。"

欧阳芙蓉又被震住了,不做任何反驳。她像个刚和丈夫吵完架的小女人,温柔地缩回车内等待那香甜的一吻。

马超坐到欧阳芙蓉的身旁,打开在公司拍摄的照片。

那个奇怪的图案出现了,怎么看都像个川剧脸谱。

欧阳芙蓉左看右看,也看不出个名堂。她疑心这是腾讯公司最新开发的迷你版收付款二维码,在5G空间里具有强大的黑客功能。稍不留神,自己手机银行里的钱就会不翼而飞。

她抬头见马超神情严肃,不敢说出口,故作诡秘地嘿嘿一笑,反正不能显得浅薄无知。关键时刻不说话,才是最好的表达。

"这是你父亲留给我的线索。"马超将声音压得很低,犹如情侣间的悄悄话。"它是个图案,也许和四川民国时期哥老会一个消失的分支组织有关。"

"什么组织?"

"忠武堂!"

第七章　忠武堂

四川哥老会俗称"袍哥",发源于明末清初,盛行于民国时期,与青帮、洪门为当时的三大民间帮会组织。

对"袍哥"这个名称,众说纷纭。其一是根据《诗经》上"岂曰无衣,与子同袍"的含义而来,但过于牵强附会,不足为据;其二是根据《三国演义》中关二爷被逼降曹后,只收了一件锦袍,平时很少穿着，有事穿上却要把旧袍罩在外面。曹操问其原因，关二爷回答："旧袍是大哥玄德所赐，虽受了丞相的新袍，不敢忘大哥的旧袍。"袍哥向来推崇忠义守信的关羽，这一说法也得到明末清初的志士顾炎武、王船山、曾耀祖等人的认可。

袍哥以"讲豪侠、重义气"为号召，又以旧礼教的"五伦八德"为信条。由于个人私欲的恶性膨胀，部分舵把子逐渐变质，形成了两种不同派系，即所谓"清水"和"浑水"。忠武堂便是"清水"中的一股清流，多为袍哥中有地位的名流，不乏军政要员。创立者正是四川大军阀、国民革命军陆军一级上将刘湘的副官，他曾于1937年卢沟桥事变后随同刘湘出川抗日。不料，刘湘在前线吐血病故，临死前叮嘱副官不破倭寇永不回川。

抗战期间，共有350余万川军出川抗战，约占全国抗战军队总数的1/5，是除国民党中央军外的第一大地方武装，几乎参加了抗战中的所有大型战役，伤亡惨重，前所未有。这支贫弱之师出奇制胜战功卓著，被誉为铁血之师。川军中有一些将领是忠武堂成员，不仅推崇关羽，更推崇"运筹帷幄之中，决胜千里之外"的诸葛亮。保家卫国、忠诚明理，可以说川军没有一个孬种，这也许是受诸葛亮在蜀地的千古名节影响。

巧合的是，刘湘遗体被运回成都后，葬于武侯祠旁以彰显他的功德，冥冥中也饱含着王副官对刘将军的敬仰。一墙之隔，两位忠良，这为消失在川西历史上的忠武堂蒙上了神秘面纱，更让后人唏嘘感叹。

马超噼里啪啦的一堆科普让欧阳芙蓉听得入迷了。除了追几个小鲜肉主演的甜宠网剧，这个火辣任性的女孩还没有像现在这般走火入魔。

"为什么叫忠武堂？"欧阳芙蓉抿嘴问道，痴痴地看着学识爆表的马超。

这个问题或许太简单了，马超不屑地摇了摇头。"诸葛亮辅助刘禅治理蜀汉，鞠躬尽瘁死而后已，深得四川人的仰慕，更被袍哥中的清水一派视为千古楷模。他去世后被封为忠武侯，现在的武侯祠就是他和刘备的君臣合祀祠堂。"

"卧龙岗，忠武堂，"欧阳芙蓉咕噜道，其实她的肚子咕噜得更厉害。"我算是明白啥意思了，还是不懂这跟我爸在公司遭受幽灵的袭击有啥联系。再说这都啥年代了，别说忠武堂，就连袍哥组织都没有了。"

"组织是没有了，可忠义还在。只要精神上加入了某个组织，他就得认同并誓死追随。"马超重新拿起杨少波的手机，这次，欧阳芙蓉没有一丝抗拒。她暂时被驯服了，且是被一个不靠颜值靠才华吃饭的男人驯服的。"还记得那个神秘人的声音吗？"

欧阳芙蓉浑身一颤，那冰凉刺骨的声音终身难忘。

"假设他说的是真的，那表明杨少波就是忠武堂的人，准确说是某个堂主的后人。"马超在手机收藏夹里妄图找寻与忠武堂有关的信息，"由于从小被灌输忠义守信的思想，他就铤而走险盗取你父亲的研究成果去取悦某个精神导师。"

马超叹了口气，因为他的这个解释有明显漏洞，或者说不可思议。

对于现代人而言，忠武堂不过是个毫无依据的传说，相信它的存在就等于相信自己的灵魂可以附在别人身上。房价股价奖金才是最实在的！看看身边的狐朋狗友，有多少人不正在靠抖音和快手"卖腐"蹭热度，拼命想成为网红。不想出名的人，也痴迷于刷朋友圈、疯狂网购、竖屏追剧，哪还有时间和精力去忠义守信？成都，这座梦幻之城，拥有许多正在造梦的青年人，只是他们关心未来甚于关心过去。

马超闭上眼睛，关闭车窗，尽量不被眼前的世俗干扰。

最不可思议的东西才最有可能是真实的。忘记历史，无异于背叛。无论任何时候，对过去都需心怀敬畏。

根据那个神秘人的说法，东西还在杨少波手上。那意味着他并未完全按照曾经的约定行事，并且把手机转交给了教授的女儿。那么问题来了，他是哪一头的？他到底想干什么？除非手机里隐藏着什么……

马超侧身冲欧阳芙蓉笑了笑，这份笑意让欧阳芙蓉浑身直起鸡皮疙瘩。

"芙蓉，问你个事？"

"帅哥，咱们还没到那么亲密或者随便的地步吧？"

马超被当头一棒，好在他脸皮厚实。这是干大事的料。

"欧阳小姐，你知道为什么杨少波会把手机转交给你吗？"

欧阳芙蓉没有作答，其实也算是回答了。

她低下头去，俏丽的脸颊蹿起两团绯红，胜似五月间被暖阳亲吻的水蜜桃。显然，她和杨少波关系非同一般。传言杨少波之所以能到欧阳教授身边当助理正是为了她，这绝非空穴来风。

马超嘴角泛酸，心中咒骂自己是个不折不扣的贱男。才认识几个小时，就对这个曾被欧阳教授深藏闺中的女儿产生爱慕，犹如黄河之水泛滥一发不可收。男人的醋劲比起女人来说更加酸爽，而且后劲足，不易稀释。

"作为杨少波最信任的人，你应该有办法找到隐藏在手机中的秘密。"

"没用，你们冲进酒吧前，我试过了。"

马超用一种奇异的眼神观察这个说话不加过滤的女孩，疑心她的头脑藏着巨大的处理器。她值得信赖吗？不知道。欧阳教授出事之前，她一直是个谜，可如今她就真实地坐在车内，触手可及，又感觉摸不到看不清，好在窗外的世界越来越清晰。

"你在怀疑我？"欧阳芙蓉的目光在燃烧，如同翻腾的火锅。她安静时，恰如鸳鸯锅中精致素雅的清汤；盛怒时，酷似那一大盆火辣耀眼的红汤。

马超被呛住了，接不上话，好似被辣得舌头僵硬喉咙哽咽，只差没有鼻涕眼泪直流。这个女孩总是让人刮目相看，天生注定不喜欢按套路出牌。成都的女孩难道都这么可爱俏皮吗？

欧阳芙蓉跳下车，拉开马超一侧的车门。

"下车！"

"这是孙总的车。"

"行，那我走。"

欧阳芙蓉砰地关上车门，拎包走人。

她逆着清晨的寒风，越发显出傲人的身姿。回头率几乎百分之百，那些急匆匆的上班族投以羡慕或爱慕的目光。

马超坐在车内一动不动，边挖鼻孔边刷朋友圈。

他深信那个女孩会回头，因为他身上充满魔力，这魔力绝非金钱能购买。从高中到大学再到社会，他一共有八次恋爱经历。大多缺少激情缺少浪漫不欢而散，唯一的共同点是被抛弃，确切说被嫌弃。他无不一笑而过，依然屡败屡战、心态超好。他效法曾国藩"功不独居过不推诿"之信条，对爱情的心得体会绝非常人能及，也算得上是混沌世界的一股清流。

果然，一阵敲打车窗的响声传来。

他心头狂喜，却不为所动，等着对方打出白旗求和。这是体现男人的尊严和魅力的时候，必须稳住！

"住院部门口不许停车。"一个粗野的嗓音。

马超仿佛被人从睡梦中一脚踹倒在冰冷的地板上，痛彻心扉，沮丧万分。他不会开车，更不会盖世神功。莫非要依靠瘦胳膊瘦腿把豪车推到停车场？

真是人算不如天算！

"不好意思，马上就走。"一个清越的声音。

那个熟悉而迷人的身影钻进驾驶室，将钥匙插进锁孔发动了车。

马超松了口气，也泄了气，不敢再正眼看欧阳芙蓉。这个女孩早就留了一手，把车钥匙带走了。这姑且算作扯平，至少她主动回来了。

奔驰车抖落晶莹的露珠驶出医院大门，踏上了新的征程。

马超悄然摘下眼镜，用衣袖抹了一下泪。他有一种被拯救的感觉，更有一股暖流涌遍全身。

要是这个女孩是自己的妻子，那该多好！马超开始在心里正式将杨少波列为情敌，期许他栽在自己手里……

第八章　嗨！成都妹子

正值上班高峰期，再好的车也只能龟速爬行，再宽阔的街道也被车流挤成了尿不尽的细流，比前列腺炎患者还憋屈。

欧阳芙蓉索性将奔驰车停在一个不起眼的巷口，反正不是她的车，万一被贴罚单，也是车主命中注定要遭此一劫。

马超本想挤兑两句，可看见这个女孩心情超好，不敢造次。

抬望初春的太阳，孱弱得没有魂魄，难以劈开城市上空的雾霾，却给人一圈圆润的希望。奋斗中的人们千万不能低头走路，受困于眼前的迷茫，只要昂首挺胸大胆呼吸，总会捕捉到光明。

"瞎愣着干吗？以为自己是诗人啊？"

欧阳芙蓉嘴角粘着毒液，心里则藏着蜜汁。

马超竟然习惯了，他就喜欢有个性的川妹子。不被人损两句，他有时候还真不适应。不愧是资深贱男！

"早餐时间到，带你吃点好的。"欧阳芙蓉在前面开路，"说好，我请客！"

马超紧随其后，不安分的眼珠子不时落在那有节律摆动的翘臀上。折腾了一个通宵，他只觉饥肠辘辘。

在一个以美食闻名的城池里工作，早餐绝对是幸福一天的正确打开方式。火得一塌糊涂的央视纪录片《舌尖上的中国》就对成都美食宠爱有加，痴迷于川菜的英国人邓洛普更是在这里大饱口福。一碗肥肠粉、一个军屯锅盔、一份担担面、一笼韩包子等等，在各色美味中尽情感受成都人的悠闲。

两人随便挑选了一家早餐店，不用看菜单，见啥吃啥。

哪管什么绅士淑女风度，肚子饿了，连生命都不值一提。由于店里客人多，只能站着吃挤着吃。

排山倒海吃了一通，总算腾出手拿纸巾擦拭油腻腻的嘴角。

欧阳芙蓉说话算数，按四川方言来讲：袍哥人家绝不拉稀摆带。她在挎包里摸索个遍，发现既没带手机更没有现金。这年代谁还带现金？新版人民币长什么样，她至今不知道，也没兴趣知道。

她调整了一下表情，猛地转头冲马超笑起来。

这笑带点憨态，似得到国宝熊猫的真传，再铁石心肠的汉子也会被融化。

马超心领神会，也不发问，更不刁难。男人嘛得有点风度，这算是给了他一个表现的机会。

他潇洒地打开微信扫描框，对着服务员背后的付款二维码……

服务员的身后好像长了眼睛，厉声叫停了马超。

"你们的单，有人买了。"

欧阳芙蓉松了口气，马超却吸了口气。

"谁买的？"马超问道。

"一个戴棒球帽的高个子帅哥。"

欧阳芙蓉率先冲出早餐店，朝熙熙攘攘的巷子里望去。

担心、牵挂、惊愕，全部写在红扑扑的脸蛋上。看得出来，她心里装着某个男人，就是不知道藏得深否。

马超跟出去紧贴在欧阳芙蓉身边，生怕她也像那个神秘人消失在人群中。现在不是吃醋的时候，他有责任保护欧阳芙蓉，虽然他很清楚这个神经大条的女孩其实根本不需要保护。

"一定是杨少波！"欧阳芙蓉嗫嚅道，全然没注意到马超脸色铁青。

马超的嘴中还残留着麻辣味，非常销魂，几乎快变成火苗喷出来。

"你怎么如此肯定是杨少波，万一是给他打电话的那个神秘人呢？"马超貌似随口一说，却是说者听者都有意。

"你该不会吃醋了吧？"果真是心直口快的辣妹子。

"我去！"

马超夸张地撇了撇嘴，转身朝停车处走去。一下子就被看穿心思，马超除了躲避，别无良策。

欧阳芙蓉意识到过于自作多情，不声不响地跟过去。她认为这是漂亮女人的通病，不足为奇，也用不着道歉。

一张白得刺眼的罚单贴在奔驰车的前车窗，刺得马超眼花缭乱。

马超哭笑不得，真被欧阳芙蓉言中了。红颜祸水啊，接下来不知还要遭多少大难方能取得真经，不过，他心里说愿意！

欧阳芙蓉拿走罚单打开车门，一屁股坐了进去。

马超绕过车头坐到副驾。他故作生气，只是不想过早地低下身段。面对漂亮女人，自卑感较强的男人必须学会交往的艺术，如同在大雪天温一壶好酒，既要懂得浪漫，更要学会暖心。

"你到底是不是男人？"欧阳芙蓉从不按常理出牌，更不会给人情面。

"扯蛋！"马超从手机屏幕上抬起头冷笑一声，仅此而已。

欧阳芙蓉笑得前仰后翻，这个大男孩也有可爱之处。

"做事别小气，做人要大气。"

这句话没有打动马超。对于一个习惯以心灵鸡汤洗胃的人来说，任何至理名言都寡淡无味。

"接下来怎么办？"欧阳芙蓉没辙，只好转换话题。

马超照旧不予理会，继续埋头编辑手机照片。这是他的强项，必须把握好。

欧阳芙蓉大大方方地将脑袋凑过去，几乎贴上马超的脸颊。

在马超巧夺天工的编辑下，那个一团乱麻的图案更加清晰。当多余的细条被遮盖或被删除，真容就自然浮出水面。

"还以为是个二维码，像个八卦图。"

"不，八阵图，诸葛亮最得意的军事战法。如果没猜错的话，这是八阵之一的龙飞阵。"

"哇，你帅得太过分了，就没有你不知道的。"

马超经不起夸奖，满脸发烫，似被熨斗吧唧按上一吻。欧阳芙蓉的脸颊险些被灼伤，却没有避开的想法，反而贴得更近了。两人不像是在探讨玄乎的图案，倒如同在精打细算首套房贷利率为新婚做准备。

马超打开网页浏览，找到了关于龙飞阵的解释："天地后冲，龙变其中，有爪有足，有背有胸。潜则不测，动则无穷，阵形赫然，名象为龙。"

他推测这些文字应该比对相应的密码数字，然后从尾到头替代重组，就能有所斩获。他很快证明自己的思路错了。这些古文字与一战后诞生的军事密码学风马牛不相及，即便运用聪明绝顶的犹太人发明的艾尼格玛排序方式，结果还是让人笑掉大牙。

他彻底犯愁了。要在生僻的古文字中找寻谜底，掉光头发也未必能如愿。

欧阳芙蓉见马超一筹莫展，也不打扰，自顾自涂脂抹粉。精致的女人都非常珍惜早晨的时光，那是女人靓丽的开始。

"那个什么来着，本小姐插一句啊！"欧阳芙蓉正在抹口红，"你觉得我爸在倒地之前有时间在玻璃上画图案吗？"

"忘了告诉你，这图案是被一个抛出窗外的东西砸出来的，换句话说，是玻璃错综复杂的裂缝。"

"那就更荒唐了，情急之下抛出去的东西居然能在窗户上残留下这么个图案。恕我直言，你和孙总是不是过度解读了？"

"我没把这事告诉孙总，只告诉了你一个人。"

欧阳芙蓉抿着湿润的红唇，瞪大了眼睛，这是受宠若惊的表情。根据女人的直觉，她意识到自己闯进了这个理工男的心房。

"不单是因为我是教授的女儿吧？"

这话直截了当，甚至有些粗暴。

马超羞愧地低下头去，这是再次被同一个女孩看破心思的窘迫。他一个前无古人后无来者的天才，怎么就那么不善于掩饰真情实感？只能说，身旁的女孩太鬼精灵了。

他清楚欧阳芙蓉的话不无道理，教授晕倒之际哪有时间在窗户上留下密码？还采用如此不可思议的魔幻方式？还是那句老话，越是不可思议，越容易接近真相。既然找不到更多线索，破解这个图案仍是解开昨晚谜团的唯一出路，尽管它看起来那么不真实。

"假设我爸真有绝世神功，能在窗户上留下线索……"欧阳芙蓉勉强让自己相信这番鬼话，"那个被抛出去的东西就绝对不是凡间之物。"

又说到点子上了！

马超不知如何作答，以一种阴郁的眼神观察欧阳芙蓉貌似满不在乎的神色。看不透自己喜欢的女孩，这比幽灵还恐怖。

"又不相信我？行，那我走。"

欧阳芙蓉合上化妆包，砰地打开车门。

马超一把拽住欧阳芙蓉的手，他真舍不得这个性十足的女孩从身边溜走。他在心里稍加琢磨，就知道可能错怪了对方。欧阳教授虽然溺爱女儿，也不可能泄露公司正在研发的绝密项目"九歌王者"。

"我错了，给个机会。"马超做了个鬼脸。

欧阳芙蓉甩开马超的手，重新关闭车门。

这个向来活蹦乱跳的女孩纹丝不动，俨然成为一尊不可亵渎的女神像。窗外是她熟悉的缤纷世界，可惜没有心情去欣赏，毕竟父亲还躺在医院里生死未卜。窗内坐着她陌生的朋友，智商超高值得信赖，就是情商逼近警戒线。

马超不敢再挑起事端，也不想透露关于"九歌王者"的细节，干脆继续思考龙飞阵。难道真是过度解读了？必须尝试换个角度分析，尽量站在历史人物的立场。再诡异的图案都是死的，人是活的，但凡流芳百世的名人无不具有崇高的品性。

这会不会是诸葛亮治理蜀国时拱卫成都的防御图？他为了复兴汉室六出祁山，又怕留守后方的刘禅被东吴沿江而上偷袭，所以便在八阵图的基础上创造了龙飞阵。若"九歌王者"真是被忠武堂的后人拿走了，那可能会选择在龙飞阵的某个节点上出手。这种严苛而神秘的组织内部人员联络方式，只有身份地位相匹配的管事或堂主才有资格拥有。

他们会选择在何处见面呢？这是最头痛的！成都太大了，秉持"一山连两翼"的规划蓝图不断扩张，早已不是民国时期袍哥心中的小江湖。这个全面体现新发展理念的国家中心城市，正为实现"五中心一枢纽"而昂首阔步，势不可当。

马超转念想到，八阵之法，讲究此虚彼实，主客先后，经纬变动，但根基永远不变。现在只需想想一千多年前，这根基到底指的是什么。

马超再度陷入迷惑，如同掉进了八阵图。看不到出路，被一根无形的绳索越勒越紧。真希望有人能帮帮忙，哪怕是点拨一下也好。

"为什么叫龙飞阵？龙飞……啥玩意儿？"

欧阳芙蓉随口一问，竟让马超茅塞顿开。他笑得忘乎所以，没有节制。

"又在嘲笑我？"

"不，敌人应该好生感谢你。"马超收起了笑脸，"为什么诸葛亮取名龙飞阵？答案很简单，被我想得太复杂了。这位将忠臣和智者完美结合的千古楷模，一直感恩于先帝刘备的知遇之恩，《出师表》就是最好的证明。"

"帅哥，人家读书少，能不能说得简单点？"欧阳芙蓉更加云里雾里。

"龙，在古代指的是天子、皇帝。龙飞走了，说的便是刘备墓！"

"你是说，他们要在武侯祠交易那个东西！？"

马超打了个响指，示意欧阳芙蓉马上开车。这是王者应有的气度！他昏沉沉地靠在座椅上，为自己的聪明才智暗暗折服，又一次忍不住得意忘形地笑起来。

他从来不曾被自己帅醒，今天算是破例了！

第九章　武侯祠的玄机

成都武侯祠，是世界上影响最大的三国遗址博物馆。祠堂大门内树荫葱翠，两侧各有一碑廊，最负盛名的是唐代"蜀汉丞相诸葛武侯祠堂碑"，系唐宪宗时期立。唐朝著名宰相裴度撰碑文，书法家柳公绰（柳公权之兄）书写，名匠鲁建刻字，因此被后世称为"三绝碑"。

传言民国时期，四川袍哥清水一派的忠武堂凡吸纳新人入会，都在此碑前立誓，并在后面的诸葛亮殿行礼，可见他们对诸葛亮的莫大推崇。这种推崇已上升到组织信仰和安邦定国的情怀，当抗战爆发，川军能迅速集结出川抗日，无不证明川人的血性、义气和忠贞。

早上游人不多，偶有一两个旅游团在导游的指挥下快速游览，快速离去。对于酷爱文化之旅的人，这是浪费，而对于不喜欢文化之旅的人，也是浪费。

前来成都的游客不少是冲着这里的美食，更好奇于这座茶馆林立的城市为啥如此悠闲。公园里喝茶聊天的并不只是老人，还有不少年轻人，试问这帮人都不上班吗？此问永远没有答案，若是有，便在这包容乾坤的茶水中。这并不意味着大家无所事事，若不经意来到国际金融中心、环球中心、天府孵化园等地打望，那一个个行色匆匆的职场精英定会让你怀疑，这是成都吗？

没错，这是一座将快节奏和慢生活水乳交融的城市。没有火锅解决不了的难事，一顿不行，那就两顿。

马超对武侯祠的认知曾停留在百度百科，这是他第一次实地游览。欧阳芙蓉抢先购票，算是挽回了颜面，不落人笑柄。

武侯祠说大不大说小不小，可要在里面找人绝非易事，何况还不知道对方是何底细。

欧阳芙蓉预感杨少波会出现，这种预感非常强烈。如同受到古遗迹强大磁场的摆布，她恍惚不定的神情在踏进大门的那一刻就越发明显。她大脑中好像被植入某个芯片，促使她轻盈的脚步不停地穿梭于松柏、碑厅、走廊之间。

马超不想打扰也不敢打扰，战战兢兢地跟随其后。

他拿不定自己是否已成为这个女孩的朋友，在心里做好了随时吃醋或者吃枪子的准备。放眼如此静谧肃穆的祠堂，没有一丝阴霾笼罩，在聒噪的世界中自成一方净土，毫无危险的征兆。他真想静下心来好好欣赏一番，可眼前那个方寸大乱的倩影主宰了他的灵魂。

马超发现绕了几圈后，两人又回到原地。还有个更奇特的发现，两人虽然不停地左突右撞，始终徘徊在整个建筑的中轴线附近。这是一种巧合，还是神灵的安排？

那个在公司监视屏幕上若隐若现的幽灵在他脑海中一闪而过！

难道杨少波真的在这里？这个帅气的幽灵或许就藏在殿堂的某根柱子后，等待时机和忠武堂的成员见面。他们将会举行某个神圣的交接仪式，然后各取所需。从此，那关乎公司前途的"九歌王者"彻底消失，或者换个花哨的外壳被高价出售。打着忠义守信的名义干着邪恶的勾当，这才是真正的背信弃义，而特意选择在武侯祠交易，更是有辱诸葛亮的气节。

欧阳芙蓉有些喘不上气来，身子一歪，落座到水池边的一张石凳上。她俏丽的身姿倒映在水中，引来几尾锦鲤。她蹙眉叹惋，朱唇紧闭，美肩微颤，若不是她穿着时髦，还真以为是某个大家闺秀正被相思病所困。

马超想说几句关切的话，转瞬意识到轮不到自己。他能做的便是坐到石凳的另一侧，像个路人一样偷偷观察。

"你相信杨少波是坏人吗？"欧阳芙蓉的发问总让马超大跌眼镜，这次也不例外。

"好坏，没有统一的评判标准，"马超的哲学课是数学老师教的，"更没有统一的计算模式。有人在创业中找不到出路，就干脆采用加密算法在消费数据库的另一端开辟蹊径，依靠点对点传输形成区块链。一种新的创业模式就此诞生！"

欧阳芙蓉不满地瞥了马超一眼，那意思是能不能来点接地气的东西？

"我就想说，你应该学会换个思考模式，尤其要去中心化。说直白点，不要老以自己为中心，没准杨少波接近你另有所图。"

"你在妒忌还是在吃醋？"

"两者都有。"

马超如此大胆地承认，倒出乎了欧阳芙蓉的意料。她一时反应不过来，竟羞涩地垂下眼帘，好像这句硬核的话是她说的。

刺耳的电话铃声乍然响起，打破了尴尬的局面。

欧阳芙蓉掏出杨少波的手机，并未立即接听。她扑闪着眼睛征求马超的意见，这种不知何时形成的默契让马超心中暗喜。

马超比小鸡啄米的点头速度更快，屁股一挪、悄无声息地贴了上去。

那个沙哑而奇特的声音再一次从手机深处传来。

"你们不该来这里。自作聪明，只会引火烧身。"

"你到底是谁？杨少波是不是在你手里？"

一阵阴森的笑声传来，夹杂着嘶嘶的痰鸣。即便隔着手机屏幕，也能感受到那仿佛来自墓穴的冰凉。

马超摇头提醒欧阳芙蓉不要激怒对方，尽量拖延时间。"你们"这个词说明对方知道他俩在这里，那个神秘人应该也在附近。

想到这一点，马超顿时紧张不安。若和神秘人正面冲突，不知是什么结果，但好奇心又驱使他渴望揪出那人的尾巴。

马超瞪大眼睛朝四下望去，他坚信幽灵就藏匿在阴影中。

逐渐增多的游人遮挡了他的视线。原本静寂的祠堂变成了刚掀开的大蒸笼，热闹非凡，雾蒙蒙的一大片热气扑面而来。神秘人早已想到此时游人变多，即便他站在人堆里，也不会引起注意。真是个智商高又有趣的对手！

马超紧贴欧阳芙蓉手中的手机，尽量排除一切杂音去聆听。用鼻息去感知，用心灵去判断，才能找到幽灵的方位。

那声音近在眼前，又遥不可及。

有一种隔离感和浑浊感，更像是被什么重物阻挡又弹回来，确切说是在一个静寂如坟的密闭空间里。此时此刻，武侯祠内什么地方最静寂，还不被游人熟知？

他目不转睛地盯着门票后面的导览图，难道是……

马超不由自主地撇下欧阳芙蓉，朝一个狭长的走廊奔去。他像机翼俯冲下台阶穿过厅堂，飞速进入诸葛亮正殿。糟糕，这里堆满了游人，一个甘甜清脆的嗓音回荡在昏暗的大殿内，引得马超驻足看了那个女导游几眼。

马超焦急地绕着诸葛亮的贴金塑像走了两圈，没有发现可疑人员。难道他的判断出错了？

他抬头凝视"名垂宇宙"的匾额，陷入浩瀚无边的思绪。这四个字充满魔力，黏住了他策马狂奔的血液。没有尽头，就意味着没有答案，这对于一个智者来说是不能接受的。马超自认聪明绝顶，虽然心甘情愿拜倒在诸葛亮膝下，但不能被幽灵左右。这是个原则问题。

诸葛亮殿与其他建筑略有不同，从外面来看宏大庄严，可殿内供游人瞻仰的空间不大。古建筑学有个诗意化的特点，外延气派内向封闭，并遵循"侯门深似海"的意境，所以武侯祠内也隐藏着没有对外开放的暗门。

如何打开暗门，需要一把不能被常人看到的密钥。

密钥或是个独特的器皿，或是个充满玄机的图案，又或是一种显而易见的暗示。这八成是建筑师玩弄的一个小花招，只为了向这位千古忠臣和智者的楷模表达敬意。

马超深信密钥就在殿内，藏于一个光明而又阴暗的角落。

他透过人头攒动的大殿，朝端坐在正中央的诸葛亮塑像望去。纶巾、羽扇，还有塑像跟前的三面铜鼓，这些标签式的物品没有隐藏密钥的可能。

他将脖子仰得更高，目光落在了由乌木做成的顶梁上。

梁上书写着诸葛亮写给儿子诸葛瞻《诫子书》中的经典名言："非澹泊无以明志，非宁静无以致远。"

他闭上眼睛细细揣摩，瞬间豁然开朗。淡泊名利、宁静致远、以退为进，才能获得成功，过度强求只会适得其反。

当马超再次睁开眼时，原本混乱的世界观变得异常清晰。有那么一瞬间，他惊喜地注意到诸葛亮的左眼余光朝向某处。

那是一扇被封闭的小窗户。因位于殿内最昏暗的角落，几乎没人留意。

马超打算向诸葛亮鞠躬致敬，竟然发现塑像左眼的余光不见了。他猜测这是光线交错形成的短暂物理现象，还是为之惊叹不已。

他趁着游人散去，忙走向那扇隐藏在暗中的小窗户。他打开手机电筒，发现窗上雕刻着龙飞阵图。

由于年代久远，图案模糊不清，但还是让马超激动难耐。到目前为止，他的方向是对的。

他在心里默念道："天地后冲，龙变其中；潜则不测，动则无穷。"一旦触动阵中的龙头，未知的世界就会出现，无穷无尽。

他毫不犹豫地将手伸向龙飞阵当中的按钮，轻轻摁了一下。

古老的雕窗徐徐打开，如同被解除了封印。

没有一丝灰尘飞落到马超的脸上，这是一种不祥的预兆。

一只手突然从窗内伸出，以灵异般的魔力将马超拽进了虚无中。

欧阳芙蓉正好从殿外走进来，吓得倒吸了一口凉气。

那个熟悉而瘦削的身影瞬间消失在眼前，有如被一头怪兽吞进肚子……

第十章　灵魂通道

马超重重摔倒在地，失去了直觉。不是死亡，但离死亡也不远了。

不知什么时候，他被一阵气喘吁吁的话语声惊醒。

这声音在棺材般的狭小空间里来回碰撞着，进入他耳朵时已经变调。听着不像是人类的声音，倒像是一群鬼畜在商议如何吃掉这个劣质的小鲜肉。

马超微微睁开眼，没有多少恐惧，只是憋得难受。

眼前影影绰绰地晃动着两个丑陋的躯体。他不相信这是地狱，也不相信自己会这么轻易死掉。他尚未靠奋斗获得幸福，也未曾报答父母的养育之恩，更未报效祖国。这不是唱高调，他确实深爱着中国，渴望有朝一日能凭借所学服务于国家的信息安全领域。

"小马哥，你总算醒了。"

那熟悉的沙哑变调的嗓音此番听来居然格外亲切。因为马超进一步确信自己没有死，天妒英才也得有个度。

他的双眼全部睁开了，可呼吸跟不上。他扫了一眼这个令人窒息的鬼地方，像是一条通往陵墓的神道。

那两人紧握军用强光手电筒，同时将光柱直射到马超身上，而把自己置身最安全的一隅。

"这……是……什么……地方？"马超上气不接下气。照此下去，过不了十分钟，他就会缺氧死亡。

"不急，你很快就会知道。"

还是那个沙哑的声音，来自最前面身材匀称的高个子男人之口。由于通道高度受限，他不得不佝偻着身子，保持一种滑稽的姿势。虽然戴着硕大的氧气罩，遮住了大半边英俊的脸蛋，但从体型来看像极了失踪的杨少波；另一个男子的身材不敢恭维，同样戴着氧气罩，短粗的身材酷似孙哲，一言不发地站在同伴的阴影中。

马超在心里寻思从昨晚折腾到现在难道是个玩笑，说不定还是公司特意安排的员工团建项目。既考察了员工的技术水准，又验证了员工的忠诚和耐力，附带科普了历史知识。太有创意了！

"杨……少波，咱们……别闹了……好不好？"马超越发感到呼吸困难。即使如此，他仍没有妥协和求饶。这个理工男就认死理，也不乏血性。

高个子男人从背包里掏出一个备用氧气罩，扔到马超脚边。

马超慌忙捡起来扣在脸上，旋即舒畅多了。没尝过濒临死亡的滋味，就不知道生命有多美好，值得每个人留恋。

"我不是杨少波，更懒得掺和你们公司那点破事。"

高个子男人将手放到氧气罩上，大概想摘下来以示清白。

矮个子男人不知哪来的神力，猛然冲上来拽住他的手。没有只言片语，毒辣的眼神充满了不可抗拒的威力。

高个子男人放下手臂，侧身向同伴低头表示歉意。一瞬间发生的动作，足可看出到底谁才是老大。

"公司那点破事。"马超扶着墙壁缓缓起身，却又无法挺直。"这么说，我们公司发生的事，你们一清二楚。"

两人没有回答，言多必失。

"杨少波是不是在你们手上？欧阳芙蓉很担心他的安全。"

两人不约而同地笑了。脸上的氧气罩随着笑声颤动起来，显得非常诡异。

"还是关心一下你自己吧！"高个子说道。

"那就告诉我这是什么鬼地方？"

矮个子企图阻止高个子继续说下去，可来不及了。高个子显然有喜欢显摆的"优良"作风，这跟杨少波的脾性极为吻合。

"灵魂通道，估计你从未听说过。也难怪，一个三流大学的理工科高才生，除了倒腾电脑，还能干些啥？"

马超的脸颊僵住了，但绝不是生气。若不是戴着氧气罩，他惊愕的神情会吓坏旁人。

这不过是个传说，甚至连传说都谈不上，充其量算是个传言。据说在80年前，王副官在刘湘墓和东侧的武侯祠之间挖了一条秘密通道，以便让两位忠良灵魂相通。多么不可思议的创造，这是玄幻世界特有的理念，却活生生地出现在真实世界！忠武堂的信徒忠义守节，行事诡秘而且古板。他们有一整套严苛的组织法规和处事方式，不论外部世界如何变迁，都坚守不渝。

马超不知如何回答，只能用疲惫的目光去寻求可能存在的答案。

他用汗淋淋的手指轻轻触摸身后的墙砖，这和成都大邑县刘湘公馆的墙砖材质非常像。当他发现地砖和墙砖的接缝处镶嵌着陆军一级上将的勋章图案时，开始深信不疑。不过，他又很快怀疑自己到底是不是待在真实世界里，这一切太不真实了。

"你们是忠武堂的后人？"

"算你还有点见识。叫你来这里，一是陪我们走一趟灵魂通道，也算是给自己粗俗的灵魂洗个礼；二是为我们做个历史的见证……"

高个子话未说完，就被一只孔武有力的手臂推倒在地。马超生怕那个倒下去的黑影砸到自己，死死贴紧墙砖不敢动弹。

这次，矮个子以粗暴的方式成功阻止了同伴，确切地说是他的下属。

矮个子瞅了一眼手表，时间就是生命和财富。

高个子用手撑着地面爬起来，没有半点怨言，大概是习惯了。这一点和杨少波我行我素的作风不同。

在蜂巢公司内部，杨少波除了欧阳教授，谁也不放在眼里，就算董事长在他面前也得谦让三分。教授的研发团队是公司最具特权的大神级存在，烧钱比烧纸还快，只是迟迟不见成果。直到有一天，教授深夜在微信群里宣布研究终于取得重大突破，而且足以重塑世界人工智能、电子商务乃至数据中心的安全观。他违背了保密条例，被董事长狠狠训斥一顿，不到两分钟就撤回了那条消息。

高个子迈着均匀有力的步伐冲上来，拽着马超的手朝通道最黑暗的地方走去。弱者一旦受到欺负，就会朝更弱的对象发泄。这是人类世界和动物世界通用的规则，为了生存，就得隐藏善良、放大丑恶。

马超忍住疼痛没敢叫出来。他曾听说杨少波和欧阳芙蓉都是散打高手，那才真是郎才女貌。他若要横插一竿子，就将如同这深幽的通道，完全看不到光明。

强光手电筒的聚光作用很强，在这里却不管用。目之所及处，总是漂浮着阴影，潜藏着罪恶。这里确实是另一个世界！

矮个子走在最前面，高个子带着马超走在后面。

地面上的游人何曾想到武侯祠的地下藏着这么个神秘的通道。估计欧阳芙蓉此时急疯了，正在找景区保安求助。这或许是马超的一厢情愿，那个女孩未必着急。才认识不过十个小时，他在女孩的心里尚未占据一席之地。

马超不由得焦虑起来，要是真丧命在此，永远也不会被发现。他会变成一具白骨，成为城市地宫挥之不去的谜团。为什么最繁华的城市中心潜藏着不被认知的奥秘？这才是城市最独特的魅力。当听说有专家将成都定义为科幻之城时，马超不屑一顾。此刻他开始改变自己的偏见，如能活着回到地面，他建议专家将成都定义为科幻和魔幻之城。

那会让更多的外来游人疯狂，猎艳和猎奇两不误。

不知走了多长时间，马超感到空气越来越稀薄，呼吸再次急促起来。他推断自己所戴氧气罩的氧气储备有限，而那两个家伙好像没有这样的困扰。这或许是个事先设计好的阴谋，他注定要死在这里。

按理说刘湘墓和武侯祠相距并不远，可这条通道好似没有尽头。

马超自认必死无疑，反抗没有用，越反抗氧气损耗越快。

前面的手电筒光圈忽然改变了方向，往右边下沉，进入一个凹陷的坑道。那显然不是在寻求出路，而是在自找死路。

马超心中渐次累积的恐惧和忧虑压得他喘不过气。他一下子明白，这两个混蛋不是前往刘湘墓再通过南郊公园抵达外面的世界。这不是一日游！他们别有企图，而且罪恶滔天。难道他们是冲着刘备墓来的？

这个想法太可怕啦！千百年来不曾被盗挖的刘备墓，是三国时期唯一保存下来的帝陵。今天可能要遭受一场浩劫？

他终于明白那句"让他做历史的见证"到底是什么意思了。他不单是见证者，还是个替死鬼。

两个家伙意识到马超猜到了他俩的企图，相视一笑，仅此而已。

高个子将马超重重扔在地上，既不捆绑也不打晕。

矮个子从背包里摸出一些五花八门的小零件，闪着蓝光，很吻合这里的氛围。

"只有业余的考古专家才使用笨拙的工具，比如旋风铲、洛阳铲、飞虎爪，都是老掉牙的东西。不创新，干任何行业都得完蛋。"这次轮到矮个子显摆，那是胜利在望的小得意。"挖掘坟墓，并不一定非要从地面上打开缺口，阳光底下干那种事会折寿的。考古其乐无穷，那是接触古文明的最儒雅方式。"

"考古？儒雅？"马超笑得气喘吁吁，"别往脸上贴金，你们就是盗墓贼。"

高个子抡起一拳打过来，直接打掉了马超的氧气罩。

氧气罩咣当掉在了高个子的脚边，声音回荡在沉闷的空间里。

高个子抬起一脚，正要踩上去。

"给自己积点德吧。"矮个子像个精神导师，他的话语充满禅道和力量。

马超趁机捡起氧气罩重新戴好。他不想死得太难受，就算做见证者，也得是个活物。

矮个子幽幽地吐着语丝，犹如一条盘旋于黑暗废墟中的眼镜蛇。"惠陵，也就是刘备墓，占地2000平方米，封土高12米，由一道180米长的砖墙环护。墓地内外墙都异常坚固，即便石棺从下面被平移走，地面上的部分也不会坍塌。"说到这里，他从氧气罩里面发出难受的咳嗽声，整个身子也跟着颤抖起来。

马超认定这个混蛋在提前享受即将来临的刺激，只是表现方式很特别。那个高个子关切地望着矮个子同伴，却什么忙也帮不上。

"这是我多年来的梦想，我就想确认里面到底是不是刘备的遗骸。"矮个子止住咳嗽继续说道，看来昨晚认真备了课。"关于刘备墓的真实性，自古以来争论不休，今天将会有个划时代的结果。再过几分钟，一个庞大的旅游团将涌入武侯祠，游人多如麻，地面下方发生一丁点小小的动静不会引起注意。"

马超屏住了呼吸，猜到了接下来可能会发生什么。地面不会坍塌，他的灵魂才会坍塌，陪葬是小事，捍卫文物古迹才是大事。他的脑子飞速旋转，却失望地意识到自己除了祈祷啥也做不了。正在此时，他所有的神经被一件更恐怖的东西攥住了。

那些五花八门的小零件，在矮个子灵巧的双手下居然变成了一个微型炸弹，只有一节七号电池那么大……

第十一章　警报器

地面上方，晨雾消散殆尽，这座优雅知性的城市在阳光下尽情舒展开来。温润的锦江从城市心脏穿过，带着无尽的思绪流向远方。

欧阳芙蓉焦急万分，并没有像马超设想的那样无动于衷。一个活蹦乱跳的大男人在眼前倏忽消失，任何人都会变得不知所措。

　　她狠狠揪了一下脸颊，确认这真实无疑，的确不在《王者荣耀》的虚拟战斗中。

　　在被父亲限制自由的很长一段时间里，她都是在《王者荣耀》的竞技场上度过的。她渴望成为法师类的英雄，具有控制对手的法术，唯一的缺点是防御和生命值偏低，这无意中暗合了她的现实处境。欲望带来战争，暗夜笼罩大陆，生存或者毁灭，只有真正的英雄才知道。无论在虚拟世界还是现实世界，都需要英雄，他们是正义的守护神，是女人最心仪的男神。

　　欧阳芙蓉一度怀疑自己是个灾星，生下来不久，母亲就病死了。父亲从此一蹶不振，虽然在专业领域享有盛名，可生活一直比较窘迫，直到遇到蜂巢公司的董事长。身边的亲人或朋友都不幸，这让她看似满不在乎，内心却埋下了阴影。作为"90后"女生，她叛逆自负，娇贵散漫，总是用挑剔和挑衅的目光打量周遭的世界，一言不合就出言或出手伤人。杨少波和马超都幸运地走近她的身边，可惜两人都不幸地先后凭空消失。

　　焦头烂额之际，欧阳芙蓉想到求助。

　　帅气的景区保安一边用椒盐普通话回应着她的疑虑，一边在心里琢磨今天走桃花运了。当女孩讲到最诡异的部分时，保安故作夸张的惊愕状，显现出惊人的表演天赋。其实他根本不信，他认定这只是女孩套近乎的方式。男人长得帅就是最好的招牌，放到哪里都熠熠生辉。

　　欧阳芙蓉手舞足蹈地讲完了整个过程，等待保安采取行动。保安却一动不动，等待着女孩的下一步行动。两人站在诸葛亮殿门外傻愣了老半天，引得游人以为是一对小情侣在心里暗战。

　　"需要我再重复一遍吗？"

欧阳芙蓉尽量将火气压在舌根下,要是换作平时,早就动手了。她缺乏耐性和韧性,但颇具个性,不会收敛锋芒。每个初次与她碰面的男人,都会心潮澎湃、过目不忘。

保安很礼貌地摇了摇头。他的微笑确实迷人,就是挺着身板一动不动,大概是在展示制服包裹下突出的胸肌。

"你耳朵没问题吧?"欧阳芙蓉终于忍不住了。

保安脸上的笑容戛然消失,被一种奇特的表情取代。他没有适应过来,也不知道如何应变。

"一个游客消失了,就在大殿内,可你无动于衷,啥意思?"

"我也想问你啥意思,"保安吐出一口怨气,"我已经在这里当了三年多的保安,从来没听说有人哧溜一下没影儿了。"

欧阳芙蓉深知解释不清楚,直接上手将保安拽进大殿。

保安没料到女孩的力气这么大,任由摆布显得没面子,又一时挣脱不出来。他曾在一次室内游泳时不慎滑落裤衩,那也不比今天这般尴尬。

欧阳芙蓉将保安带到殿内最昏暗的墙角,一下子松开手。

保安跟跟跄跄地扶住墙壁,他再次被女孩的蛮力震住了。哥们儿,你弱爆了!他打心眼里瞧不起自己。

"他刚才就在这个地方不见了。"欧阳芙蓉厉声说道。

"你们没吵架吧?"保安微微勾着身子,不敢再显摆胸肌。

"没有。"

"为了买房的事吵架很正常,我见多了。"保安摆出一副过来人的架势,实际上他脸上稚气未脱。

"我有房,估计他连在成都买房的资格还没有。"

"那可能是因为你们当中某一方出轨了。"

"你在胡说些什么!"

欧阳芙蓉近乎歇斯底里的吼声打断了导游的话。整个大殿瞬间安静下来。所有游客不满地看过来，一致认为这对小情侣缺乏素养。

有时候被人误会的感觉很爽！保安看似尴尬，心里却偷乐。这也算是吃了一次豆腐，意淫是很多"三无"男人的专利。没房没车没户口，这是初来乍到者的标配。只要你敢于奋斗，一切都会拥有，剩下的只是时间问题。西方人常说上帝是公正的，而在东方，最公正的是这个社会为每个人提供了平等的奋斗机会。

"你把我带沟里了，我和马超就没吵过架。"欧阳芙蓉压低了嗓门，"他不仅没资格买房，连跟我吵架的资格也没有。"

"你们女人为啥都这么现实？"

保安愤怒的嗓音再次打乱了导游的话，这下轮到所有人鄙视他。游客们兴致顿消，叽叽喳喳地出去了。

保安自认倒霉，如被举报，他这个月的奖金就泡汤了。红颜祸水啊，还是向诸葛亮学习娶个丑女人过日子靠谱。

"美女如果没别的事，我要回值勤岗了。"

保安刚迈开脚步，就被欧阳芙蓉挡住了。

欧阳芙蓉出乎意外地笑起来，这是在主动求和。

"帅哥，刚才多有冒犯，我主要是急着找人。"欧阳芙蓉的声音甜得发腻，说变就变。"要换成你亲眼看到一个人突然不见了，肯定比我还担心。"

"你说的那扇窗户，我怎么没看见？"保安缓和了语气，朝墙上摸索。

"就在墙上，骗你，我死全家。"

欧阳芙蓉打开手机电筒驱除黑暗，在灰质斑驳脱离的墙上射出一道煞白的光圈。她瞬间目瞪口呆，再多的言语也无法形容此刻的惊异。

那个小窗户真的不见了，如同在宣纸上被泪水抹去了，被岁月融化了。

她重新怀疑自己是否处于真实世界，身边的保安也许不过是个虚幻的影子。

保安不耐烦地摇了摇头，撇下欧阳芙蓉走出大殿。

同样是"90后"，两人的差别实在太大。当一个人低头沉迷于网络游戏，就会模糊现实与虚幻的界限，干出荒唐的事，成为"垮掉的一代"。好在帅哥保安从不玩游戏，只喜欢买彩票。

欧阳芙蓉觉得自己快崩溃了，这是要出大事的节奏。

她向墙上猛踹了一脚。

平时她也是这么发泄情绪，再去海吃一顿，最后美美睡上一觉就如同啥事没发生。今天这一脚非同凡响，毕竟这是在国家一级博物馆。

橙色警报器被触动了，警报声回荡在景区内。

刺耳的铃声在游人如织的前后院竟没有激起一丝波纹。本地人以为这是地震波监测警报，外地人也认同了这个观点。他们长了见识，乐呵呵地交流起来，争先发朋友圈分享。对地震见怪不怪的川人嘴角上挂着朝天椒，心里却如小葱拌豆腐般的云淡风轻。

那个帅气的保安带着两个同事返回诸葛亮大殿。直到这个时候，欧阳芙蓉还不知道自己闯了祸。

"想干什么？"欧阳芙蓉怯弱地问。

"这句话应该我们问你才对。"带头的保安队长挥舞警棍，语气却很温和，毕竟对方是个颜值逆天的大美女。"妹妹，哥劝你保持冷静，陪我们去趟保安室。"

"小心点，她有两下子。"帅哥保安从队长身后探出头，又匆忙缩回去。

"最好配合一下，免得不必要的麻烦。"队长不以为意，他什么大场面没见过？

"我去！"欧阳芙蓉和颜悦色、态度诚恳，全然不像帅哥说的那么邪魅。

她非常礼貌地示意众人让开了一条道。

三位保安一度认为抓错人了，或许警报器出了故障。再高端的安保设备在武侯祠都难以充分施展拳脚，大概是被八阵图给震住了。

欧阳芙蓉一脚迈出大殿门槛，宛如回到大海的剑鱼，扑腾着洁白的浪花跑得无影无踪。三个保安愣了半晌，谁也没敢吱声，到这个时候说啥都没用。他们很默契地整理了一下制服，分头围追堵截⋯⋯

第十二章　微型定时炸弹

矮个子微微踮起脚跟，将玲珑剔透的微型炸弹粘贴在灵魂通道的最高处。

他小心翼翼又激动难耐，如同将一幅柯罗的风景油画挂在博物馆的核心位置。柯罗是矮个子的偶像，也是他心灵创伤时最完美的理疗师，尽管这位大师早就见了上帝。在法国艺术史上，柯罗是19世纪最出色的风景画家，他的画朦胧而富有诗意，很适合在光线微暗时欣赏。有西方媒体曾将中东暴力赋予美学理念，更有甚者将恐怖分子自制炸弹比作美学的最高境界，还煞有其事地鼓吹这是上帝在全球传播福音书的前奏。一旦这些恶性事件发生在欧洲的家门口，他们会很绅士地选择闭嘴，将心思耗在复制像柯罗这样的大画家的赝品身上。在艺术的遮羞布下，罪恶会变得不值一提，这就是所谓的双重标准。

矮个子将"艺术"品摆放到满意位置后，退到高个子的身旁满意地笑了。

马超蹲在两人的身边，像一只即将被抛弃的宠物狗伸长舌头大口呼吸。

氧气罩的氧气量不足以让他存活十分钟，必须为之一搏，否则将死得不明不白。他此时最关心的是千年陵墓里的那个死者，不，是三个死者。刘备的两位夫人去世后，也先后合葬于此。中国人信奉死者为大，这两个混蛋却以考古名义践踏人性。

必须采取行动，粉身碎骨也在所不惜。这不是唱高调，而是一种担当。或许自己成不了英雄，但也不想变成狗熊任人唾骂。既然自认是纯爷们儿，就得多证明少扯蛋，要不然出去后会被欧阳芙蓉取笑。

马超心下一沉，能不能活着出去还是两码事。我去，谁叫自己犯二犯浑犯贱呢？天将降大任于斯人也，必先苦其心志劳其筋骨……说不扯蛋，还是扯了这么多，权作遗言吧！

马超留意到矮个子没有在炸弹上安置定时器，说明他们将亲自遥控。只要退到安全区域，就可利用电波信号引爆炸弹。且不说炸弹威力如何，可足以从横截面打开陵墓找到石棺。

矮个子看到马超一声不吭，这很反常，也在情理之中。某些高校培养的大学生才气爆棚，撩妹技术炉火纯青，一遇到危险就怂了。缺少阳刚和担当是不少学子的通病。

矮个子亲自扶起马超朝安全区域走去，一路谈笑风生。两人如此亲密无间，引得跟在后面的高个子怀疑这次行动是一次作秀。

小马哥依然无法肯定高个子到底是不是失踪的杨少波，也不清楚他们所扮演的角色。他俩若真是忠武堂的后人，与发生在蜂巢公司的怪事就脱不了干系。

"微型炸弹这玩意儿，很通人性。"矮个子亲切而不失威严，像是在课堂上指导自己最得意的研究生。"它随时可引爆，还能根据远程操控者的需求选择爆炸力度和范围，音量也会控制在60分贝以内。根据我国环境噪声污染防治法，这算不上扰民。科学是头巨兽，驯服得当，就能为你所用；驯服失当，则会被反咬一口。"

马超以万分敬仰的眼神望着矮个子，准确说是俯视这个比他还怪异的神秘人。他真想一把摘下硕大的氧气罩目睹其真容，转念想得把最后的力气用到正道上。

两个家伙都放松了戒备，把马超当成灵魂被抽空的活死人。经过这短暂的接触，他们断定弱不禁风的马超除了一颗大脑袋，身上没什么过人之处。

矮个子站定脚步，随后深深地吸了一大口氧气。他很是享受这个美妙的过程，缘于他即将创造历史。

突然，马超奋力甩开矮个子的手腕，转身将高个子撞倒在地，冲向刘备墓。他从墙上摘下那可怕的玩意儿，朝相反的方向奔跑。

前后不到半分钟发生的变故，足以让两个混蛋呆愣半个世纪。

"我去干掉他！"高个子骂骂咧咧地爬起来。

"不用了。"

矮个子痉挛地触摸着遥控手链。他做了最坏的选择，毫不怜惜那个卑微的生命。

1秒，2秒，3秒……

一如既往的静寂，这是千年墓穴该有的氛围。

没有预想中的响动和惨叫，通道里回荡着马超粗重的喘息声。那是生命濒临尽头的颤抖，是蜡烛在风中最后的摇曳。

马超在通道的远方勉强站住脚跟，转头冲两个幽灵笑起来。

他手中的微型炸弹紧靠手机背面，组成一个临时干扰器，并且刚好超过了遥控范围。马超曾在智能手机主电路板上安装了双向信号过滤器，能有效屏蔽对他不利的信号。这是一个变相的干扰器。所以，蜂巢公司的大佬很难追踪到他的位置，即便能追踪到，也是个虚拟的坐标。作为一个不可冒犯的怪才，他热爱自己的工作，更喜欢自由自在、不被控制。

"我早说过这小子鬼得很，比欧阳教授还难缠！"

"难缠的人，都没有好结果。"

高个子冲到最前面。矮个子一改学者的温和内敛，也发疯地扑过去。

马超转身疾走。

一旦逼近遥控范围，勉强被干扰电波的炸弹也会爆炸。

他跑得越快，氧气消耗越快。氧气罩微弱的警示灯闪烁不止，随时可能熄灭，他的生命之光也会随之熄灭。

他无所顾忌地摘下氧气罩，那笨拙的东西已变成了负担。裸奔是一种昂扬的姿态，只有将呼吸和心灵全部交给世界，才能彻底放松。

身后的两个鬼影越来越近，又不敢贸然靠近。

炸弹随时可能爆炸。

他们畏头畏尾，非常滑稽，像两只遇到病猫的老鼠。

马超不由得笑起来，他依旧掌握着控制权。生活没有别人指责的那么枯燥，生命也没有别人推崇的那么金贵！

他支撑着身体继续奔跑，继续玩命。

在氧气稀薄的状态下剧烈运动很容易猝死，但手中的炸弹也会要他的命。干脆啥也不管，这才是纯爷们儿！

他眼睛迷蒙，意识更迷蒙。他快不行了！生命真要戛然终止，又开始怜惜生命的美好。

前面晃过一道浑浊的亮光。这亮光仿佛直接射进了他的心脏，驱走了死神。通道内的氧气逐渐增多，这绝非错觉。

马超眉头一展，他明白自己死不了，前面是武侯祠西侧的刘湘墓园。既然是灵魂通道，必然有出口。

他加快脚步，发现尽头是一长段台阶。

那久违的阳光穿过头顶上的铁丝网，落在长满青苔的台阶上。平时习以为常的阳光此刻看来如此亲切，那是希望和自由的象征。要懂得珍惜当下，他将手掌放在胸前。

一个发光物体嗖地从后面飞过来。

马超抽身跳上台阶，躲开了那致命的一击。

那个发光体扎进湿润的墙壁，露出半截狰狞的影子。那是个暗器，酷似《天龙八部》3D手游中一个镶嵌宝石的攻击器。好在暗器等级不高，否则马超小命休矣。

这还不算吃惊，让马超更吃惊的是暗器上刻着"忠"字。

毫无疑问，那两个家伙是忠武堂的后人。

这忠武堂变质得太离谱了吧，再说都啥年代了，他们还使用暗器？有点创新好不好？杀人于无形，才是功夫的最高境界，要灭掉一个人最好的方式就是让他堕落。

他再次将手掌放在胸前，能感受到怦怦直跳的心脏。再不出去，就死定了。刚才正愁如何撬开上面的铁网，这不现成的吗？

他怒吼着拔出暗器，朝头顶上方乱刺一通。

果然削铁如泥，铁丝网很快被捅破。谁也不能阻挡我奔向自由和希望，我命由我不由天！

半遮半掩的阳光全然乍泄，撩拨着他死灰般的脸。这是何等的快意！

马超扔掉暗器，不顾一切地钻出了铁丝网。

当身子全部离开灵魂通道后，他发现置身于一口枯井中。

难怪这条密道多年来不曾被发现，原来藏得如此深。这口枯井本是文物古迹，供游人瞻仰怀古。至于下面是否通往另一个世界，那是网络玄幻小说家的事。

"你跑不掉的。"一个沙哑的声音在下面吼道，带着绝望和无奈。

马超着实吓了一大跳。

一旦感受到光明，他再也不想回归黑暗。人就是这样的，方才还视死如归，转瞬间便被阳光融化了。远离死亡是他当下唯一的念头！

马超攀附着井壁，以惊人的速度爬出了不足两米深的枯井。他推开井口巨大的警示牌，纵身跳到了地面上。

一个女游客正在牌坊下自拍。强大的美颜功能将她脸上的所有雀斑抹去，就连倒挂的瓜子脸也被掰正了。

她心情大好，冷不丁在手机镜头里看到一个怪物从地底下冒出来。

她尖叫着跑开了，再强大的美颜功能也抹不去她的恐惧。

"哥们儿我虽然算不上小鲜肉，也不至于那么难看，不会欣赏！"马超嘟哝着，拍打满身的灰土和蜘蛛网，恍然有一种重新复活的感觉。

头发上有个东西在蠕动，一个触角抵近他的眼帘。

他拿下来一看，竟是一条大得出奇的蜈蚣。简直快成精了。

他尖叫着将蜈蚣扔到地上，刚要抬腿踩上去……

一阵窸窣声从身后传来。

他扭头看去，一个戴着氧气罩的大脑袋像只癞蛤蟆从井口探了出来。

真是阴魂不散啊！

马超眯着小眼珠朝四下扫了一圈，猫腰藏在围墙下的树丛后。他屏住呼吸，像蹲便似的撅起屁股，一动不敢动……

第十三章　冤家路窄

刘湘墓园仿照北京清陵建筑风格，与隔壁的武侯祠浑然天成又独领风骚。

小桥流水、红墙绿瓦，有飘然出世之意韵；从牌坊至阙坊的大道两侧，苍翠的柏树参天顶立，均为当时四川军政界的风云人物张群、张澜等亲手种植。阙坊正中悬有国民政府主席林森题匾"永念忠勋",背面正中悬有蒋介石题匾"英姿飒爽",刘湘的历史地位可见一斑。

那两个先后爬出枯井的家伙徘徊左右,没有立即离去。他们不相信马超会在如此短的时间内凭空消失,就算消失也会留下点痕迹。

马超大气不敢出一口,脸上大汗淋漓,主要是尿憋得难受。

矮个子骨碌着眼珠,鼻孔扩张、耳垂收紧,几乎启动了所有感官功能。他确信马超就在附近,有意无意地摸了一下遥控电子手链。

马超手上的微型炸弹回应似的发出滴答声。

这下完蛋了,声音孱弱但致命。

两个家伙越过栏杆,气急败坏地朝马超藏身处奔来。

"就在枯井那边,"一个女人的声音传来,"大白天的,吓死我啦!"

女游客带着园区保安沿着绿道冲过来,一边不忘录手机视频。今天可有炫耀的资本了,待会儿就发朋友圈,肯定比上传自拍照更吸睛。

两个混蛋戴着氧气罩,在光天化日下确实让人汗毛直竖。这俩二货叹了口气,自认倒霉,转身开溜。

"站住!"

保安挥舞着警棍追去,不停地用通话器呼叫同事协助。

马超偷乐,这才是吉人自有天相。他挺直腰板,从葱茏的树荫下走出来。终于恢复自由身了,哥们儿在世上还未曾遇到过对手……

半空中传来一阵不祥的声音。

一个女人忽然从墙头跳下来,将马超扑倒在地。

狗啃泥,不足以形容他的狼狈和尴尬,关键是在如此剧烈的撞击下,他很幸运地尿失禁。裤裆湿了一大片,黄澄澄的尿液比泼在花布上的颜料更吸引眼球。每次危难时刻,战无不胜的小马哥都能化险为夷,这次偏偏栽在一个女人手上。

那个从天而降的女人不是别人,正是欧阳芙蓉!

欧阳芙蓉居然没有搭理他,目光落在草坪上那个比小号电池更小的小东西上。她两眼发光,吃吃地笑起来。早前在武侯祠被保安围追堵截的事早烟消云散,犹如被浪漫心细的男朋友带进了奢侈品商店。要是天空飘些雪花,那就更应景了。

"这是日本MZMZ限量版的天空吊坠。"她幸福地抿了一下小嘴,完全是在自言自语,由于亢奋,还有些语无伦次。"NO,是星空玻璃宇宙吊坠,据说原料是陨石,坚硬透明,象征优雅纯净的爱情。"

马超无言以对,心里却在说无可救药。他足足愣了一分半钟,全身的酸痛也烟消云散。谁说不是垮掉的一代啊?直到欧阳芙蓉将手伸向那个美妙绝伦的物体时,他才意识到危险就在眼前。

"别碰它!"

马超将欧阳芙蓉推倒在地,捡起微型炸弹奔跑起来。

"小气鬼,我不稀罕。"

欧阳芙蓉凝视着那个比鸵鸟还癫狂的背影,须臾间意识到问题很严重。她起身跟上去看个究竟,心中的委屈已被好奇覆盖。

马超见欧阳芙蓉跟来,跑得更癫狂了,就差没有飞起来。

欧阳芙蓉哪里知道马超在顾及她的人身安全,更加脚下生风。爱情有时候就是这样,越是顾及对方,越容易被误会是背叛。

马超接连冲过三个街口,奔到河边。他扬起细长的手臂将那个魔物扔进水中,然后再次撅起屁股趴倒在地。

没有意料中的惊天爆炸,几个水泡咕噜噜冒出水面。这好比刚刚沸腾的清汤火锅,还不到下筷子捞菜的时候。正在跳广场舞的阿姨们回眸一眼,继续踢踏着她们的幸福生活。平淡无奇的场面,看一眼已经很给面子。

欧阳芙蓉气喘吁吁地赶到，抬起雪白的运动鞋踹了一下马超的屁股。

马超疼得跳起来，敢怒不敢言。他一手摸着屁股，一手扶着栏杆。这别致的造型引得欧阳芙蓉捧腹大笑。

"超哥，到底在干啥？能不能给妹妹透个风？"

"我刚才拯救了整座城市，你不知道吗？"

"美国队长，不，成都队长，那我该怎么谢你？以身相许？"

"别取笑我啦，我哪配得上你？"

马超扭着酸痛的屁股，转身走开。初春时节，寒气未退，一切都还朦朦胧胧，即便在城市中心也能在湿润的空气中触摸到一丝忧伤。

欧阳芙蓉盯着那个落寞凄凉的小背影，不无心疼地追上去。

"咱们先去买条裤子换了，再找个地方坐坐，喝杯热饮暖暖身。"

马超停下脚步，显然是认可了这个提议。

"我请客！"马超转头说道，而欧阳芙蓉也同时说出口。

两人的脸颊几乎贴到一起。

有那么一瞬间，他们意识到被彼此的魅力和个性深深吸引住了。但谁也不愿意承认，更不愿意摘下面具敞开心扉。一见钟情往往最不靠谱，而且两人也不过是机缘巧合地被拴在同一根绳子上。这没头没尾的绳子随时可能断裂！

马超心跳加快，微微闭上眼睛，等待奇迹发生。

男人疗伤的最好方式，就是迅速找到新的恋情，最好是被主动追求。就隔着一张纸而已，随时可以捅破。那更意味着，今晚有滚床单的可能。

欧阳芙蓉猛地推开马超，朝附近的锦里古街走去。

马超自嘲地笑了笑，摸着屁股跟上去。对付女孩，他有的是耐心和信心，唯一的不足是银行卡里的存款从未超过五位数。不过也有好处，至少不会经常被银行理财顾问骚扰。

就在锦里入口处某服装店随便买了一条裤子换上，然后两人挑了一家水池边的咖啡屋，倚窗坐下。热饮和甜品，是发呆或调情的标配。成都是座一年四季都适合谈情说爱的城市，不单是玉林路尽头，不少街道的尽头都有酒吧或咖啡屋。树枝上细嫩的绿叶在风中搔首弄姿，撩拨着游人的情思，这是一种多么惬意的感觉啊！

锦里古街以优雅的弧形将武侯祠环抱其中，是三国文化外延线上的一块翡翠。在这条街上，浓缩了成都生活的精髓，茶楼、客栈、酒吧、戏台、风味小吃店等等，总有一处让你魂牵梦萦。

马超和欧阳芙蓉望着窗外的水岸石桥陷入遐思，时针在这里停止了游走。那错落有致的风景，仿佛临摹于北宋国画大师范宽的某一幅作品。用笔刚健有力又不失朦胧淡雅，仙气和烟火气并存，生活的闲情逸致飘然纸上。

就这样傻傻地坐着真好，生活不需要太多算计。欧阳芙蓉想到这里，露出满足的微笑。这难得的平静还是被不识趣的马超打破了。

"你和杨少波进展到什么程度了？"马超貌似不经意地一问，其实却是迫不及待想知道自己还有没有机会。

"这很重要吗？"欧阳芙蓉将目光从窗外收回，轻啜了一口饮料。她没有抬头迎上马超的目光，这是一种羞涩的表现。但凡一个女孩开始从心里接受一个男孩，都会将波澜藏于平静的湖水下。

"杨少波的确很优秀，我要是女孩，也会喜欢上他。"

以退为进，比直接进攻更有杀伤力。

果不其然，欧阳芙蓉扬起美丽的脖子不齿地瞪着马超。没有反驳，只是大口喝着饮料，那夸张的哗啦哗啦声委婉地表达抗议。

马超面有不悦，心里则暗暗得意。自己虽经验丰富，却总难逃被劈腿的命运。不知道这次能不能摆脱宿命，他完全没底。

"对了，你怎么会从武侯祠的墙上跳下来的？"

"被人追呗。"

马超摇头表示不解。

"还不是因为你。"欧阳芙蓉狠狠剜了他一眼，"我撞见你在诸葛亮大殿咻溜没影了，比坟头的一缕轻烟还消失得快。左思右想，只好找保安帮忙。你不知道那保安有多帅，简直就是大帅哥李易峰的复制品。"

欧阳芙蓉刻意摆出一副春心荡漾的样子，恨不得马上就嫁给梦中情人。不用彩礼，倒贴钱也行。

马超微笑自若，低头狠命咬了一下吸管，但没有吸饮料。他生怕吸进去，那凉飕飕的玩意儿会被吐出来。

"可那个保安偏不相信我的话，"欧阳芙蓉咬了一下嘴唇，满脸沮丧却显得更加妩媚。"一气之下我就踹墙，警报器被触动了。好在我跑得快，还会飞檐走壁。"

马超心想，偌大世界估计没人能降服得了这个女孩，心里更没底了。

"说说你吧，刚才为啥那么狼狈，撞鬼啦？"

"差不多！"

"能不能有点正形？这世界上哪有鬼？"

"拜托，是你先说的！"

"我怎么说，你就怎么接话？"欧阳芙蓉猛拍了拍桌子，好在只用了三成功力。"你们这帮男人，怎么都一个德行？"

邻桌的客人被吓得起身走开了，真是杀人于无形。服务员不敢上前劝说，只能在心里鄙视那个男人。

马超主动示弱，这是恋爱经验使然。"这世上，鬼绝对没有，可武侯祠地下通道里的那两男的比鬼更可怕。其中一个……"

"别说他长得像杨少波。"欧阳芙蓉气劲又蹿上来了。这女人说变就变，比天气预报还不靠谱。

"他怎么能跟英俊潇洒的杨大侠比啊？只是个头差不多，声音有那么一点相似。他们都戴着很大的氧气面罩，加之光线暗淡，我没法看清楚。"

"他们想干什么？"

"盗墓，刘备的墓。"

马超装出一脸神秘，可惜拿捏不准火候，宛如刚登台表演的说书人。他没有急着说下去，耐心地等待观众的情绪炸点。

欧阳芙蓉无动于衷，一手撑着脸颊等待下文。

马超优雅地咬了一口甜腻腻的蛋糕。嘴边沾了些奶油，却不以为意，或许这是他故意的。为了讨女孩欢心，男孩有时候喜欢犯傻犯浑。

欧阳芙蓉忍住不笑。一旦笑出声，就失去控制权了。

马超接着"下回分解"："也活该这两个盗墓贼倒霉，他们遇到了我。结果你看到了，我以匹夫之勇拯救了一座千年古墓。这可是三国时期唯一保存下来的帝陵！哪天，假如我被授予成都荣誉市民，你不要太惊讶。"

没有掌声，没有笑声，更没有鲜花。欧阳芙蓉全然是个老到的看客，等着说书人自己圆场。

马超看出欧阳芙蓉不信他的话，顿时偃旗息鼓，气场全无。为什么说真话总是被质疑，而那些满嘴跑火车的人则能收割一大帮粉丝？罢了，上不怨天下不尤人，认命吧！

马超拔掉吸管，摘去盖子，直接抓起饮料杯咕咚喝个痛快。他啪的将空杯子放到桌上，不住地打饱嗝。这就是男人表达不满的方式，粗暴而滑稽。

他从纸巾盒里抽出一张纸巾擦嘴。

欧阳芙蓉夺过纸巾，扔进垃圾桶。

马超无地自容，不知所措。太不给面子了，这还能继续相处下去吗？

欧阳芙蓉从挎包里摸出一小盒精致的纸巾，取出一张递过去。

"用我的，质量好，卫生干净。"

马超受宠若惊地接过纸巾，瑟缩着放到嘴边。

一股清香飘入鼻息，令他陶醉。他真舍不得用，又不敢放进衣兜，只好轻柔地来回擦拭嘴唇。这蹙眉轻叹、矫揉造作的小可怜样，比林黛玉还让人心疼怜惜。

"有完没完？小心把自己给掰弯了。"

欧阳芙蓉又一次夺过纸巾，扔进垃圾桶。粗暴，但漂亮！她扭头望向窗外，目光越过水池边的红墙落到武侯祠内的庙宇上。

"我知道你在想什么。"马超顺着她的目光望去，自认目前还能掌控大局。"放心吧，从你爸爸欧阳教授手上被盗的东西，还没有被卖出去。神秘人的交易已被我们打断了，下次交易不会选择在同样的地方。忠武堂有严格甚至呆板的联络规则，时间和地点必须准确无误，才能向对方亮出身份。"

"被盗？你不是说我爸在晕倒之前把那个东西抛出了窗外？"

"那是我根据失窃现场迹象做出的初步判断。我知道这个解释不会让你信服，其实我也不是很确定。但有一点是肯定的，窗玻璃上的裂缝是龙飞阵的图案。"

"你会不会把问题想得太复杂了？"欧阳芙蓉稍有激动，就接近情绪失控的边缘。

马超起身到吧台要了一杯温水，递到欧阳芙蓉手中。

欧阳芙蓉捧着水杯，澄净的大眼睛里流露出一丝感动。

这个细节被马超捕捉到了。他不由自主地将身子前倾到桌上，真想紧紧搂住这个女孩。

"不管我有没有把问题复杂化，既然走到这一步，就没有回头路。"

欧阳芙蓉点了点头，这个大男孩早已变成了她的精神依靠。若单凭一己之力，她根本没办法找到那失去的东西，给可怜的父亲一个交代。到底是什么宝贵的东西值得父亲不惜用生命去保护？这对她来说还是个谜。她相信马超知道，是时候探个究竟了。

她喝了口水，也温顺地将身子靠在桌上，与马超四目相对。

这是在传递一种信号。马超激动难耐，不由得张开双臂……

那个熟悉而刺耳的手机铃声不合时宜地响起来。美好的氛围就这么被破坏了，每次都毫无征兆。

欧阳芙蓉从包里摸出杨少波的手机，却不敢接听。她将手机视为烫手的山芋，恨不得马上扔掉。

马超轻轻拍了拍她战抖的手，鼓励她勇敢面对。

这一手还真管用，欧阳芙蓉平静多了。在铃声响过不下20秒后，她摁下了接听键。

"坐在咖啡屋里喝茶一定很浪漫吧？"那个沙哑冷酷的声音如同就在隔壁，让人不寒而栗。

两人慌忙朝四下张望，没发现任何可疑人员。这咖啡屋里，最可疑的就他俩。

"你们破坏了我的好事，我也不会让你们好过。限你们30分钟内赶到医院，否则，有人会从这个世界消失……"

这是一场用生命做赌注的新游戏，而规则由对方制定，他们除了执行，毫无别的办法。

电话尚未挂断，马超就率先冲出咖啡屋……

第十四章　停尸房

欧阳芙蓉驾驶着孙总的SUV奔驰车，肆无忌惮地行驶在街上。她车技精湛，像一道不受制约的耀眼的闪电。

马超畏畏缩缩地坐在副驾，紧拽住头顶的抓手。他真怕车子失控飞出去，可担心又有何用？这个女孩就没有循规蹈矩的时候，真怀疑欧阳教授是不是她亲爹。古语常说书非借不能读也，而今车子不是借的也绝不会如此玩命。

早过了上班高峰期，车水马龙并无衰减的迹象。人均拥有轿车的数量，能折射一个城市的发展状态，尤其是评估中产阶级的占比。人们抱怨交通太拥挤，往往忽视了自己也是麻烦制造者之一。要提升城市的居住质量，需要每个人的努力。

"你怎么不说话？"

欧阳芙蓉瞅了一眼几乎蜷缩成葡萄干的马超。

"怕打扰你开车。"马超故作轻松，手指依然牢牢拽住抓手。

欧阳芙蓉冷冷一笑，她清楚马超没有说真话。男人比女人更加死要面子，这是亘古不变的规则。

"我爸躺在重症监护室，能不能闯过鬼门关还难说，那人怎么下得了手？我就不信他会丧心病狂地对待一个几乎失去意识的老人。除非，他真是个幽灵。"

即便在大白天，欧阳芙蓉还是被自己说的话吓住了。

从午夜到现在，她没有合过眼，头脑昏沉，疲倦至极。虽然大清早仓促修饰了一番，仍难以掩饰逐渐加重的黑眼圈。她的双脚机械地在油门和刹车间切换，那游离不定的灵魂随时可能溜出躯壳。漂亮的女人染了憔悴的颜料，就等于往雕塑上打了一层蜡，高贵冰洁而楚楚可怜，马超提醒欧阳芙蓉别走神,可她能不走神吗?她只想尽快回到父亲身边,并希望目睹幽灵的真容。看看眼前如此美好的生活,为什么有些人内心的阴影面积还是越来越大?贪婪、堕落甚至背叛,会改变一个原本天性善良的好人。不知道杨少波能否经受住诱惑,他事业成功,颜值又高,深受教授器重,本该知足才对,没有道理走上歧途。唯一的可能是被逼迫,要么就是真的中邪了。

想到这里,欧阳芙蓉心里好受多了,转念一想这对身旁的男人不公平。她已对马超产生微妙的好感,而对杨少波更多是崇拜,那主要源于父亲的刻意撮合。她开始打心眼里瞧不起自己,"水性杨花"这个词第一次钻进她的脑海,蚕食着她的理智。

她没命地踩着油门,犹如在施展斗转星移大法,这是抽空灵魂的最快方式。有两次,奔驰车险些撞上迎面驶来的车辆。这让她感到亢奋,疲倦随之烟消云散。被平静生活束缚的小年轻,都喜欢采用极端方式找到兴奋点,这比吸食毒品还恐怖。奈何,他们竟认识不到这一点。

只有与死神擦肩而过,才懂得生命有多宝贵。马超落泪了,他真不想死;但若能和欧阳芙蓉死在一起,也算是福分。

贱男,他在心里骂了自己十遍。

奔驰车在医院大门口来了个急刹车。估计刹车片都快着火了,一股难闻的气味从脚底冒出。

死神被驱走了,马超平安着陆——刚才乘坐的仿佛不是轿车,倒像是飞机。

欧阳芙蓉撇下神情恍惚的马超,独自下车冲进了医院。这个时候,她最担心的还是父亲。

马超跳到地面,双腿还在不停打战。那一轮煞白的太阳,竟躲进了云层,不屑将光芒施舍予他。就这点出息,还如何成就大业?他铆足精神,跑进了医院。

墙头的指示牌显示重症监护室在五楼，就在手术室隔壁。他从未去过那个地方，也不想去。但没办法，今天必须去，权当向准岳父请个安。

不知廉耻，他又在心里将自己骂了一通，这次多骂了五遍。

一个穿着白大褂的高个子医生从后面异常粗鲁地撞开马超，急匆匆走进了楼道，没有半句致歉的话，甚至懒得回头看一眼。

这医生真够忙的，估计是为抢救病人。马超毫不介意，好奇地瞅了一眼那个消失在楼道中的背影。

这孤傲坚挺的背影注定让女人着魔，此刻马超也出神了。那背影不陌生，在公司办公室里见过，在灵魂通道见过……难道是杨少波？他来这里干什么？不会真想暗害自己的恩师吧？就算他是被逼迫的，或者被植入了什么邪门的神经控制药物，也不可能得手。欧阳芙蓉已提前赶往重症监护室，而且那里有不少医生和护士看护。

马超耷拉着脑袋边走边想，不觉中走到电梯口。

电梯门刚好打开，一帮人涌了出来，马上又被另一帮人填满了。医院里提倡保持肃静，可来来去去的病人实在太多了。没有人喜欢这地方，又不得不来。出生在此，死亦在此，这是马超唯一相信的宿命论。

马超几乎是被人流推进了拥挤的电梯。

他转头扫了一眼，不少人戴着口罩，只露出忧郁的眼睛。沉闷的空气中夹杂着汗味尿味，还有消毒水的气味。

电梯门开始缓缓关闭……

马超的心里滑过一个念头。绝不能按常理推测！从昨晚接了孙总电话到现在，哪一件事是合乎常理的？那个酷似杨少波的医生背影像一根针刺中他的神经，让他大脑缺氧。

马超突然从即将关闭的电梯门挤了出去。

众人唏嘘一片，这个人病得不轻。

马超不顾一切地冲进楼道，追踪那个神秘的身影。管他忠武堂还是龙飞阵，只要揭穿他的真面目，就不会再被牵着鼻子走。

他一口气冲上三楼，迎面撞见一个端着托盘的小护士，忙问是否看到一高个子医生。小护士很干脆地摇了摇头。他冲到四楼，碰到一个躲在暗角吸烟的病人。病人年纪不过15岁，见有人走来，慌乱地将烟头踩在脚下。马超问了同样的问题，那个稚气未脱的少年不住地摇头。

马超心头一凉，那个医生不是上楼，而是下了地下室。真是个幽灵，不喜欢光明，偏爱黑暗。

他有些犯难了，但谁叫自己是纯爷们儿呢？他准备转身离去，下意识多看了那个少年一眼。这孩子面黄肌瘦、精神萎靡，估计得了什么重病。

"兄弟，你咋啦？"马超关切地问。

"咋啦？"少年没想到这个陌生人会停下脚步，明显很吃惊。"没啥，就是得了一种不吉利的病。"

"那你还抽烟？"

马超轻轻推开少年，捡起地上的烟头。

这孩子轻薄得像片浮云，被一阵微风很轻易地吹开了。

"医生说情况不太乐观，反正……"少年本想像个大人一样坚强，还是没忍住夺眶而出的泪水。"死马当活马医呗，活一天算一天。"

"兄弟，这就是你不对了，"马超真想拥抱一下少年，"别太悲观，要相信自己，相信医学。再说，你还这么小，不为自己，也得多考虑父母。"

这话直接戳中少年的泪点。少年哭得更伤心，哗啦啦的眼泪如同开闸的洪水。

"爸爸妈妈太苦了。我真没用，一生下来就进了保温箱，花钱如流水，长到现在快把家底掏空了。"

"既然你们父母没放弃，你更不能放弃。人得学会为家人而活。"

马超觉得说再多没用，不如来点实际的。

他从包里摸出几百元钱，硬塞到少年手中。自从手机微信钱包有钱后，他就很少使用现金。这笔钱在他身上已待了小半年，总算找到用处了。

马超用力拍了拍少年脆弱的肩膀，飞奔下楼。身后的哭声更大了，填塞了整个楼道。没被病痛折磨过的人，全然体会不到健康有多重要。而在恢复健康的过程中，金钱更重要。时而有圣人告诫信徒别被浮云遮望眼，但要拥有那样的好心态，前提是必须拥有好身体。

马超顺着楼道来到地下室，越走越觉得瘆得慌。这洞穴般空旷的地下室，压抑昏暗，除了通风系统的噪音外，几乎没有鲜活的气息。

他不经意看到墙上的一个指示牌——太平间。

那是医院和火葬场的中转站。病人去世后，大多会在这里停放两天，方便家属办理相关手续，同时为假死病人留下复活的机会。

真不该来这里，这是找死的节奏。虽然这么想，马超的脚步还是不由自主地朝前缓缓移动。他必须拆穿那个神秘人的真面目，这是为了欧阳芙蓉，也是为了自己。他不是个胆小鬼，更不相信世上有鬼魂。那个人能进去，他为什么就不能？

周围的空气越来越稀薄和冰凉，这确实不是活人待的地方。头顶上两排双亮度的节能灯由于电压不稳，闪烁个不停，仿佛随时可以沉入黑暗。原本暗淡的地下室变得阴森诡异，这与地面上那个朝气蓬勃的世界天壤之隔。

他开始后悔来到这里。现在撤退还来得及，这纯爷们儿咱不当了。

"咣当"，这响声宛如一把钢刀刮过骨髓。

他身后的大铁门关闭了，生的世界被阻挡在门外。

他惊慌地转头望去，原来经过的地方有道门，可刚才完全没注意。

一个煞白的身影直挺挺地站在门边，与他不过两米的距离。

换作别人早已吓得半死，小马哥却有迥于常人的思维。内心的恐惧感竟然消失了，因为他确信那是个有血有肉的活人，不是幽灵，也不会吸血。

作为一个在逆境中成长起来的"90后"，他比同龄人吃了更多的苦，受了更多的委屈，越挫越勇、越勇越挫。父母对他没有寄予过高的期望，只图这个生下来不过3斤的婴儿能平安长大。农民培养大学生极为不易，而培养一个天生体质弱爆的大学生，更是难上加难。好在马超熬出了头，卑微的父亲却在爆竹声声的除夕夜病逝了。别人阖家团圆，他则在料理丧事。父亲曾对母亲说他不愿将钱花在医院里，得把钱留给儿子娶媳妇。这就是伟大而固执的父亲，他没有享过一天福，最大的幸福就是死在儿子温暖的怀抱里。父亲走得很安详，也很遗憾。那一刻，马超发现父亲枯瘦如柴苍老无比，而就是这弱小的身躯将他培育成才。他亲自为父亲擦洗身躯换上新衣，在遗体旁整整守护了两天两夜。

所以，马超懂得尊重死者，即使身在死人堆里也未有太多恐惧。即便有，仅多是一个寒战而已。

那个活物朝马超走来，不是别人，正是戴口罩、穿白大褂的高个子男人。他没有从马超脸上看到预料中的恐慌和狼狈，之前精心准备的一整套恶毒语言派不上用场。

"杨少波，别再装神弄鬼了，"马超迎击着那熟悉而陌生的眼神，"快把口罩摘下来，咱们另外找个地方聊聊。这里没有咖啡，也没有盖碗茶。"

那人忍不住笑了。

由于口罩遮挡，笑声变调，还带着令人窒息的沙沙声。他不急于回答，而是扫了一圈周围冰冷的柜子。很快，他的目光回到马超身上。

马超不禁倒退了半步，这是他进入太平间后第一次感到真正的恐惧。这家伙到底想干什么？他的身上带着死亡的气息，比那些躺在柜子的尸体还可怕……

第十五章　重症监护室

重症监护室ICU位于五楼，里面躺着的都是些危重病人。这里离死亡最近，与希望若即若离，大多曾在手术台上获得过"黄牌警告"。隔壁手术室门上的指示灯显示为红色，表示正在手术中。几个病人家属焦急地等候在外，期盼手术能顺利完成。

医院这地方很奇特。看似冰冷肃静，又温暖阳光，生与死的定律都在此改写。

欧阳芙蓉刚冲到重症监护室门口，就被一个小个子护士拦住了。监护室共有两扇防护门，强行隔开了两个不同的世界。

小护士告诉欧阳芙蓉，ICU探视系统正在维修，如要进去探视，得向主治医生请示。欧阳芙蓉哪管这么多，使出浑身解数冲撞防护门。别看小护士个头小，也有一身蛮力，抓住欧阳芙蓉的胳膊死活不放。

主治医生从重症监护室闻讯而出，认出了欧阳教授的女儿。这父女俩都不让人省心，一个躺在病床上不能动弹，一个恨不得把医院捅个大窟窿。

他用眼神示意小护士松开手，委婉地指出欧阳芙蓉行为过激。

若是在一般病房区，他早就呼叫保安来处理。医生见了太多的生离死别，理解病人家属的痛苦心情，但也得遵守医院的秩序。秩序和情感，是一对很难调和的冤家，除非你是冷血动物。

主治医生一旦开口，就像拧开的水龙头没完没了。欧阳芙蓉是个急性子，虽也通事理，实在按捺不住。她将医生拽到一旁，把半个多小时前收到的恐吓电话内容像豆子一样从兜里倒了出来。

医生愣了愣，咧开嘴微微一笑。

他显然不信，认为患者家属过于紧张了，要么还深陷手游的毒害中，现在的小年轻老是分不清现实与虚幻的距离。教授的病情是不容乐观，但还不至于活不过今天。况且，重症监护室保安措施严密，外来人无法靠近。

欧阳芙蓉思前想后也对，要真发生啥事，这里还能如此平静？不过既然来了，不看一眼父亲，她于心不甘。

欧阳芙蓉将双手捂住面颊，长一声短一声地抽泣起来。医生还未反应过来，她已哭得稀里哗啦。这女孩不当演员真是可惜了！

当她放下手后，医生看到了一张被泪水浸透的面孔。这张俏丽的脸蛋布满忧思，没有半点造作，仿若在雨水中坚毅不屈的玉莲，令人怜惜。

漂亮的女人稍微释放一下情绪，无须河东狮吼，就能起到击杀千军万马的功效。欧阳芙蓉大概已领悟到这一千古不变的真理，巧妙地改变了策略。她收放自如，每一滴泪水都发自内心，足可撼动任何一个铁石心肠的男人。

"好吧，破例让你进去看一眼。记住，必须听从安排，不能任性。"医生摘下眼镜片在白大褂上蹭了几下，继续架在鼻梁上。

镜片更模糊了，可他心里很敞亮。

欧阳芙蓉踮起脚尖猛然扑上去，紧紧拥抱了一下医生。

医生又一次猝不及防，差点没站稳。还没来得及吃早饭，他眩晕乏力。熬了一个通宵,再不好好休息,没准哪天他也会病倒。做人难,做医生更难。

欧阳芙蓉松开了医生,跟随小护士走进两扇防护门间的隔断区域。

她麻利地洗手消毒、穿戴探视服,然后深吸一口气,调整好表情。若是父亲醒来,绝不希望看到女儿伤痛欲绝的面容,那反而会加重病情。

第二扇防护门打开了。

一股浓烈的药水味扑面而来,透过口罩钻进她的鼻孔。各种医学仪器生硬连贯的声音此起彼伏,这凸显出重症监护室的静寂和神圣。

尽管已是第二次走进重症监护室,这里的压抑和窒息依然攫住了她的灵魂。病人到了这里,只有任凭摆布的份儿。死亡随时可能发生,生命脆弱得像张纸。

欧阳教授躺在左侧第三张病床,身上插满管子,桌上摆满仪器,经历了心电监护、气管插管、机械辅助通气、静脉置管等等过程。一个人若到了这个地步,有时候还不如死亡来得干脆。由于肢体被约束,失去自由的老人特别无助。

昏迷不醒的老教授像是得知女儿要来,心灵感应般地睁开了眼。两行浊泪滚出眼眶,没有言语,却让人心碎。

欧阳芙蓉不忍看到受苦的父亲,转过头去,用手捂住嘴唇低声抽泣。还说她是个天生的演技派,此刻竟一点也不会掩饰自己的情感。

护士长走过来,提醒她保持镇静,这会影响病人的情绪。

话音未落,欧阳教授的呼吸急促起来,心电图波动紊乱。这是一种不祥的征兆,重症监护室本已紧张的空气骤然令人窒息。

护士长立马呼叫当班医生,同时催促欧阳芙蓉赶快离开。

欧阳芙蓉呆若木鸡,完全被吓住了。

她生怕父亲再也抢救不过来,可又帮不上一点忙。她哭得更厉害了，那种无助和痛苦只有亲人才能体会到。

那个小个子护士连推带搡，将欧阳芙蓉赶出了重症监护室。

欧阳芙蓉奔到楼道里，落寞地蹲在墙角。这是她唯一可以依靠和主宰的小空间。她试图控制情绪，重新坚强起来，最终却像个孩子般放声大哭，不再有任何顾忌。

不知过了多长时间，也许只有五分钟或十分钟，这是她最煎熬最至暗的时刻。那个小护士在楼道里找到了她，摘下口罩露出微笑。这笑容非常迷人，没有一丝瑕疵，让人倍感温暖。

"你爸暂时稳定下来了。"最简单的一句话，足可抵黄金千两。

欧阳芙蓉倏地跳起来，给这个长着小酒窝的小护士一个大大的拥抱。她不愧是白衣天使，永远给予生的希望。

小护士看见欧阳芙蓉情绪稳定下来，回去继续忙碌。这就是她的工作，平凡而伟大。

欧阳芙蓉转身面向窗外，望着这个看似平静又暗流涌动的世界。在浩瀚的苍穹包裹下，每个人都显得异常渺小，唯有在心里祈祷父亲能真正躲过这一劫。父女俩相依为命多年，美好生活还未真正开启。尽管父亲声名显赫，可这个倔强的老头一直过着在象牙塔中的枯燥日子，同时把女儿藏在了深闺。父亲的爱从来都是伟大而顽固的，直到女儿学会保护自己，才敢大胆放开手脚。

欧阳芙蓉擦干眼泪，发誓必须找到那个所谓的幽灵为父亲复仇。她从来没像此时感到刻不容缓，谁能保证父亲不会再次走入鬼门关？倘若杨少波就是幽灵，她也不会姑息，这世上没有比父亲的生命和声誉更重要的事！

欧阳芙蓉果断地离开灰暗的楼道，来到明亮的大厅。她下意识朝电梯口看去。

奇怪，那个怪才怎么没有跟上来？

她突然惊出一身冷汗，马超会不会出事了？既然父亲暂时没事，那就意味着别人有事。那个打电话的神秘人难道是声东击西？他前来医院的目的难道并非针对欧阳教授，而是……

想到这里，欧阳芙蓉悬着心几乎快进出来。都是她闯的祸！

她在医院楼上楼下疯狂地来回奔窜，累得气喘吁吁。那个熟悉的身影就像蒸发了，打电话也没信号，急死人了。

欧阳芙蓉心一横，走进了医院保卫科的监控中心。

一个胖保安正坐在监控显示器前玩手游。听到脚步声，他收好手机，啪地弹起来。出现在跟前的是个颜值极高的陌生女孩，如同天使降临。

胖保安激动得手足无措，用胖嘟嘟的手指使劲揉搓着红通通的眼睛。他误以为还蜷缩在出租房的被窝里做梦，太不真实了。

欧阳芙蓉打扮时尚，笑容灿烂，足以驱散所有不快。脾气再臭的人也不会为难她，何况胖保安是个快乐的单身汉。

"妹妹，你走错地方了。"胖保安语带亲切地说。

"没错，就这里，"欧阳芙蓉从灯塔般的保安肩头，望向满墙的监控显示器。"我朋友不见了，就在医院里，我想看看监控。"

"男朋友？"胖保安撇了撇嘴角。

"不……是。"欧阳芙蓉太了解男人的心思。

"这不太合乎规矩，可谁叫咱热心肠呢？"胖保安在电脑上点击录像回放，一只眼瞅着从天而降的女神。

欧阳芙蓉耐心等待着，始终保持迷人的微笑。无奈胖保安操作太慢，也许是故意拖延时间，更奢望这美妙的一刻能凝固下来。

欧阳芙蓉实在等不及了，"我自己来找吧。"

她不等胖保安回答，抢过鼠标娴熟地操作。选择摄像头编号、点击绿色方框、再输入时间段。

显示器上，那个熟悉而瘦削的身影立刻出现了医院门口。

她快速推进，发现马超走进电梯又返身冲入某个楼道。这小子举止怪异，难道是在跟踪什么人？

"帅哥，楼道下面是什么地方？"欧阳芙蓉殷切地问道。

胖保安听到女孩称呼他帅哥，简直心花怒放。这是梦境中独有的场景。

"储藏室。"

"还有呢？"

"太平间。"帅哥说完，自己先打了个寒战。

欧阳芙蓉拍了拍保安的肩膀，转身冲出监控中心……

第十六章　死里逃生

马超接连倒退了几步，屁股碰到一个冰冷的物体。他吓得跳开，回头望去。

那不过是一张铁床，不，还有很多张，不过都空空如也。

高个子医生咯咯笑起来。笑声透过口罩，在凉气逼人的空间里久久回荡着。

"你到底想干什么？"

马超四下瞅着，妄图找到一个足以自卫的武器。这里并不需要武器，大部分心脏脆弱的人都会自行倒毙。

"自作聪明，只能有一种结果。你懂的！"那人显得轻松随意，这里似乎是他的家，他可随意选择以何种方式招待客人。

"威胁我，找错人了。"马超决定绝地反击，或许还有一线生机。他从来不服输，哪怕死也得挣回面子。"假如你不是杨少波，又何必介意露出真面目？反正我也出不了这个鬼地方，每个人迟早会躺在这里，我就算提前报个到。"

"你倒挺想得开，符合档案里对你的描述。"

"你们早就开始研究我啦？"

那人发现说漏嘴，把目光转向一侧的柜子，好像在寻找某个编号。

"你有家人躺在这里？"

"你家才有人躺在这里！"

那人气急败坏地摘下口罩，否则骂得不过瘾。这吻合他在灵魂通道里的形象，毫无疑问，前后是同一个人。

一看到他的尊容，马超倒抽了一口凉气，更多的是感到失望。

这人果然不是杨少波，但和杨少波一样颜值高。眼前这个帅哥更加冰冷，面无表情，缺乏亲和力与生命力，像一家倒闭艺术馆里亟待处理的劣质雕塑；与其说他长相棱角分明，不如说五官都带着刺，就连眼神也会要人命。他体型匀称，步伐更匀称，又像个刚被植入情感芯片的智能机器人。

大帅哥伸手摸了一下墙头的按钮，随后用一种奇怪的表情看着马超。这肯定不是惺惺相惜的善意表达。

一阵阵冷风呼啦呼啦从头顶的制冷窗口飘出来，迅速包裹了两人。室内温度更加低了，氧气也更加稀薄了。

"老子喜欢女人，不想和男人殉情。"马超瑟缩着身子，搓着手臂。他估计自己坚持不了五分钟，生命不仅脆弱，还难以掌控。

"人只有到了极限，才知道自己有多么强大。"大帅哥说道，"我只想做个测试，这就是和忠武堂作对的代价。要是你能活着出去，记住我叫雷同，是组织的一名清洁工。"

"你绝不是忠武堂的人，就算是，也是忠武堂的叛徒。"

这句话激怒了雷同。他飞起一脚，将马超踹倒在地。

地上冰凉刺骨，这才是离死亡最近的地方。

马超扶着墙壁，忍痛爬了起来。

没有呻吟没有哀怨，更没有求饶，脸上还挂着笑意，这才是名副其实的纯爷们儿。必须活下去！他尚未好好孝敬母亲，更未实现心中伟大的梦想。当然，不是为了拯救地球，只想证明自己对社会对国家的价值。他刚刚转正，美好的生活才开了个头，不能就这么残忍地画上休止符。

雷同见马超轻松起身，误以为刚才那一脚力度不够。这是对他的侮辱。他真把自己当成了机器人，少许的情感，也不过是厂家的赠品。

他奔上去再次抬腿。

马超认命地闭上眼……

就在那致命一击迎头而来时，马超以一个潇洒的转身躲过了。

马超没有反击也没能力反击，而是飞快地朝大铁门冲去。

他打开铁门，逃出地狱，随即在外面关闭了铁门。整个过程不过10秒，符合他速战速决的习惯。之前，当铁门在身后猛地关闭时，他已留意到门锁按钮的位置尤其是铁门开关的间隔时段。

雷同意识到自己又一次小看了马超，不愧是怪才。

他迈开均匀的步履走向门口，无奈铁门砰地关闭了。

这声音悦耳动听，充满质感，带着嘲笑。

他打了个喷嚏，再没有别的表示。

喷涌而出的冷气嗖嗖地不断袭来，将雷同裹挟其中。他看不见东西，也看不见自己。他闭上眼睛，似在享受，没有丝毫畏惧。

他再一次望向那些整齐有序的柜子，有一种想躺进去的感觉。

"卧龙岗，忠武堂！"他在心里默念道，脸上掠过超然的笑意。

太平间逐渐被雾气笼罩，变成了真正的大冰柜。关乎生命的所有气息全部被抽空，藏匿于幕后的死神正式走向前台。

一个巨大的响声传来。他重重倒在地上，如同被闪电击中。

铁门外的马超听到了这个响声。沉闷、压抑、惊魂，让人战栗。

糟了，我杀人啦！马超寻思道，将手探向门锁按钮。

一只手抢先伸过去。

马超侧身一看，上气不接下气的欧阳芙蓉站在跟前。这幽暗之地一下子变得明亮多了，而且充满了活人的气息。

才多久不见，两人恍如隔世、眉目传情。这预示着两人的双脚都踩入波涛汹涌的爱河，一时半会儿上不了岸，也不想上岸。

马超看得入神了，忘记铁门内多了一具尸体。欧阳芙蓉精致的脸蛋上渗出了汗珠，灵性的眼珠带着关切，起伏的胸脯更是摄人心魄。男人即便置身危难之中，下半身也会产生生理反应。真是无可救药，他在心里咒骂自己。

"那人会被冻死的。"欧阳芙蓉的怜悯之心来得快去得更快，"不过，那是他自找的，只要你没事就好。"

马超飘飘欲仙，被人关心的感觉真爽。转瞬一想大事不妙，欧阳芙蓉越是这么说，他越意识到问题有多么严重。

马超忙用冰凉的手指叩开了死亡之门。

一个拳头从浓雾中挥了出来。那人似乎看穿了他的心思，一直在等待最后的生机。

欧阳芙蓉一掌推开了马超。

一个白色幽灵裹着雾气，像一只死里逃生的小白鼠溜出铁笼，片刻间消失不见了。

马超瞪了一眼雾气未散开的楼道，又望向雾气还在加重的太平间。那人挑战了极限，太匪夷所思了。

此地不宜久留，待得久了真会以为自己身在地狱。马超拽着欧阳芙蓉的手向外跑去，他渴望马上见到阳光听到喧嚣！

第十七章　九歌王者

马超和欧阳芙蓉坐在医院水池边的长椅上，并肩仰望着透过厚厚云层只能看出大概轮廓的太阳。这暖意融融的初春阳光比牛奶还金贵，能让肌肤白里透红，还能慰藉伤痕累累的心灵。

过往的医生和病人好奇地望着这对小情侣，无不为女孩感到惋惜。郎才女貌用在他俩身上显然不合适，一个颜值逆天，一个貌不惊人。但凡男人有财，总会弥补天生的不足，可女人就未必了。所以男女平等提倡了一个多世纪，还是被打回了原形，除非你真切喜欢心灵美的另一半，无论他贫穷还是富有、疾病还是健康。

从空中乳白色的光晕中挤出一道妒忌的光芒，正好刺痛了两人的双眼。他俩不约而同地打了个喷嚏，将隐痛的目光转向别处。

谁先打破沉默，这是个技巧问题。

这里毕竟是医院，不是什么浪漫的所在。有的只是发白的墙壁、衰弱的身影、痛苦的哀号，对生和死的担忧，还有流水般滑过的钞票。不管有钱没钱，进来后就平等了。身体才是革命的本钱，别等到被榨干后才喟叹一辈子白忙活了，到头来只能买个劣质的骨灰盒。

马超和欧阳芙蓉何曾想到他们的身影出现在了一部手机里。

住院部骨伤科的单人病房里，孙哲趴在窗边正用手机监视他俩。说是监视，不如说是在试图猜测他俩返回医院的目的。才不过几小时，这对一见面就抬杠的小冤家好得宛如热恋中的小情侣。从昨晚到现在，没有一件事一个人不诡异，可除了信赖马超，孙哲又能做些什么？

他不由得苦笑起来，将自己的身家性命押在一个刚转正的小员工身上，是不是太愚蠢了？还是那句话，他身边没有可信赖的人，既然欧阳教授和董事长都曾夸赞过这个怪才，这就很难说马超没有递过投名状。后生可畏，尤其是那种有才有胆识的年轻人，一不留神就会将前浪拍到沙滩上。男人到了一定年纪，倘若再无上升空间，就会不择手段圈钱。

这个想法让孙哲脊背发凉，更打心眼里瞧不上自己。

一阵轻微而均匀的脚步声从身后传来。

孙哲吃力地从窗边缩回酸痛的身子，一手扶着丰满的水桶腰。

"该换药了！"这是个高大的医生，戴着口罩，只露出冷漠的双眼。他言语冰凉，好像刚从太平间出来。

孙哲顺从地躺到病床上。

医生走过来，伸手撩起病人后背的衣服。

这手冰冷刺骨。

孙哲浑身一颤，忍不住扭头仔细打量医生。毕竟是个老江湖，他觉察出这个医生不大对劲。

"大夫，刚才你们科室的王医师说要亲自为我换药，怎么没来？"

"他去急诊科了。"

孙哲确信这是个冒牌货，雕虫小技就让他露出原形。科室哪有姓王的医师？孙哲深吸了一口气，双手撑着床边试图坐起来，不料被那只强有力的手臂摁住了。他想起了屠宰场被屠户控制住的肥猪，不由得恐慌起来。

"孙总，东西在哪儿？"雷同从衣兜里取出一把明晃晃的手术刀，刀背上映出他扭曲的面孔。

"我不知道你在说什么。"孙哲惊恐失色，虚汗淋漓。"你想干什么？"

"废话，当然是给你换药。"雷同的笑声从口罩里传出，夹杂着沉重的呼吸。"一个人从头到脚烂透了，就该彻底更换零件。"

"我要喊人啦！"

"那我会直接送你去太平间。"

雷同晃动着手术刀，逼近孙哲背上肥厚的肌肤。

"我承认自己心里有鬼，可昨晚的事跟我真没有关系。"孙哲绝望地叫起来。

"我只想知道东西在哪儿。"

"这个问题，我也想知道，这涉及我的下半生。求求你一定要相信我。"

孙哲看出对方不信他，无助地哭起来。眼泪鼻涕齐流，这个所谓的成功人士在死神跟前也是个十足的尿货。

那把手术刀在扎入皮肤前，收回了优美的锋芒。

"我相信你，但你也得相信我。"雷同将手术刀揣进衣兜，贴心地为孙哲盖好被子。"别着凉了。马超让我向孙总问好。"

雷同挺直身板，迈着均匀的步伐离去。

房门关闭的响声，让惊魂未定的孙哲再次恢复了心跳。他发现自己全身湿透了，裤裆也未能幸免。他把脑袋转向窗外，目中透出怒火……

"你在想什么？"欧阳芙蓉率先发问，毋庸置疑她对身边的男人已产生依赖。只要有依赖，就会在乎对方的一切，哪怕他的一个眼神也会设法分析其含义。

按理说马超应该得意才对，可他感到了压力。这压力缘于一种责任。

他觉得必须保护好身边的女孩，哪怕欧阳芙蓉最终回到杨少波身边也无憾，因为他在乎过喜欢过。想到这一点，他竟然有些伤感。一伤感，眼眶就会湿润。这不符合纯爷们儿的本性。所幸他戴着眼镜，那湿漉漉的晶莹更像是镜片反光形成的。

"我在想，太平间里的那个人并没有要我小命的念头，"马超说道，"他只是在警告我。"

"你不仅很爷们儿，也很大度。"欧阳芙蓉松了口气，"还好他不是杨少波，否则我就真对不起你了。"

这句话刺痛了敏感的马超。

若换成昨晚，小马哥绝不会如此在意，可此刻他心里已有了女孩的一席之地。在爱情这片魔幻森林里，每个人都会甘愿掉落温柔的陷阱，变成对方的猎物。即便置身于黑暗，看不到光明和希望，也不会挣扎，只会默默地乞求对方多看一眼。

欧阳芙蓉敏锐的眼神捕捉到马超脸色的异常。这个大男孩表达醋意的方式含蓄婉转，却很有杀伤力。她不知接下来该说些什么，竟有种莫名的紧张，生怕再说错话。比起那些在风月场中游刃有余的女人，她太稚嫩太纯净了！

"你爸还好吧？"马超赶紧转换话题。这是个明智之举。

"暂时没事，"欧阳芙蓉脸上堆满愁云，"但不容乐观。我得尽快找到那个东西。"

马超情不自禁握住欧阳芙蓉哆嗦的手，以此给她温暖和鼓励。

欧阳芙蓉没有抗拒，只是不敢正视。她逐渐平静下来，任凭小手被身旁的大男孩握住。

"那个东西真有那么重要？"她多想靠在男孩的肩头打个盹，忘却所有烦忧。

马超点了点头，并用眼神做了确认。

欧阳芙蓉没有继续发问，她懂得适可而止。她也曾多次缠着父亲刨根问底，那个慈祥倔强的老头除了微笑，滴水不漏。马超毕竟不是欧阳教授，他忍受不了女孩落寞迷茫的目光。这目光是一汪秋水，要是守望不及，会很快被冰雪冻住。

"那东西叫'九歌王者'，是蜂巢公司最高机密。"马超尽量轻描淡写，好似在公司周一例会上讲述无关痛痒的规划案。"单从商业角度来看，价值无限。谁拥有，谁就有机会超过马云，成为中国的首富。"

马超以为欧阳芙蓉会吃惊得下巴垂到胸脯，可发现她平静如水。这不是马超想要的结果，甚至让他感到难堪。

"单从商业角度，啥意思……"欧阳芙蓉猜中了马超话里有话。

"蜂巢公司表面上是家民营企业，其实很多客户都是国营单位，甚至是军工企业。这是一种自我伪装和保护，更是避免被不怀好意的人盯上。"马超的话语越来越严肃，这一点算是比较适合医院单调的氛围。

"这又能说明什么？"看来，这个女孩真的不懂。

她懵懂地蹙着美眉，等待他进一步讲解。生活在和平年代的小青年，除了刷朋友圈就是玩抖音，没日没夜地疯玩或上班，哪有时间关心国家安全。

"要是有人拿到这东西，再秘密卖给国外的邪恶势力，或者是打着捍卫人权名义的国际组织，那我们就损失大了。"

"我们？"

"对，不仅包括你我，还有所有中国人。"

欧阳芙蓉终于沉默了，她已然清楚了利害关系，也明白了父亲辛苦研究的意义所在。曾以为父亲不近人情，如今才体会到他有多不易！一想到父亲还躺在重症监护室，欧阳芙蓉就落泪了。

这是自责悔恨的眼泪，也是逐渐成熟的标志。

那让人不安的手机铃声毫无征兆地响起来。

欧阳芙蓉这次没有犹豫，也没用眼神征询马超的意见，而是直接接听。

"你个败类，我不管你是人是鬼，快把东西还给我爸。"

神秘人在电话那头发出阴冷而沉闷的笑声，好像他正躺在坟墓的中央。放眼四周光明的世界，这个声音太不和谐了。

"我也在找那东西，"那人收回笑声，变成温顺的低语。"芙蓉，你父亲欺骗了我，按常理我可以要他的老命，但我下不了手。自作孽不可活，劝你不要步你爸的后尘。这件事没有你想象的那么简单。"

马超夺过手机。"杨少波，别再贼喊捉贼，有种就堂堂正正地站出来。"

神秘人在电话那头愣了愣，像是被人从身后揍了一拳，需要适应一下疼痛。

"小马哥，游戏还未结束，别那么快下结论。依据忠武堂的内部法则，我和某个人要在下一个地点准时碰面。为了让游戏更好玩，不妨给你点提示，宇宙浩瀚，我们忠武堂唯独垂青千古忠臣和智者的楷模诸葛亮……"

电话在此戛然终止，那个声音仿若被吸入了宇宙黑洞。

欧阳芙蓉瞪了一眼杨少波的手机，又瞪着一脸迷茫的马超。看来要阻止幽灵交易，这次指定没戏了。

马超没有那么悲观，脑子已开始疯狂地旋转。他喜欢玩游戏，尤其是具有神秘规则的智力游戏。人一旦置身极限挑战，就会不由自主地奔跑，否则只有死路一条。他眯缝着原本就不大的眼睛仰望苍穹，极力将自己想象成宇宙中的一粒尘埃。微不足道，又不可或缺。

每个人都很渺小，每个人都需要偶像。"宇宙""垂青""诸葛亮"……这当中必然有联系。他顿时茅塞顿开，谁叫人家是怪才呢？

"我知道他们下一次碰面的地点了。"他的眼睛大放异彩，迸出穿透暗雾的火花。"武侯祠里有'名垂宇宙'的匾额，出自唐代大诗人杜甫赞扬诸葛亮的名句。杜甫虽然不是四川人，却在成都寓居四年，他对诸葛亮的推崇和膜拜或许正是忠武堂创立的初衷。既然忠武堂将武侯祠视为最神圣的结义场所，无意中指明了忠武堂内部人员见面的规则。这个组织注定是最有文化气质最忠诚守信的民间帮派……"

"别卖关子，下一个地点到底是哪儿？"

"杜甫草堂！"

中篇　解密之旅

第十八章　杜甫眼中的八阵图

　　杜甫草堂位于浣花溪畔，是唐代大诗人杜甫流寓成都时的故居。唐末诗人韦庄寻得草堂遗址，重结茅屋，使之得以保存，宋元明清历代都有修葺扩建。草堂完整保留着明弘治时期和清嘉庆时期的建筑格局，古朴典雅、清幽秀丽，堪称中国文学史上的一块圣地。

　　马超和欧阳芙蓉从喧嚣闹市进入这静谧之地，顿感心旷神怡。

　　真是一门之隔，两个世界。此行虽非为了觅得大诗人的足迹，也让烦躁的心绪得以洗濯，至少暂时回归宁静。

　　欧阳芙蓉是个在现实和虚幻中畅游的女孩，浅笑梨涡中又藏着对生活的焦虑。别的妙龄女孩都在等待心目中的英雄，而她喜欢去创造或识别英雄，因为她自己就是英雄。她痴迷于《武动乾坤》仙侠般的战场厮杀，更陶醉于《传奇》中打怪挖矿疯狂PK，表面上从未有独孤求败的绝境，战友们都羡慕她的装备永远是最新的、发型永远是最靓的，可没人知道她的心灵永远是孤独的。

　　这是激情的手游无法化解的！

　　一个人登上巅峰之后，都习惯回头看看自己辉煌而落寞的身影，那似乎是王者独有的待遇。其实，她不想当王者，只想做个小女人，找个结实的肩膀依靠。杨少波智商太高、情商更高，仿佛来自缥缈峰，全然看不透。倘若一个女人连最亲近的男人都看不透，那如何看透这个混沌的世界？

　　两个各怀心思的人在画卷中走着走着，就自然分开了。没有人在意，也没有人留意，如同流水遇到岔口，各奔前程。他们不曾被拥挤的车流截断，也没有被凶恶的坏蛋撕裂，却在平淡的岁月中迷失方向。

走在幽静的小径上，看着池水中映出自己婀娜的身影，欧阳芙蓉竟然感到形单影只。她确实是一个人。

马超没有按照门票背后的导游图参观，而是遵循脑海中的线路。

这条线路错综复杂，构成了八阵图的核心。虽然杜甫草堂经过一千多年的修缮扩建才有今天的规模，谁又能保证没有借鉴八阵图呢？指不定民国时期的建筑师中就有忠武堂的人。

马超善于观察周围的事物，唯独对女孩脸上的表情视而不见，这是男人忘我思考心无旁骛的标志。在这个境界中，连他自己都虚化了，何况是身边实实在在的人。

刚才在大雅堂内，他一一瞻仰了12尊历代著名诗人雕塑，尤其在杜甫跟前驻足良久。杜甫身形消瘦、面带忧伤、目光坚毅，他四处飘零生活窘迫，也从未放弃辅佐君王安邦定国的梦想。可惜他终老孤舟未能如愿，所以不少诗篇中流露出对三国名相诸葛亮的崇拜和羡慕之情。英雄惜英雄，忠武堂的人不仅推崇诸葛亮，也将杜甫视为楷模。两位贤良先后在成都居住，更为这座两千多年从未更改名称的古城添上浓墨重彩的两笔。

一粒灰尘从房顶掉入马超的眼眶。

他眨巴几下，睁眼后发现杜甫的眼神似乎望向某处。这和武侯祠中诸葛亮的目光有异曲同工之妙，难道是个巧合？

马超循着杜甫隐约的目光来到大雅堂外的墙角。

几支凋谢的蜡梅迎风傲立，并无特殊之处。他蓦然转身，这才发现欧阳芙蓉不见了，猛一阵失落袭上心头。至于两人是何时走散的，他完全想不起来。

他着急地四处寻找，在工部祠后面的花园中看到了那个熟悉的身影。他悄无声息跟上去，大脑中还在分析杜甫奇特的目光。这又是一种暗示吗，还是他想得太复杂了？理工科男总喜欢为身边简单的生活现象寻找最复杂的逻辑，最好每天吃喝拉撒都有固定的方程式。

欧阳芙蓉突然蹲下来系鞋带，这也许是她的刻意之举。谁能时时刻刻捕捉到女孩的心思啊？尤其是恋爱中的女孩，脆弱善变，一旦发现被忽视，就会使性子。

低头沉思的马超没有注意前面的路，猛地撞上了欧阳芙蓉。

欧阳芙蓉身体稳如磐石，果然是女神般的存在。

可怜小马哥一个踉跄，从欧阳芙蓉头顶越过，然后来了个潇洒的狗啃泥，扑倒在湿漉漉的草丛里。

几名游客大呼小叫着跑来帮忙。

欧阳芙蓉抢先出手，将马超从草地里拽起来。

一看到满脸稀泥、头上沾满草叶的马超，她捧腹大笑。笑声随即在游客中蔓延开来，马超很是尴尬。

马超原本指望欧阳芙蓉会为他清理仪容，再娇滴滴地说两句抱歉的话。那样一来，他心里会好受些，况且他又不是易碎的玻璃心。

可这个没心没肺的女孩除了哄笑，啥也没做，好像这帮围观的游人都是她花钱请来助兴的。

马超心灰意冷，料定被故意捉弄了。

他不理会欧阳芙蓉，独自向竹林深处跑去。那里没有嘲笑声，只有鸟儿的叫声，这足以让他重拾尊严。男人的所谓尊严，有时候是逃离世俗的一种表达。

欧阳芙蓉见游人散去，恍然醒悟自己太过分了。这既非情侣所为，也非朋友所为。她瞬间猜到马超会藏在何处，几个流星大步冲进了竹林。这种罕见的心有灵犀，在杨少波身上也不曾出现过。

她很快找到了那个落寞受辱的身影。她静静地走到马超身前，又忍不住笑出声。

马超居然没有擦拭满脸的脏东西。这个怪才滑稽而可爱，但看得出他神情严肃，无所顾忌地陷入沉思。那泥土和芳草的气息让他找到了与杜甫沟通的默契，以至于再度忽略了欧阳芙蓉的存在。

中　篇
解密之旅

欧阳芙蓉误以为他还在生气，又不想开口致歉。她半蹲下来，用手蘸了些泥土涂抹到自己娇嫩的脸上。这下轮到马超大笑，笑得几乎抽搐起来。

这就算和好了，两人分别掏出纸巾为对方擦脸。没有只言片语，就这么默默注视对方。

欧阳芙蓉心想完蛋了，她真的爱上了这个男孩，该如何向杨少波交代？必须就此打住，否则今晚要出大事。

欧阳芙蓉一本正经地质疑马超来这里是被误导了，杜甫草堂并没有适合忠武堂后人会面的场所。她认定这是对八阵图的曲解，现实生活中哪有如此复杂的逻辑？现实，这个词在她眼里其实是虚幻，至少不落地。

马超忙解释说杜甫曾写了许多歌颂诸葛亮的名篇，其中尤以《八阵图》最为独特。从宋代以来，就有不少远居朝堂之外的史学家猜想这首诗隐藏的奥秘。甚至有人臆断杜甫将草堂建在锦官城西南侧的浣花溪畔，也是在暗中借鉴八阵图的精髓。

八阵图特别强调西南者为坤地，坤为地阵，无论经纬变动，都有后勤保障。这位忧国忧民的现实主义诗人很接地气，心系苍生，信奉儒家的仁政思想，这就是所谓的坤地。他在成都度过了人生中最惬意的四年，能安居乐业，得益于好友严武的经济支持，这就是所谓的后勤保障。公元765年，严武病逝，失去唯一依靠的杜甫只得携家带口告别成都，两年后经三峡流落荆、湘等地，不久病逝于衡阳的一叶孤舟上。可见成都是杜甫的福地，诸葛亮是他的守护神。所以，忠武堂的后人选择在草堂碰面完全站得住脚，这是仅次于武侯祠的最佳地点。

马超见欧阳芙蓉听得云里雾里，是时候上"干货"了。

他轻轻扒开脚下的山茶花。

一段由青花瓷碎片铺就的纹路露了出来。由于岁月侵蚀，这段隐秘的纹路扑朔迷离，不为人所知。

欧阳芙蓉迷人的大眼睛里闪过一道惊喜，仅此而已。她吸取经验没有着急发问，以免过早暴露自己的浅薄无知，只是蹲下来静静地欣赏。直到发现这段纹路从溪水底部穿过向万佛楼延伸时，才产生了浓厚的兴趣。

马超在心中默念"坤为地阵，经纬变动"，持续的激动搅动着他的五脏六腑。这段纹路应该有两段，必然穿过杜甫草堂的中轴线，其交会处正是忠武堂后人碰面的神圣之地。

可是，另外一段纹路在哪儿呢？

他嘱咐欧阳芙蓉待在原地别动，独自沿着茂密的草丛和竹林边沿寻找。他在溪头跳蹿，欢快得像个无忧无虑的小孩。有两次，他像条猎犬趴在潮湿的地上嗅个不停，企图在迷乱的芬芳中找到心仪的味道。

毫无发现。

他停住脚，闭上眼睛，重新思索。

很快，他忍不住笑起来，这声音明显是在嘲笑自己。经纬两条线随意纵横，怎么可能出现在同一条平行线上？他不由得想起了大雅堂雕像中杜甫奇怪的目光，那的确是在指明方向。

有了方向，就有答案！

马超回到欧阳芙蓉身旁，以一种异常严厉的口吻要求她沿着地上的纹路前行，任何时候都不能偏离方向。欧阳芙蓉的芳心早已被这个天才勾走了，也不在乎他出言不逊，立马展开行动。

马超目送欧阳芙蓉勾着身子沿地上的纹路前行，有些不放心，更多是担心。

那个诱人的倩影不一会儿就消失在假山后。

马超匆忙返回大雅堂的院子里，果然在梅花树下找到了一段同样由青花瓷铺就的纹路。全身无比亢奋，没准比爱因斯坦当年发现能量方程式还带劲。人类探索未知领域时获得的里程碑式成就，会让人类兴奋多年，除非这个成就不幸演变成了灾难。

激动过头了，尚未找到经纬线的交会处，那算不上成功。就这么傻乎乎站在干枯的梅花下，别人还以为这是个刻意摆拍的花痴。任何人只要走进杜甫草堂，都会被古诗古韵熏陶，唯有心细之人才会发现隐藏在历史长河中的奥妙。每一座古建筑都有思想有气息，就看你能否走进它的心房。

他开始循着地上的纹路奔走，一路癫狂。

由于地面上的青花瓷碎片非常模糊，他不得不趴在石板路上寻找。陶醉或茫然在他脸上交错，可在外人看来显得很猥琐。

旁边正好是女厕所，一个妖艳的女游客诧异地打量着他，暗下决定向景区保安举报。好在那个怪人绕过花径，转眼间消失在了茅屋后的大片阴影中……

第十九章　机器人雷同

雷同从毗邻浣花溪的南门，迈着均匀的步子进入杜甫草堂。他忍不住打了个寒战，园区比外面冷，适合他这种冷血之人。

他一路摇头晃脑，就像颅内被植入了一枚芯片。芯片颤动会激发他的运动神经，让他控制不了自己的行为，但同时他的智商将得以提升，情感将变得程序化。自从那次在直布罗陀海峡遭遇撞船事故后，他就忘掉了很多过去的事。

他脑子真的进水了！

今年早些时候，M国西北大学神经系统科学家图兰博士曾表示，未来5年内可实现向人类大脑植入芯片，以迎接超智能时代的来临！也许，他说错了，不是5年，而是5个月。科技发展太快，很多人还沉睡在梦中，直到一觉醒来，发现外面的世界全变了，甚至连人的灵魂也出现了复制品。

雷同相信自己绝非试验品，他也没见过那个试图篡改人类生存规则的博士。这些科学家总是没事找事，他们稀奇古怪的大脑本来就很异常，若拯救不了世界，就尝试毁灭世界。

雷同只想做个普通人，挣钱养家糊口，看着孩子平平安安长大，却逐渐力不从心。他上周得了急性肠胃炎，急匆匆赶去医院看病，顺道做了个脑部CT。大脑深处没有发现任何异物，更没有病变或畸形。他非常健康、强壮有力，但还是觉得哪里不对劲。这一切他只能埋在心底，不敢告诉家人。这就是男人本性！

男人过了而立之年，就会犯焦虑症。吃多少镇静药都没用，最好的治疗方法是别闲着。他很荣幸能获得福星科技股份有限公司谢福的赏识，这家公司是蜂巢公司最强大的竞争对手。

有人怀疑谢福在蜂巢核心部门安插了卧底，从而轻松地掌握"九歌王者"的研发进展。他曾一度想收买欧阳教授，可惜未能成功，这个古板正直的老科学家视金钱如粪土。

蜂巢遭此劫难，消息灵通的老谢自然不会闲着。一闲下来，脑子就会退化。成功男人都忙得不亦乐乎，那既是工作方式，也是生活方式。一旦打破规则，固有的生物钟就会被打乱。

除了老谢的妻儿，雷同可以算作老谢最信赖的人。谢老板还有个爱好，那就是考古。他对刘备墓觊觎多年，一直不敢轻易动手，这次敢冒天下之大不韪，归结于他喉咙里长了个恶性肿瘤。这非常可笑，也很残酷。

老谢似乎明白了一个道理，人生无常，生活从来没有规则可循。随便是被认定为最健康的生活习惯，也无法保证你的健康。高端医学技术治疗不了老谢的病，只能任他自生自灭。这是唯一让金钱显得苍白无力的时候，再成功的人也得面对死神的召唤。总之，主仆俩脑袋里都有毛病，都有未尽的心愿！

雷同不知道来草堂的具体目的，和上次去武侯祠一样。当谢老板带他走进灵魂通道后，他才知道刘备墓才是老谢今年启动的最大项目。计划没有如愿进行，事后他真心感到后怕，尽管他当时在通道里的表现很无畏。真要灰飞烟灭，倒也痛快，可家人怎么办？

其实，老谢比雷同更纠结，甚至感谢马超的现身，还有那个暗中和他沆瀣一气的神秘电话。不管是否生病，一旦直面死神，都会怀念阳光下的日子。好死不如赖活着，何况他是有钱人！他被蜂巢公司压制了多年，再不打场翻身仗出口气，就永远没机会了。换个活法，大不了掉脑袋而已，反正脑袋早坏了。

雷同穿过绿树环绕的林荫道，尽量像游客般随兴参观。

若换作平时，他真想带家人来此游玩。事业算个屁，家人才是最重要的！他记不清楚很多事，甚至不知道自己的生日，可从未忘记家人的生日。那可怕的事故改变了他的一切，就连性格也变了，让他看起来更像是被遥控的智能机器人。

手机微信提示音响了，孱弱无力。

他耳朵灵敏，即便身处游人堆里也能听到。老谢温和亲切的声音传来，要求他迅速找到欧阳芙蓉的位置，然后加以巧妙控制，等待大鱼上钩。

谁是大鱼？！雷同嘀咕着，打开了手机的卫星定位系统。

杨少波的手机定位很快被锁定，这同时意味着找到了欧阳芙蓉。那个女孩将杨少波的手机当成宝贝揣在身上，这等同于随时兜着一个定时炸弹。爱情是最好的诱饵，一旦投放到水中哪怕是马里亚纳大海沟，也会钓到大鱼！

他将追踪系统的二维地图升级成三维地图，并按比例放大。他倒抽了一口凉气，地图上的那个目标红点就在附近十米范围内。

他顺着箭头指明的方位看去，那个迷人的身影果然出现了。

欧阳芙蓉绕过一段爬满青苔的石阶，正耷拉着脑袋朝雷同走来。她全神贯注地盯着地面，完全没有注视前方。

她到底在地面上找什么？雷同一下子被吸引住了，不由得低头望去。地上什么也没有！

他将脑袋垂得更低了，一边伸手抚摸着。

一条由青花瓷碎片铺成的纹路，模糊但神秘。

雷同决定不按老谢的旨意将女孩控制起来，而是先跟着她看看再说。或许纹路的尽头能找到所谓的大鱼。将在外，君命有所不受。他需要证明自己是人，不是机器。

女孩越来越近，已能闻到那摄人心魄的香水味。

一旦前途被阻，她随时可能抬头。

雷同来了个潇洒的转身，用手机佯装自拍。他本来皮肤就白，在美颜镜头下更显俊逸。当俊男一动不动站在路边摆Pose时，游人或许以为这是某个明星在拍手机广告。5G新款手机与历史悠久的杜甫草堂相结合，如此创意多么扯眼球啊！

欧阳芙蓉沿着雷同刚才站立的道路中央，继续前行。

她全然不知自己与危险擦肩而过，那个从太平间走出来的家伙随时可能动手。她只知道这是马超交代的任务，必须完成，况且寻找谜底的过程充满乐趣！

雷同偷偷拍了一张女孩的背影，及时发给了谢福。

没等谢老板回复，他就立刻尾随上去。

他迫不及待想知道这条纹路到底通向何处，该不会这里也有一条灵魂通道吧？听说杜甫极为推崇诸葛亮，他居住的茅屋正好面朝武侯祠方向而建。

欧阳芙蓉在桥边伸了伸腰，婀娜的身姿倒映在水池中。长时间勾着身子行走，难免有些疲倦，但没有丝毫怨气。她不经意回头望去，发现一个鬼鬼祟祟的身影躲进了树丛。

难道是自己疑神疑鬼？欧阳芙蓉不确定，又不敢返身探个究竟。她加快了脚步，希望尽快到达纹路的末端，更希望看到马超在那里守候。

雷同从树丛里溜出来，意识到自己暴露了。任何时候都不能低估对手，更不能让对方猜到自己的意图。这里毕竟不是医院的地下室，要不动声色地控制一个人绝非易事。接下来该怎么办？他打电话向谢老板请示，这个时候他被迫承认智商不够用了。

电话一响，谢老板就接了。

"别傻乎乎地待在那儿，按你的想法去做。"谢老板的指令简单明了，他应该就在附近。

雷同放下电话向四周打望，没有发现那个矮小精悍的身影。不过，他能感觉到一种超自然的力量在驱使自己，而成功者都具有巨大的魔力和引力。

按你的想法去做？

雷同打了个寒战，这是走进草堂后打的第二个寒战。谢老板看了一眼他发的照片，就猜到了他的想法。难道自己真的被植入了芯片，所以谢老板能随时捕捉到自己脑中的信息？这太可怕了！雷同想着。

他狠狠拍了拍脑门，又用力揪了揪大腿。

钻心的疼！这疼痛让他感到宽慰！

他绝不是机器人。好莱坞科幻大片《机械战警》只是个虚构的荒诞故事，完全没有科学依据。想到这里，他好受多了。汗水湿透了薄薄的大衣，这个英俊健硕的男士显得魅力非凡。

那个女孩早已消失不见了，但地上神秘的纹路还在。

他不顾一切地追上去，哪怕直接与女孩相撞！

欧阳芙蓉听到脚步声，回望了一眼顿时吓得面色惨白。她深知那个男子有多可怕，撒腿就跑。好在地上的纹路越来越清晰，不用再苦苦寻找。

穿过一览亭后,她终于看到两段纹路交会的地点。此刻的兴奋已无法用语言形容。

就在一堵绿瓦红墙下,墙上是用青花瓷碎片拼成的"草堂"两个大字。这暗合了地上的两段纹路,世上再也没有比这更巧妙更神奇的事了。1958年,毛主席在成都会议期间曾到此参观,对"草堂"二字情有独钟,伫立在此久久不曾离去。

欧阳芙蓉得意于自己抢先到达目的地,又失意于没有看到马超的身影。那个自以为是的怪才向来技高一筹,这次咋的啦?到底谁才是猪一样的队友?

她一脚踩在经纬两线会合之处,生怕被别人抢了先。

就在这时,脚下砰地传来一声脆响。

一团紫色烟雾从旁边的下水道冒出来。接着,一个锈迹斑斑的子弹头滚到了她的脚边……

第二十章　符拉迪沃斯托克的海风

波音787客机从M国纽约肯尼迪机场升空后,披星戴月向东方飞来。这是M国飞往中国航程和时间最长的直飞航线之一,大概需要15个小时。有"梦想客机"美誉的波音787对长途飞行的旅客而言,舒适度和安全度都无可挑剔。

蜂巢公司董事长周自横平躺在头等舱宽敞的座位上,手里拿着华为最新款的mate30 RS保时捷手机。由于长时间保持一种姿势看手机视频,他脖子酸疼,时不时轻轻转动脑袋,但眼睛一刻也不肯离开屏幕。

这是他见过的最不可思议的监控视频,视频中的场景就在他的公司。

短视频是孙哲在八小时前从成都总部传来的,显示时间是昨晚八点。孙哲不愧是老周最信赖的内部人员,第一时间将第一手资料发过来,而且没有做任何判断也没有甩锅。孙哲深知老周不会对不明真相或者看不透的事情妄下结论,除了开展自我批评和对损失做出评估,什么也做不了。

像其他顶级成功商人一样,周自横儒雅沉着、气场逼人,具有强大的定力和克制力,见惯风花雪月也见惯风霜剑雨,不会轻易被击倒。在没有到达公司失窃现场前,他决不乱扣帽子,即便"九歌王者"几乎耗尽了他的心血和财富。好在有相关单位背书,他最大的担忧是这东西落入邪恶势力手里,他将有口难辩。在涉及国家利益时,他从未含糊过,这次更不例外。

机舱内冷气袭人,而他心中更加冰凉。他裹紧了衣服,感受到一种悬浮在半空的恐惧。一旦摔下去,就算粉身碎骨,也难保清白。

他后悔当初不该过于纵容欧阳教授,无论在保密级别或人员配置方面都任由老头子做主。有一段时间,他甚至不清楚"九歌王者"的研发进展,直到教授带着几千页的数据资料闯进他的办公室。教授不喜欢通过网络发送机密邮件,他认为即便内部网络也有可能被黑客攻击,采用最传统的存储方式反而是最安全的,也是竞争对手想不到的。一个献身于前沿高端科技的科学家拒绝使用最前沿的信息网络技术,不得不说科研行业的套路也很深。

瞥一眼资料上的数据说明,老周直勾勾的眼珠就迸出兴奋的火花,之前所有的阴霾全都消散。他久久握住教授苍白枯瘦的手,有一种想屈膝跪拜的冲动。只要不出半个月,这个伟大的项目就会在相关领域引发新一轮核爆,将全国乃至全球的竞争对手击个片甲不留。

那时的亢奋变成了此刻的萎靡不振,期待过高,稍有闪失,就会滑向地狱。

他打开遮光板,将失落的目光投向黑暗的夜空。

纵使能看到的范围很小,他的想象力也并未因此受到禁锢。他清楚这片无边无际的星空充满魔力,无论人类如何伟大,永远探索不到尽头。人得学会和自然共存,不要试图挑战宇宙法则。

他眨了几下眼,惊异地发现外面的星球在改变。

黎明正摧枯拉朽地碾碎残夜,迫不及待要将希望和光明赐给人类。必须好好珍惜这美好的时光,虽说世界并不太平,所幸他的国家也就是他的终点是平安祥和的。

一想到热气腾腾的火锅、香气缭绕的盖碗茶,他就感到一股暖意席卷全身,寒气正在消退。

一个美丽高挑的身影走了过来。

在朦胧的灯光下,她像个天使,那笑容几乎可以扫除男人心中的所有烦忧。

周自横再次眨着眼睛,不太确定这个缥缈的身影是否真实存在。由于睡眠不足、时差颠倒,他经常会有头晕目眩的感觉。若说这是成功者的通病,估计很多小年轻都想患病。

当一个甜美的声音在耳边低旋,老周方知空姐殷勤地送来了一杯早茶。

他接过早茶,向空姐点头表示谢意。

空姐并未立即离去,而是优雅地半蹲下来。那双修长性感的美腿非常诱人,彻底驱散了他骨子里的寒气。

空姐告诉这位尊贵的客人,客机从M国西海岸飞抵东海岸后,正穿越白令海进入俄罗斯领空。

周自横再次点头表示谢意,随后看了看手表。对于一个"空中飞人"而言,一旦知道准确时间,就能清楚知道飞机的准确位置。

空姐这个温馨提示是多余的,却能让尊贵的客人倍感尊崇,至少双方都这么认为。作为航空公司的顶级vip客户,老周享有很多权益。但他行事低调,从未颐指气使地显摆。这是一种与物质不匹配的人生态度。他每年都会问道青城山，只为暂时解脱世俗的枷锁，还自己一个无为无欲的心境。他的老对手谢福也有此嗜好，同道中人而各取所需，这不违背自然法则。

空姐为老周调整靠背，又整理了一下他身上的毛毯。毛毯的青花瓷图案传统而亲切，富有中国风。

直到老周第三次表达谢意后，这个让人着魔的女孩才回到自己的座位，犹如隐没在了屏风背面。

老周向四下扫了一圈，总觉得有双眼睛在盯着他。从M国纽约一直跟到这里，看不到摸不着却能感觉到那股邪恶势力的存在。

他为手机充上电，继续悄悄查看那段诡异的监控视频。他深信别人都以为他在看恐怖片，只是将声量调到了静音。

这段监控视频已看了好几遍，正逐渐改变他对世界的固有认识。一个从事高端科技开发和应用的大boss，一夜之间感到自己跟不上时代的步伐了。超智能时代的来临会不会等同于魔幻时代？他扪心自问，竟发现自己回答不了。唯一确定的是"九歌王者"和杨少波都已不知去向。

他稍一闭眼，视频中的那个幽灵就会在眼前晃来晃去。

当孙哲在电话里用颤抖的声音告知那幽灵是杨少波，他一句话也没说，心底则掀起了巨大波澜。自从欧阳教授将杨少波引荐到身边，他就看出这个高颜值学霸深不可测，绝不是同龄人所能比的。反观相貌平平的怪才马超，大智如愚，关键是没有锋芒没有心眼，是一块让人看得透的璞玉。

他多想马上飞抵成都，一探究竟。刚才的镇静自若不见了，他越来越坐不住了。最煎熬的是不明真相，永远在黑暗和未知中摸索。

广播里传来一个充满磁性的男音，说飞机由于技术原因将经停俄罗斯远东符拉迪沃斯托克国际机场，其间预计耽搁三小时左右。

机舱内响起一阵唏嘘声，唯有老周露出微笑。他正好可以在机场打电话给孙哲询问事情进展，尤其要了解一下马超是否还在掌控之中。

符拉迪沃斯托克在1860年前属中国领土，曾名"海参崴"。因为濒临日本海，冬、夏气温较同纬度的内陆地区变动幅度较小，是个风景秀丽的疗养胜地，已成为仅次于黑海、波罗的海沿岸的第三大旅游疗养胜地。每逢夏季，成千上万的外国游客、疗养者蜂拥而至。三年前，周自横在此休假时结识了一个风情万种的混血女孩安吉娜，直到分手时他也没搞清楚安吉娜的国籍。她有好几本护照，精通俄语、英语、法语，还会说一些汉语。

回国后，老周发现自己随身携带的笔记本电脑中某些核心文件受到了攻击。攻击不是毁灭性的，倒像是对方善意地留了一手。他惊得满头大汗，难道那个混血美女是个商业间谍？换句话说，这次出国艳遇不是巧合，而是某个竞争对手蓄意安排的。在好莱坞爆米花电影中，这样的桥段司空见惯；在现实生活中，很多精于世故的企业家同样会在阴沟里翻船。

老周连夜命令电脑工程师升级公司的防火墙，进行层层加密。但这远远不够。他下令清理所有部门尤其是研发部门的电子产品，包括家属和宠物的电子产品。他将个人犯的错误转嫁到整个公司，又不敢明说。这就是大boss风流的代价！

想到此处，老周感到后背发麻、心跳加速，那件痛苦的往事仿佛就发生在昨天。决不能再犯同样的错误，教训太深刻了！

一阵轻微的颠簸后，波音客机在符拉迪沃斯托克国际机场平稳降落。

他扭头望去，头等舱的几个乘客已然离开，那双神秘的眼睛也不见了——或许本来就没有，只是他的幻觉。说真的，他有时候也分不清现实与虚幻的界限，这不是金钱能解决的难题。

老周谨慎地更换了一张手机卡，拨打孙哲的电话……

第二十一章　青花瓷碎片

子弹滚到欧阳芙蓉的脚边，如同钻进了她的心脏。她的心脏几乎停止跳动，全身血液凝固，大脑空白，只奢望有个英雄来救美。

一阵熟悉而细碎的脚步声传来。

她扭头望去，险些喜极而泣。

马超勾着身子顺着地上的青花瓷纹路走来。

他走得很慢，大概是怀疑两条经纬线的交会处不该在如此平常之地，至少应充满更多的诡异色彩。当他的目光触及从下水道飘出的紫色烟雾后，脸上绽放出了童真般的笑容，就像儿时发现了祖父的百宝箱。至于那个高挑性感的美女，他竟然视而不见。

欧阳芙蓉大怒，这混蛋当她不存在，简直无法无天！

"马超，你还愣着干什么？快来救我！"

马超没有应声，只是像扫描仪般快速扫视了一遍欧阳芙蓉周围的环境。

没有发现任何异常，连个可疑的人影也没有。这不是他期待的感觉，太让人崩溃了。

寒风掠过围墙内墨绿的茨竹林，送来一片优雅的沙沙声，撩得他耳根发痒。

欧阳芙蓉除了失望，还是失望。

马超似乎良心发现，快步上前。

这小子没有将欧阳芙蓉揽入怀中，而是粗鲁地推开了她，弯下腰从经纬交会处捡起一个锈迹斑斑的子弹头。

欧阳芙蓉靠在墙头上，正好挡住了用青花瓷碎片拼成的"草堂"两个大字。自从昨晚认识马超后，她从未受过此等委屈。就不能对男人太好，你越是纵容，他越不放在心上。女人得随时将自己的身体尤其是心灵包裹得严严实实，只有保持君临天下的女皇风度，男人才能对你俯首称臣。

此时此地，马超没把欧阳芙蓉放在眼里，更没放在心里。他的心思全在手里的子弹头上。

民国时期，四川军阀混战，杜甫草堂一度是军阀屯军之地甚至沦为靶场，许多重要文物遭到毁灭性破坏。从子弹头腐蚀程度尤其是氧化程度来初步分析，其至少有80年的历史，而从子弹头的形状和质地来看，估计是一枚7.63毫米毛瑟手枪子弹的弹头。忠武堂的核心骨干大多是行伍出身，钟爱枪支弹药并赋予其特殊意义。当家管事每次召开秘密会议都会以某类子弹做信物，这主要是为了便于军队中的隐秘成员列席，同时避免暴露真正实力，引起袍哥会浑水派系的挑衅。

但是，忠武堂是以什么类型的子弹作为信物的就不得而知了，历史都是人写的，何况是一段玄乎其玄的野史。尽管如此，马超仍坚信这正是忠武堂后人碰面的信物。一个恪守传统信仰的帮派，决不会改变祖先定下的规则，哪怕早已进入疯狂的5G时代。至于子弹为什么从下水道迸出来就不得而知了，或许这是交易被取消的一种仪式，那神秘的紫色烟雾不正说明了这一点吗？

马超匍匐在地，将脸贴近下水道。

井盖有明显被移动的痕迹。痕迹很新，表明那人刚离去不久。

他怀疑下水道中有个小机关，只要扣上发条，就会自行启动。要在游人众多的景区不被注意，最好的办法是装扮成下水道维修工人。他转念一想，觉得逻辑链条上缺了一环。景区下水道通常是定期清理，如果真藏着机关，早被发现了。最合理的解释是那不是机关，假冒的维修工人巧妙地在阀门上动了一下手脚，临时做成一个烟雾发射器。目的很简单，就是要通过这种传统而神秘的方式提醒忠武堂成员取消会面。

我去！真是个有趣、呆板和累赘的帮派组织，难怪如此不合时宜，终究被历史淘汰了。

"你像条癞皮狗一样趴在地上，用鼻子嗅了半天，发现什么没有？"欧阳芙蓉噘着小嘴问道。

女孩子向来耐不住寂寞，若是被晾在旁边太久，就会主动找碴。

马超站起来拍了拍身上的灰尘，依旧没有打算理会欧阳芙蓉。他再次环顾了一大圈，才将火辣辣的目光落到欧阳芙蓉身上。

欧阳芙蓉被看得不好意思，嘴角挤出一丝苦笑。马超却向一侧摆了摆手。

欧阳芙蓉很是不解，这个怪才越来越奇怪。

见欧阳芙蓉没有反应，马超便毫不客气地推开她，朝前迈了一步。他目不转睛地望着墙上的"草堂"二字，脑子又开始了飞速运转。

欧阳芙蓉连续被无视，真想挥拳将马超暴打一顿。无奈她下不了手，只好傻傻地看着他的背影。君子报仇十年不晚，女人更得学会抗压和隐忍！

由青花瓷碎片拼成的"草堂"二字是清朝晚期的作品，代表了康熙鼎盛时期最炉火纯青的烧制工艺。晃眼一看全是碎片，可造型别致、创意新颖，堪称一绝。字体的笔画线条青翠幽蓝、明快亮丽、气势粗犷，貌似一堆碎片实则完美融合。早春的阳光均匀地铺洒在两个大字上，使得整体色彩更加靓丽，尤其是那梦幻般的蓝色让人赏心悦目。

蓝色，不正是忠武堂会旗的颜色吗？民国时期，很多帮会组织都崇尚蓝色，看来忠武堂的后人确实选择在这里会面，只是不幸被他们打扰了。

对了，杨少波也喜欢蓝色，他的衣服是蓝色的、手机是蓝色的、居住的公寓也叫"蓝色海洋"。

游戏越来越不好玩了，也越来越好玩了。

马超第一次意识到自己像个牵线木偶般被幽灵拽在手里，幽灵到底想干什么?他是对"九歌王者"感兴趣,还是对自己感兴趣?或者是对……

他瞥了一眼满脸不悦的欧阳芙蓉,而对方则生气地转过头去。

曾经自以为聪明绝顶的怪才,忽然觉得自己根本没有搞清楚游戏规则。从昨晚到现在,他是个追光者,更是个迷茫者。不明真相还可以探索,可不知道应该相信谁才是最可怕的。

马超转身走开了。他双肩下垂,神情呆滞,像个落败的小鸡仔。

他不想再玩下去了,世界上没有比这更无聊的游戏了。他只想好好工作、好好生活,做个小人物,关键是能主宰自己的命运。他刚刚转正,未来可期。

欧阳芙蓉猜到这个混球遭受了打击,刚才的委屈变成了怜悯。但凡你挖空心思追索,还差点搭上小命,结果发现这一切无聊透顶,那该是何等的失落。

她静静地跟在马超后面,没有奉上半句安慰,因为她也很困惑。

两人一前一后地走在绿水环绕的园林中,形如一对拌嘴赌气的小情侣。远望茅舍掩映于树荫间,近观错落亭台闹芳菲。这是宁静淡泊的田园牧歌,更是城市喧嚣中的一方净土。

马超凭栏遐思,身后的欧阳芙蓉则止步于几米开外。

一个神秘的身影出现在池水中,随着水波的荡漾变幻出古怪的形状。起初,马超以为是自己眼花,定睛一看,吓了一跳。

那个影子就在身旁,几乎和他融为一体。

他正要转头,就被一双大手钳住了肩膀。

"小马,别乱动。"

谢老板朝马超的右侧脸颊喷出一口热气。这热气带着鱼腥味,熏得马超作呕。

马超一听到这干瘪短促的嗓音,就猜到他是灵魂通道里的那个考古学家,却不知道他是蜂巢公司的老对手。

谢福似乎第一次暴露在阳光下，浑身不自在，脸上松垮垮的皮肤毫无血色，细细的脖子支撑着硕大的头颅，像个到处忽悠信众的神棍。他穿着一件酷似道袍的深色大衣，整个人都显得萎靡不振，全然看不出是个拥有十几亿身家的大富豪。那双发蓝的眼珠透着魔力和威力，微微哆嗦的嘴唇犹如在念着咒语，脑后的马尾辫显得怪异而滑稽。

这绝不是哈利·波特与死亡圣器的故事情节。马超还是觉得自己有种穿越的感觉，现实与虚幻真的没有明确的界限。

"你是那个考古学家？"马超表现得异常淡定，"劝你离我远点，否则我报警。"

"年轻人，别太冲动。"谢老板淡定而自信，似乎掌控一切。"在做决定前，最好先看清楚自己的处境。"

谢老板放开手以显示自己的诚意。不，他在指明方向。

马超甩了甩手臂，真没想到这个病弱之人有如此蛮力。在灵魂通道里他已经吃过大亏，必须慎之又慎。

顺着谢老板的手势，马超什么也没看到。

装神弄鬼、故弄玄虚，这种小把戏我见多了！这里一如既往的静谧和空灵，不被尘世污染，也不受时空约束。

但他转瞬间大惊失色，似有所悟地瞪大了眼珠。

欧阳芙蓉不见了……

第二十二章 技术总监的退路

孙哲接完周自横从俄罗斯远东机场打来的国际长途后，将自己深深地埋入被窝里。这是他目前能找到的唯一的避风港，能让他的灵魂暂时得以安宁，不被纷乱的世界打扰。

病床的棉被单薄却气味浓烈，充斥着药水味和病人残留的体味，无论如何漂洗也洗不净。这一刻，他什么也顾不了，只想安安静静地做个美男子，更主要是对自己的处境做个准确判断。

孙哲是个天生的企业高管，气场丝毫不输董事长周总。但当他得知董事长对马超投入了超乎寻常的关怀后，就再也无法淡定了。后生可畏，千万不能小觑身边的小人物，没准自己的命运也握在他的手上！孙哲曾经以为自己是那个在幕后操纵傀儡的大师，现在他必须改变这个愚蠢的念头。事情的发展远远超出他的预想，谁也不能坐享其成，得返回八卦炉重新修炼，否则永远成不了真正的人精。

他有一种即将被抛弃的感觉！这种感觉让他如坐针毡，急需寻找良药。

周总在电话里越是客套，越让他感到不安。他是周总最信赖的管理者和知己，对周总的脾性了如指掌。这是双面性的。倘若说周总是九五至尊的皇帝，那他就是龙榻旁最亲近的太监总管，掌握了皇帝最不为人知的要害。一旦起了异心，他会快准狠地除掉那个被他跪舔的王者。自古以来，但凡某个朝代有阉党之祸，就意味着这个王朝行将枯朽。

被窝里再安全，也得出来透气，何况自己不是乌龟，一有风浪就把脑袋缩回壳里。他掀开棉被，下床来到窗边，轻轻活动腰身。这里不愧是全市最好的骨伤科，伤痛正在减弱，心中的疼痛则在加剧。

他必须马上做出决定，不能再蜷缩在避风港。貌似避嫌，反而会引起猜疑，尤其是周总的猜疑。都是老狐狸，一身骚气，屁股还都不干净。自从蜂巢公司启动神秘项目"九歌王者"以来，孙哲就没有睡过一天安稳觉。他太激动了，倘若项目搞定，他的身价将会暴涨，后来才发现有一种身在浮云间的困顿。期待阳光的临幸，又怕被全然击碎，落下一摊血淋淋的欲望。

当谢福在军工企业招标会上主动找他攀谈时，他意识到竞争对手对自己了如指掌。他当下就惊出一身冷汗，生怕自己真的意志不坚临阵倒戈。商场如战场，既要知己知彼，还要懂得避实就虚。精明的企业家比心理咨询师更能看准对手的底牌，为了不浪费宝贵时间，每句话都直达心窝，让你无从反击。要么举双手投降，要么举起一只手表达对主人的忠诚。

孙哲什么也没做，只是微笑面对。他自以为这样能麻痹对方。谢福显然是吃定他了，开出了一个极为丰厚的回报条件。换句话说，只要他透露哪怕一丁点儿消息，他的银行账户就会进一大笔钱。有谁不心动？除非你真是圣人！

太可怕了！想到这里，孙哲的病号服被汗水浸湿了。这是虚汗！

他一手扶着腰板，一手抚住啤酒肚，在病房里焦躁地走来走去。像极了产房里待产的孕妇，既期待又忐忑。

瞎琢磨总不是个事，得有所行动。他拨打马超的电话，在接通之前赶忙挂断了。绝不能暴露自己的心虚，还是暗中出击为妙。他打开手机图片库，在收藏夹里找到了一张诡异的照片。

这是欧阳教授倒地前将东西抛出窗户时，在玻璃上留下的裂缝。虽然难以分辨，可孙哲相信这是个富有深意的图案。

这个图案在手机软件上被编辑了无数遍，就像孙哲自己倒腾出来的杰作。原来他在马超到达公司前，早已拍下了图案，他的心腹保安曹盾可以作证。他的观察细致入微，只是擅长装聋作哑。这才是真正的高人！一个长期和隐秘项目接触的高层管理者，不可能对眼前的线索视而不见。

要不是董事长刚才的一通电话，孙哲还不会想到这张令人费解的照片。马超被董事长寄予了厚望，说明那小子必然对孙哲有所隐瞒，再不行动，他很快就会从蜂巢公司卷铺盖滚蛋。这是他不能承受的。就算真要投靠谢老板，也得有拿得出手的投名状。糟糕的是，直到现在他对"九歌王者"的核心内容仍一无所知。

孙哲脱下汗淋淋的病号服，换上整洁清爽的西装，悄悄溜出了病房。

电梯下行到地面一层。他恍然想到忘了一件事，又重新返回电梯，直达五楼的重症监护室。

医护人员正用手推车将欧阳教授推出来，紧急转移到旁边的一号手术室。这个可怜的老人再次休克，需要进行第二次手术。

护士听说孙哲是病人的上司，如同见到了亲人。她一把抓住孙哲冰冷的手臂，嘱咐他快去补交医疗费，并不停地抱怨家属一个也联系不上。

孙哲苦笑着点了点头，顺手从钱包里掏出信用卡。他在朋友圈里有"及时雨"的美名，果真名不虚传。他本想抱怨两句，但看到那个在手推车上被"五花大绑"的老头，心里又不忍。

这就是好人的下场，做好人太难了！

第二十三章　小马哥上贼船

马超被谢老板带到杜甫草堂旁一条偏僻的巷子里，巷子尽头停着一辆光彩照人的红色奥迪车，这极其吻合谢老板刻板又张扬的个性。

司机从驾驶室探出脑袋懒洋洋地看了马超一眼，如同在等待一个不守时的网约车客人。

马超的脸刷一下变白了，司机正是医院太平间的那个冷峻的大帅哥。他不敢前行，可身后的退路又被谢老板堵住了。

谢福看出了马超的惶恐，非常礼貌和通情达理地让开退路。这过于造作的礼仪让马超预料到接下来发生的事情会更加出乎意料。

雷同走下驾驶室，轻手轻脚地打开了后车门。

失踪的欧阳芙蓉静静地躺在车子后排,像个被巫师施了魔法的睡美人。

马超再无后撤的念头,忧心忡忡地奔上前。

"你们到底对她做了什么?"马超挥起拳头,又旋即放下。他清楚自己是个没有缚鸡之力的软蛋,真要动起手来,两三下就会被打趴下。

谢福和雷同对视一眼,没有着急回答,他们都享受掌控别人命运的快感。这个世界到底谁能最终掌控谁还真难说,就连先知也无从回答。

马超钻进车内轻轻拍打女孩冰凉的脸蛋,一边呼唤她美丽的名字。

欧阳芙蓉没有丝毫苏醒的迹象,或许她等待的王子尚未出现。这绝不是童话世界,看看那两张冷漠的嘴脸就知道了。

"放心,她死不了,只是暂时睡着了。"谢福坐到副驾驶的位置,温和地看着这对小情侣。"听说过一种叫阿普唑仑的镇静剂吗?它能让人保持安静,当然剂量稍大一点,就会陷入沉睡状态。"

马超将手指放在欧阳芙蓉的鼻孔前,很快松了口气。

她呼吸平稳,面容安详,不像受过暴力侵犯,倒像是在午睡。她微微转了个身,随后,一阵夸张的呼噜声传来。这是深度睡眠的象征。

马超不免有些尴尬,完全没想到女孩打呼噜会如此爷们儿。他坐到女孩身边,毫不犹豫地关上车门。

外面风声很紧,主要是他觉得反正也逃不了,不如守在欧阳芙蓉身边伺机而动。他开始后悔刚才在草堂忽略了欧阳芙蓉,完全沉浸在自己的世界里。男人太过自我,最终会迷失方向、错失幸福。

那个挺拔的身影站在车外一动不动。他身材匀称,面色无华,像一尊刚出厂的蜡像。确是个非常拉风的美男子,可内心的阴暗会让与他接触过的人都感到恐惧。

"你们到底想干什么？"马超低声问道。

"想和你这个天才合作，"谢福露出友善的笑容，"合作共赢。"

马超完全猜不透这个陌生中年男子的真实意图，只能臆断出他很有钱。奥迪车内装饰极尽豪华，科技感十足，基本一切操作都可通过液晶显示屏完成，却显得异常冰冷，没有温度。

马超打了个寒战，不是因为胆怯，而是车内的温度竟然比外面还低。

谢福剥开一颗黑色巧克力，放进嘴里狼吞虎咽起来。"不好意思，我低血糖，通身都是病。成功总是和疾病搅和在一起。"他抚摸了一下脑后的马尾辫，那像是他的命根子。"过一天算一天是我的信条，可既然活着，就得有点追求，比如'九歌王者'……"

"你为什么会对这个感兴趣？"马超舔了一下舌头，他又饿又渴，午饭时间早过了。"你不是更热衷于盗墓吗？"

谢福阴笑着，这笑声真像来自墓穴深处。

马超感到浑身更加冰凉了，也不知道沉睡的欧阳芙蓉有没有感到寒意。他心里只有身旁的她，别的一切都不在乎。他又一次后悔不该在草堂我行我素，要是时光能倒流，他宁愿做欧阳芙蓉脚下的哈巴狗，死死咬住她的裤脚，一刻也不松口。

"那是我的副业。和蜂巢公司一样，我热衷于前沿信息技术的研发和市场转换工作。"

这话说得稀松平常，可透露出一个足以引起马超重视的信息。这个中年人非常了解蜂巢公司，甚至在刻意强调，生怕马超听不懂。

"你是福星公司的人？"马超不由缩紧了脖颈。

谢福幽幽地呼出一口气，这小子果然悟性很高。看来档案里对他的描述毫不过分。为什么蜂巢公司能招募到稀缺的高端人才，而他的公司出再多的薪酬也捞不到真正的精英？陪跑是一种尴尬的竞争状态，这局面必须在他临死前改变。身患绝症的人更加渴望报仇雪恨，让自己死个瞑目，否则他化成灰也会继续被周自横嘲笑。他和周自横从大学毕业就开始较量，互有攻守，从未分出胜负。当听说周自横启动"九歌王者"后，他就意识到自己按常规出牌永无翻盘的那一天，只有依靠软实力，或者剑走偏锋。

谢福一句话不说，马超却猜出了他在想什么。

"我不会背叛蜂巢公司的！"

"蜂巢公司到底给了你什么，让你如此死心塌地？房子，车子，还是女子？我听说你昨天才刚刚转正，就被女友抛弃了。男人没有财富，永远得不到女人的芳心。这是一个过来人对你的忠告，千万别不领情。"

谢福瞥了一眼那个酣睡的女孩，好像在说这个女孩也不例外。马超同样看了一眼身边的女孩，坚信欧阳芙蓉不是那种庸脂俗粉。

"这些屁话对我没用！"

"年轻人，你还是没有看清自己的处境。我本来不想采用极端手段，但你太不识趣了。"

谢福用鹰爪般的手指敲了敲前车窗。

雷同绕到车子另一边，很绅士地打开后车门。

那个昏睡的女孩就躺在雷同身侧，随时可能遭遇不测。

雷同佝着背、垂着肩，脸色出奇平静，不像是要下毒手的人。他从衣兜里掏出一个精致的小盒子，从中取出一支透明的注射器，又取出一瓶乳白色的药水。动作娴熟又缓慢有序，却足以让人窒息。

马超忙将女孩搂在怀里，一边惊恐地瞪大眼睛。

"别乱来，我要喊人啦！"

"那是你的权利，"谢福在前排说道，"不过这个美丽的女孩将永远醒不来，而你会是凶手。要伪造现场太简单了。"

谢福从座位下摸出指甲刀，悠然地修剪着毫无光泽的手指甲。要是身旁再有一杯盖碗茶，那就更惬意了。

"有种冲我来！"马超不敢大声喊，这声音倒像是从喉咙底部失控溜出来的。

"我欣赏有骨气的男人，"谢福接连干咳了几声，咽喉仿佛被什么东西堵住了，嗓音变得越来越嘶哑，"但太有骨气了也不是好事。女孩将在5分钟后苏醒，一旦注入新的药水，她会再睡50分钟甚至更长的时间。没准，她会和她父亲欧阳教授一样成为植物人。"

雷同没有吭声，继续完成手上的动作，此时他就是个根据指令运转的机器人。药水被针尖快速吸入针筒。那乳白色的液体充满邪恶，迫不及待要进入女孩的血管里。

"原来你就是那个闯入蜂巢公司袭击欧阳教授的幽灵！"马超紧紧抱住欧阳芙蓉，不容许别人碰她一根手指。他多希望欧阳芙蓉能即刻苏醒，这样他们或许可以逃出魔掌。

谢福回头盯着马超，那布满血丝的眼球几乎快从眼眶进出来。"什么幽灵？这可是新的收获，若真有你说的幽灵，他应该是忠武堂的当家管事，而我不过是个跑腿的。"

"忠武堂的人绝不会干这种缺德事。"马超感到自己真的无能为力，除了动歪脑子，他啥也拯救不了。

"人总会变的，快做出选择，是让她苏醒还是永远沉睡？"谢福将指甲刀放在眼前，吹掉上面的一片指甲碎片。

雷同粗暴地抓住欧阳芙蓉雪白的手腕，将针尖扎逼近那娇嫩的肌肤。这是他的特长，他就喜欢将猎物逼至地狱之门。

马超本能地伸手阻止。若能替欧阳芙蓉沉睡就好了，那样便再无烦心事。

这是雷同最希望看到的举动。他用另外一只手猛扇了马超一耳光，似乎在报复在太平间遭遇的尴尬。

马超大叫，但不是喊疼。

"我和你合作！"

"这就对了。"谢福松了口气，喉管的空气也能流通了。

雷同依依不舍地将注射器扔在墙角，缩进了温暖的驾驶室。

欧阳芙蓉苏醒了。她抬起美丽的头颅看到那张熟悉的面孔，露出轻松的笑意。斜眼看到两个陌生男子后，笑容转瞬即逝。

"马超，他们是谁？"

马超不知如何回答，但看到欧阳芙蓉没事，他打心眼里高兴！什么都别说，知道得越少越安全，让他一个人扛着，这才是纯爷们儿所为。

"合作伙伴！"谢福做了一个值得信赖的表情，好像刚才什么也没发生。

欧阳芙蓉根本不信，她认出了那个长着僵尸脸的司机。她从马超的眼神里看出了无奈，除了认命目前别无选择。

"咱们庆祝一下，正好午饭时间到了。宽窄巷子有家不错的餐厅，爱浪漫的年轻人都喜欢去那里！开车！"

第二十四章　福星公司的老板

宽窄巷子全为青黛砖瓦的四合院落，也是成都遗留下来的较成规模的清朝古街道。康熙晚年在平定了准噶尔之乱后，这位千古一帝选留千余兵丁驻守成都，修筑少城。如今的宽窄巷子便是当年少城的遗留部分，它记录了老成都的沧桑历史，其建筑风格兼具川西民居与北方四合院的特点，在南方可谓"孤本"。从清朝八旗子弟提笼架鸟、莳花弄草，到民国达官贵人觥筹交错、大宴宾客，再到如今一杯清茶、一把竹椅，这个网红打卡地尽情抒写着成都的慢生活。

孙哲打开手机追踪系统，居然发现自己的奔驰SUV就在医院的地面停车场，而欧阳芙蓉和马超在宽窄巷子。他大大地舒了口气，庆幸自己的爱车没在修理厂。爱车的座椅下装有全球最小的GPS定位跟踪器，那玩意儿只有火柴盒大小。

他猴急猴急地跑向爱车，这股兴奋劲儿盖过了当年赶着去和情妇幽会。

车子真的完好无损，至少从表面上看没有大的伤痕。他俯身亲吻了一下车头，掏出备用钥匙打开了前车门。

刚钻进驾驶室，他就看见了那张皱巴巴的罚单。他撇了撇嘴角，没有半点怒意，毕竟爱车回到了自己手上。年轻人就是靠不住，不守规则，遭受惩罚是必然的。

他调整了一下座椅靠背，尽量让自己受伤的腰板舒服些。打开车载音响，连上手机蓝牙，一段优美的旋律飘出来，回荡在车内。他顿时感到整个人都飘飘然，困扰在心头的黑雾随之烟消云散。

车子发动了，那熟悉的轰鸣声让他进一步放松。

在驶出医院大门前，孙哲朝灰蒙蒙的住院大楼上方望去。

不知道欧阳教授能否再次闯过鬼门关？他也自身难保，瞎操心没用。这份敷衍了事的关怀不过是一晃而过的念头，他更心疼自己垫付的那笔医疗费。医院这鬼地方，早离开早解脱，待久了，就真的要去见鬼了。

不过二十分钟，他驱车来到了宽窄巷子。这是块将烟火气息和诗情画意巧妙融合的宝地，在城市冰冷水泥森林的挟持下独立傲娇，不向世俗妥协。

停好车后，他再次打开卫星定位系统。

那个红点坐标不远，就在前方五十米开外。年轻人就是缺乏责任心，火烧屁股了，还跑到这里寻找浪漫，真是垮掉的一代！上班时间到此游荡的人有几个能真正成功？很多人对慢生活的理解极其粗浅，以为只要坐在太阳底下喝茶就叫慢，可没有工作中的"快"，哪有生活中的"慢"？所幸，蜂巢公司的员工积极进取、主动加班，这都得益于他提出的近乎完美的企业文化理念。

抱着这份沾沾自喜的心境，孙哲来到了一家格调高雅的竹林餐厅门口。

目标就在里面！这对结识不过大半天的痴男怨女肯定在一边品尝美食，一边憧憬着未来。想到这里，孙哲肚子咕噜直响。左右两旁的小吃店琳琅满目，随便找一家都能满足自己挑剔的胃口。

他吞了吞口水，这种饥饿的感觉很久没有出现了。

这个在公司里坚持和员工一起吃工作餐的高管，每次进餐不是因为饥饿，而是为了作秀。工作餐吃多了，就会败胃口，但换来了宝贵的时间以及员工的崇拜。

让饥饿的感觉再维持一会儿。

他没有即刻进去，这不是畏惧，而是生怕唐突。谁也不希望被跟踪，必须找个合适的理由。他绞尽脑汁，借鉴项目策划会管用的头脑风暴在灵魂深处PK，还是没啥用。想那么多干什么，单刀直入雷厉风行才是我的本性。董事长今晚抵达成都，我到现在毫无头绪，反倒成了怀疑目标。世界很残酷，我又何必在这里扮酷？

要么背叛，要么忠诚，今天必须做出最终的选择！而这一切都为了一个"钱"字，至于朋友情和家国情，他不得不抛诸脑后。

孙哲掏出手帕擦了擦满头的虚汗，理了理笔挺的西装，走进了餐厅。这手帕是年轻妻子给他的，上面还残留着女人的香味。他舍不得丢弃，用完后又放回衣兜。真是个好男人！

一个脸庞圆润的女服务员热情相迎，主动带他去包间。孙哲谢绝了她的好意，故作神秘地说想给那对小情侣一个惊喜。服务员只好退到一隅，心中嘀咕包间里可不止两人。

孙哲高昂着头颅，大步流星地走向包间。他产生了幻觉，好像此刻正紧急赶往公司会议室开会。员工们早到了，正在窃窃私语地等待主导者出场。

包间位于一条充满艺术气质的走廊尽头。两侧的墙上挂着不知名的油画，墙角放着不知名的盆景，柔美的灯光倾泻到脸上，让他感到踏实和温暖。

他本以为会首先听到马超高谈阔论的大嗓门，却被一个低沉有力的声音震住了。他仿若被闪电击中，呆立在门口不敢进去。

他认为那依然是个幻觉，很快那个具有魔性的声音再次传出来。

"福星公司从不亏待人才，而蜂巢公司只会变本加厉敲诈员工，尤其是你们那个孙总，真是个魔头啊！"

若换作一般人，早冲进去将那个背后使坏的混蛋暴打一顿了，但孙哲毕竟是孙哲，他懂得克制和隐忍，懂得以德服人，其实最主要是恐惧。可以肯定包间里至少坐着三个人，老对手谢福正在不遗余力地收买蜂巢公司的新秀马超。

孙哲蹑手蹑脚地躲到包间外侧的墙角阴暗处，那是他目前能找到的唯一避风港。龟缩在这里，暂时能让他心跳平稳。

他不敢进去，又不愿离去。前后不到两个小时，他在别人眼里的人设彻底崩塌。他曾以为自己是董事长最信赖的合伙人，可那个长途电话让他心灰意冷；他曾以为自己是谢老板最想收买的竞争者，可刚才那番话让他心有余悸。

毋庸置疑，每个人都戴着面具生活，有的戴着戴着就永远摘不下来，成为他真正的脸皮，这是最可怕的。既然不幸沦为了弃子，那还顾及什么道德底线，谁先拥有"九歌王者"，谁才是真正的王者。

这么一想，他心里舒服多了，饥饿感也荡然无存，只剩下一肚子的憋屈和酸水。

孙哲猜得没错，包间里就三个人，雷同给家人买礼品去了。别看这人冷冰冰的像个刚出厂的机器人，心里热乎着哩。他是个称职的守护神，在工作中守护老板谢福，在生活中守护家人。要不是那次撞船事故，他的脑子会更好使，脸上也不会没有笑容。

欧阳芙蓉狼吞虎咽，毫无半点淑女风度。当然，她也没把自己定位成淑女，随心所欲及时行乐是她的信条。即便这个请客的大老板用心险恶，满桌的菜肴早已让她的大脑变得迟钝。马超胃口全无，僵硬地握着筷子，正在思考如何脱离谢老板的控制。

谢福眨巴一下小眼睛就看出了马超的小心思。

"小马，咱们既然是合作，就得真诚相待，千万别动歪脑子。"

到底是谁在动歪脑子？一个人厚颜无耻到这个境界，也是醉了。马超抬头看了谢福一眼，又认命地低下头。

谢福夹了一只大闸蟹放到马超桌前的盘子里，这是在交心啊。

每个老板对人才的招纳方式不同，却都希望尽快笼络对方，以便开展实际工作。"看得出你是个有担当的好男人，不肯轻易背叛公司，更不愿别人伤害你的女朋友。"

这句话适得其反，好比刚才那支透明的注射器，在疼痛中点醒了马超。保护爱人的最好方式，就是脱离关系。坚决果断，不择手段，看似残酷却情深似海。

他瞥了一眼欧阳芙蓉，目光中带着爱意和不舍。

那个大大咧咧的女孩报以羞涩的笑容，她自认吃定了身边的这个怪才。相处不过十来个小时，无论遇到多大的危险，这小子都有化解的办法。她要做的就是吃饱喝足，再安安静静地做个美女，不到万不得已，决不拳脚相加。是时候改变一下个人风格了，姑且等吃饭完后再议也不迟。

马超酝酿良久，猛然夺去欧阳芙蓉手里的东坡肘子，啪地扔到地上。

"你个吃货，就知道吃，还有没有点羞耻心？你简直是个扫把星，害你父亲不够，还来折磨我。自从遇见你，我就变得人不像人鬼不像鬼，而你还吃得下去。你就不怕撑死？"

欧阳芙蓉一时蒙了，委屈地看着这个"变脸大师"。男人怎么说变就变，就没个好东西？

谢福前倾着身子，一手捋着优雅的马尾辫，温和地看着这对小情侣。他是个老江湖，见得太多了，脸上毫无惊讶的表情。对于如此稚嫩的表演，他心里还是生出一丝敬意。他确实没看走眼，马超不仅是个怪才，而且有情有义。

"还愣着干什么，快滚。你在老子身边待的时间越长，老子就会越倒霉。"马超见欧阳芙蓉没有反应，歇斯底里地吼叫起来。

欧阳芙蓉是个吃软不吃硬的女孩，特别好面子，关键还是个玻璃心。她也不争辩更不哭闹，而是扇了马超一耳光，起身朝门口奔去。

两个巨大的黑影堵住了通往自由的门口。

欧阳芙蓉下意识倒退了一步。马超的小算盘失灵。

雷同用力拧着孙哲的手走了进来。那个自以为深藏不露的孙总低头哼哼着，不敢正视屋子里的所有人。

马超和谢福同时站起来，像是在欢迎这个不请自来的贵客。

"孙总来得正好，"谢福没打算把孙哲当外人，"买一下单，我和你的下属要去办一件小事。"

谢福像个老朋友搂着马超的脖子，推开孙哲出门离去……

第二十五章　八阵图的真实遗迹

雷同开着奥迪车行驶在绕城高速公路上。

谢福坐在副驾，膝头摊着一张硕大的成都地图。他全神贯注地研究，一边对照手机百度上的注解，好像正在规划旅游行程。马超和欧阳芙蓉一声不吭地坐在后排,彼此用眼神安慰对方。

车内氛围压抑别扭。本是陌生人,却因为稀里糊涂的原因稀里糊涂地坐在一起,各怀心思地奔向未知的远方。

马超微启干涩的嘴唇,准备为刚才的言行向欧阳芙蓉道歉。欧阳芙蓉读懂了他的心,用手势阻止了他。马超的心里颤动了一下,能被心仪的女孩看破心思,这是一种莫大的荣幸。

欧阳芙蓉主动握住了马超放在座椅上的手。

一股电流瞬间席卷了马超全身。

幸福来得太快了。他发誓无论前面的道路如何凶险,都必须保护好身边的女孩,哪怕付出生命的代价。从未向别的女孩子发过誓,他是当真的。

谢福冷不丁回头看着他俩,像个不知趣的偷窥者。

"时间不多了,得尽快找到那个东西。"

欧阳芙蓉不满地瞪了谢福一眼,真想一拳打爆他丑陋的头颅。经过这番折腾,这个女孩逐渐学会遇事需冷静,至少得征询马超的意见。

马超将欧阳芙蓉的手握得更紧了,这是一种强烈的保护意识。马超湿漉漉的汗水顺着指尖滑到欧阳芙蓉的手心,再滴入她的心田。

"既然上了我的车,就应该遵循我制定的规则。"谢福并没有因为被漠视而生气,他太了解这对小情侣了。之前认定两个年轻人只是在作秀,此刻来看确实掉进了爱河。

马超崇尚浪漫主义,也很务实,当下除了配合,没有更好的选择。

"忠武堂后人的两次碰面都被我破坏了,在短期内不会再有第三次碰面。"

"那是因为你对这个组织的认识很肤浅。虽然我有幸加入了,还是看不透。这座山高不可攀,只能仰视!头排大哥考察内部人员的规则非常苛刻，有的人甚至临死也没见过他的庐山真面目。但有一点是确凿无疑的，那就是一旦两个同等级的管事约好按古老的法则交易，就必须在一天内完成，否则将有背叛嫌疑，轻者被惩罚，重者被诛杀。"

欧阳芙蓉抿嘴一笑，这个在网络时代长大的女孩打死不相信当今社会还有如此帮规。就算在武侠手游中，那些层层设防的战斗规则也可以被打破，只要充值续费，没有什么是不能改变的。

现代社会更需要破圈出新，而不是墨守成规。

马超没有付诸一笑，而是皱紧眉头。他相信这番话，也就意味着得马上找到幽灵的第三次交易地点。若不然，他和欧阳芙蓉永远看不到光明，就连医院里的欧阳教授也会受牵连。

到底是谁牵连谁？

这个不重要！马超鼓足精神，重新将自己混沌的大脑切入游戏模式。一个通宵没睡觉，他疲倦至极，但一想到自己身上的重担，倦意很快消失了。

"前两次碰面，分别是在武侯祠和杜甫草堂，第三次碰面也应该在某个名胜古迹。"马超把目光转向窗外，那急速滑过的护栏形如没有尽头的光影。

奥迪车正在远离城区，向西边疾驰。

谢福尽可能地朝后伸长脖子，活脱脱一只探出围栏的公鸭——等着被宰，又渴望见到外面的花花世界。他生怕错过马超的每一句话，示意雷同关掉车载音响。

静默是课堂必有的氛围。在探索奥秘方面，谢福甘愿做一名在知识圣殿外徘徊的学生，满满的求知欲写在了脸上。

马超的目光从一晃而过的"都江堰"路牌，蓦地回到谢福身上。

"你心里早有方向了，何必来问我？"

谢福板着脸不作答，这是上司对付下属的有效威慑方式。他深知这个喜欢炫耀的怪才会自行给出完美的解释，只需事后多给点奖金而已。

马超用手机百度了一下，为自己接下来要进行的大胆解剖捏了把汗。"先秦时期，李冰父子主持开凿了都江堰，这个伟大的水利工程仍存在不少隐患。诸葛亮视察都江堰后，设堰官进行制度化的管理，这才使水利工程泽被至今。忠武堂将诸葛亮奉为祖师，自然对都江堰充满敬意，从而对入会者提出一项特殊的要求。"

"什么要求？"欧阳芙蓉着急地问道。在马超面前，她一直把自己当成学生。

马超温和地看了欧阳芙蓉一眼，犹如导师在课堂上向爱提问的学生表示好感。"入会者必须是水命，至少在姓名中有所体现。诸葛亮深信五行元素存在于天地间，人一出生五行就已注定，在姓名学中，同样含有阴阳五行相生相克的关系。忠武堂要前进，除了信仰一致，还得团结一心。水命的人聪慧好学，有谋略勤思索，可平生多波折，犹如江水历经千辛万苦，才能流归大海。这符合忠武堂的宗旨。"

谢福依然板着一张脸，似乎对这个解释不太满意。其实他心中也没底，但必须保持一种身在云端的缥缈姿态。

"除此之外，忠武堂推崇的八阵图更有玄机。据《三国志·诸葛亮传》记载：'（亮）推演兵法，作八阵图。'史学家公认的八阵图遗迹有三处：陕西勉县东南的诸葛亮墓东侧、重庆奉节县的南江边、四川新都区北三十里的弥牟镇。忠武堂的创立者坚持认定真实存在的八阵图在都江堰，这是诸葛亮生前多次去视察的重要原因之一。综上所述，都江堰已成为忠武堂在城外的最神圣之地。"

谢福的脸上终于露出会心的笑容，他的猜测有了确切的佐证。

欧阳芙蓉一如既往地向马超投去膜拜的目光，要不是有外人在，她会扑进这个怪才的怀里。靠才华吃饭的男人比靠颜值吃饭的男人更持久，更有魅力。

"相信这次咱们能马到成功，互利共赢！"谢福摇晃着酸痛的脖子，用笔在地图上的都江堰图标周围画了个圈。

马超打开手机三维地图，放大后进入都江堰景区。

他企图精确锁定幽灵的会面地点，最好能精确到某个河滩或庙宇，而不能像前两次一样在庞大的景区内瞎转。做无头苍蝇也有好处，没有烦忧，只有卑微但无拘无束的自由。

车内又恢复了静默，像是老师留给学生的自习时间。

一阵癫狂的电话铃声突然响起，那是年度最火的网络神曲。

马超和谢福一并把目光望向欧阳芙蓉，雷同刻意松了一下油门。

欧阳芙蓉从屁股后面的兜里掏出一部颜色鲜艳的智能手机。来电显示是个陌生号码。

三个人都无比失望，不是神秘人打来的。大家很清楚既然杨少波的手机在车上，他们的行踪便不再是秘密。没有人想拆除手机里的间谍软件，因为这得不偿失，一旦神秘人追踪不到手机信号，游戏可能随时终止。这个游戏从一开始就不公平，既遵循古板的规则，又随机改变规则。加入游戏的人越来越多，遗憾的是没人知道游戏何时结束。

"请问是欧阳芙蓉吗？"电话那头传来一个气喘吁吁的女音。

"谁呀你？"欧阳芙蓉冷冷地反问，她疑心是诈骗电话。

"我是医院的护士，你父亲又进手术室了……"

信号在这里断了，就像被某个搞恶作剧的人故意掐断的。

欧阳芙蓉的焦虑一下子蹿到嗓子眼，若不是车内空间有限，估计她会跳出去。

"我爸现在情况怎么样？"

没有回音，电话那头一片死寂。

"你倒是说话啊！我求你快告诉我好不好？"

欧阳芙蓉鼻子一酸，忍不住抽噎起来。她忘记了信号中断，仍然紧紧握住手机期盼得到答复。

"回拨一下电话试试。"马超轻声道。

欧阳芙蓉非常听话地回拨，还是联系不上。她真希望这是诈骗电话，大不了破财消灾。

除了低头垂泪，这个女孩毫无办法。

马超刚才还在发誓要保护好女孩，此时此刻却倍感无助和愧疚。

欧阳芙蓉极力控制住情绪，反复提醒自己遇事要冷静，不要给马超添乱。马超感到更加内疚，他强大的内心世界正在被一点一点撕碎。

马超率先丧失克制力，从后面勒住司机雷同的脖子。

"快掉头去医院！"

雷同猝不及防，勉强稳住方向盘。

"你他妈的是不是疯了？"谢福企图掰开马超的手，"快放手。"

马超反而勒得更紧了，将所有力量和希望聚集在细长的双臂上。平素最理智的人一旦失去理智，就不会考虑后果，也不会考虑这么做是否有用。

奥迪车在高速路上像个癫痫病人，左摆右晃，异常危险。

雷同腾出一只手，用力砸向马超的头。

马超大叫一声，松开了手。

欧阳芙蓉见马超被欺负，矜持全无。她挥出一记重拳击中谢老板的鼻梁，又回手击中司机的耳根。

这一拳让雷同大脑短暂缺氧，眼前一花，彻底失去了对车子的控制。

奥迪车从中间车道滑向应急车道，疯狂地撞向护栏。

一辆满载猪仔的货车紧急避开，那些惊慌失措的猪仔似也吓得尖叫起来。

谢福忍住剧痛,伸手将爱车拉回正道。他是车里最理智的人,虽然早已被医生宣判了死刑,却不甘心带着遗憾去见阎王。

"如果不想死,就都给我住手。"谢福撕心裂肺地吼道,这一吼真是发自肺腑。

马超双手抱住脑袋,以眼神哀求欧阳芙蓉住手。

欧阳芙蓉如同接到了指令,顿时收回了拳脚。

雷同恢复了意识,胸中的火焰毫无熄灭的迹象,眼中不断流露出凶光。他无法克制自己,如果不复仇,车子也会再度失控。

谢福闭上了双眼,他知道接下来会发生什么。

雷同猛然从前排转身,交叉拳头打晕了后面的两个乘客!

这就是永远摸不透的规则!

第二十六章　叛徒与知己

孙哲平静地吃完了马超等人剩下的菜肴,结账后拍屁股走人。脸上看不出丝毫的埋怨,不愧是久经考验的儒将。

他打着饱嗝走在宽窄巷子里,与来自四面八方的游人擦肩而过。

虽然瘟疫早已得到控制,生活回复了昔日的平静,可他心里落下后遗症,有很长一段时间不敢在毫无防护措施的情况下暴露于人群中。有钱人的命就是金贵,而且容易患上神经官能症。不过,他此刻特别放松、毫无顾忌,甚至希望时间能静止不前。

午后慵懒的阳光洒在青砖黛瓦上,为平淡惬意的生活添了一抹亮色。生活就该五光十色,要经常将灵魂的笔触放到颜料盘里浸染,才能绘出更加绚烂的人生画卷。

他在一张桌椅旁停下脚步,真想泡一杯清茶打发下午时光。

中　篇
解密之旅

手机短信提示音单调地响了。他懒洋洋地摸出来查看，还以为是条垃圾广告信息。可看到的瞬间却瞪大了眼珠。

他的私人银行账户上新进了一笔数额不少的钱。

数目离他理想的目标尚有差距，却足以取悦年轻的妻子。为了买南郊的那一套大别墅，他近来手头很紧，只能将希望寄托在即将面世的"九歌王者"身上。不料，这犹抱琵琶半遮面的圣物居然消失了，还是从他的眼皮下溜走的。

他是这个绝密项目的直接负责人，要是在24小时内找不到失物，不仅无法面对即将回国的董事长，更难以应对国家有关部门的调查。钢丝上行走，一念是天堂、一念是地狱。

这笔飞来横财到底是谁汇来的？他登录手机银行客户端，不过一分钟就查到了资金来源。

福星公司财务部。汇款留言一栏写着四个字：合作共赢！

他一哆嗦，手机哐当掉在地上。这清脆的响声几乎震碎了他脆弱的小心脏。

他匆忙捡起来，屁股一歪落座在一把竹椅上。

刚一坐下来，他就感到身体的重心有了依托，至少不再摇晃。他确实需要喝一杯茶洗濯混沌的大脑，要不然完全不知道接下来该怎么办。

风韵犹存的老板娘为孙哲冲泡了一杯"竹叶青"，还赠送了一碟花生米。这是鼓励他打发整个下午时光的节奏！

他呷了一口滚烫的茶水，只为激活一下趋于凝固的血液。刚刚替谢福擦干净屁股，那个深不可测的高人就吩咐下属打来了一笔慰问金。完全不经他的同意，但显然吃准他不会拒绝。没有谁会对钱不心动，尤其是这笔钱还十分丰厚，更像是无坚不摧的病毒。

可见，谢福对人性的窥视达到了一种可怕的境界，但凡被他相中的合作者，没有不屈服的。有的拜倒在金钱下，有的拜倒在超短裙下，还有的被困在一个不切实际的幻想中堕落为傀儡。

　　总之，所有人都有致命的弱点。越是在商场叱咤风云的人，越是信奉没有金钱买不到的东西，哪怕是灵魂也可被重启或重塑。唯有一种叫信仰的绝缘体，他们一般不敢触碰，那是会要人命的！

　　孙哲将脑袋仰靠在椅子上，任凭流动的阳光倾泻到苍白的脸上。

　　他越想越糊涂，几乎彻底陷落于混沌中不可自拔。

　　既然谢福选中了马超，又为何缠着他不放？唯一的解释是老谢既想拿到蜂巢公司的圣物，又想扳倒董事长周自横，让蜂巢的主力团队树倒猢狲散。这两个大学校友从踏进校门那天起就开启了瑜亮之争，既生瑜何生亮？人过于优秀，就怕遭遇势均力敌的对手，更怕缺乏势均力敌的对手。只要有一口气，必须分出胜负！

　　生活就是矛盾的合体，戳不穿也挡不住。

　　可笑的是，两小时前，孙哲还在纠结是忠诚还是背叛，现在却已有人替他做了选择。曾自以为城府很深，现在才知道比起谢老板，自己完全没戏。人得有自知之明，更要审时度势，良禽择木而栖是明智之举。唯一过不去的坎是辜负了老周多年的信赖，可在巨大的利益蛋糕诱惑下，有几个人能扛住？！俗人就是俗人，别故作清高！

　　他再次呷了一口清茶，心里顺畅多了。他疑心刚才是个幻觉，忙打开银行账户查看。

　　那笔巨款稳稳地待在自己的名头下方，一长串的零让人亢奋。

　　就在孙哲收到银行短信的同时，远在俄罗斯符拉迪沃斯托克的周自横也看到了这条转发的短信。他正坐在机场的VIP贵宾休息区，蜡黄的嘴角挂着轻蔑的笑意。他想吸支烟，但摸遍全身连个烟屁股也没找到，这才想起已戒烟小半年。

　　猜测变成了实锤，曾经的好兄弟成了可耻的叛徒，而且开始配合对手不择手段地瓦解蜂巢公司。祸起萧墙，最担心的事终究还是发生了，既在意料之外又在情理之中。

蜂巢公司自创立伊始就多灾多难，直到获得某军工研究所的垂青才扭亏为盈，走上正道。老周站在前沿生物信息技术的巅峰，备受国家和企业推崇。当某地瘟疫发生后，他没有捐款捐物，却秘密启动了一项科研计划，而这正好与欧阳教授的"九歌王者"不谋而合。捍卫国家安全，尤其是对付基因武器，如果不能做到未雨绸缪，悲剧还会继续上演。当然，在同行和外界眼里，他的公司充其量能在生物基因工程和生物芯片技术方面取得少许突破，只有老对手福星公司断定老周野心勃勃、不可小觑。这为"九歌王者"蒙上了更加神秘的面纱。

老周向来行事低调，不敢张扬，只想把自己藏在人群中，可还是被国外的竞争对手盯上。都是吃这碗饭的，心照不宣地暗战是常态。

欧洲的某个竞争者利用他出国考察之际，用尽各种诱惑手段也未能将他拉下水。只有那次在这里，对，就在这迷人的俄罗斯远东海滨度假胜地，他在阴沟里翻了船。好在损失不大，他随身携带的笔记本电脑里并未藏有公司最核心的机密。

从此以后，老周不敢有丝毫懈怠，身上也不再握有任何商业机密，尽管他手机的安全级别是非常高的。他此次到M国进行学术交流，来去如此风平浪静，一是得到暗中保护，其次是身上确实没有秘密可言，更不要奢望从他身上挖掘出"九歌王者"这个宝藏。

转发短信之人不是蜂巢公司的内部员工，只是根据老周的密令暗中监视孙哲。自从得知福星公司的谢老板和孙哲私下接触后，老周便不再信任这个多年的好兄弟。没几个男人能真正抵挡住金钱或美女的诱惑，除非你是真正的圣人，要么就是心中装满信仰、不受世俗污染，比如欧阳教授。现在来看，马超比孙哲更值得信赖，就看能否驾驭得了。

老周将倦怠的目光转向窗外的停机坪。

那架豪华的波音客机正风情万种地沐浴在阳光下。狗屁技术经停，这客机的性能好得不能再好了。太浪费时间了，这是对商人的侮辱!

　　老周放下手机抛弃杂念,转而重点思考回国后如何不动声色地清除公司的硕鼠。在圣物失踪前,公司平静如水,每个员工都将公司视为自己的家,而在过去的十几个小时内,个别员工内心的邪念被激发出来,还有的员工完全猜不透。若说昨晚真有幽灵,那肯定不止一个。失踪的杨少波嫌疑最大,项目的直接负责人孙哲也被证明疑点重重,至于昏厥的欧阳教授就没有嫌疑了吗?

　　想到这里,他浑身发抖,又开始咒骂在此白白浪费时间。

　　一个曼妙而熟悉的身影从玻璃门前一晃而过。

　　那个混血美女安吉娜,这是他的第一反应。

　　老周从舒适的沙发上嗖地弹起,像一把失控的利箭冲出门。他必须抓住这个难得的机会报复,把失去的东西夺回来,哪怕只是惩罚一下这个贱货。男人通常是记仇的,尤其不甘心被欺骗和玩弄。

　　老周刚走,一只灵巧的手为他更换了一杯热气腾腾的咖啡。真是太贴心了!

　　那个天使般的身影快速穿过候机大厅,钻进了一扇厚重的金属门。

　　她肯定发现了我,果然是个间谍。老周一边想一边加快了脚步。由于太过慌忙,他撞翻了一个旅客的行李箱。

　　旅客是个中国小伙子,一看闯祸的也是个中国人,抿嘴一笑,这事就算过去了。他当时正仰头查看电子显示屏上的航班信息,很随兴地将行李箱扔在过道上。

　　老周的心头涌起一股暖流,他已不止一次被类似的小事感动。只有走出国门,才知道撞见同胞有多亲切,恨不得拥抱一下。他来不及说过多致歉的话,抽身奔向那扇金属门。

　　门口竖着一个告示牌:非机场工作人员勿入。

　　这事就算过去了!安吉娜绝对不是机场工作人员,可她出入自由。对于一个训练有素的间谍，不仅能上天入地，还能钻世俗的空子，何况她还那么迷人。

周自横不想就此作罢，掏出手机拨打安吉娜的号码。

空号！

那段三年前的风流往事宛如南柯一梦，极其不真实！也罢，别自讨没趣，而且自揭伤疤会落人笑柄。

他鼓足精气神，装作若无其事地返回贵宾休息区。

热咖啡不错，很暖心！

一分钟后，蜂巢公司的董事长就迷迷糊糊地睡着了……

第二十七章　欧阳芙蓉成为人质

欧阳芙蓉是被电话吵醒的。

她昏昏沉沉地抓起手机。还是那个贴心的护士，不过这次天使的嗓音不再温柔，而是咬牙切齿地责怪欧阳芙蓉挂断电话。

由于信号不畅，欧阳芙蓉没有听明白，更没有生气。好在听清楚了最重要的一句话："欧阳教授再次死里逃生，但情况依然不容乐观。"

欧阳芙蓉又一次挂断电话。反正知道了自己想知道的内容，其他的都不重要。这就是她的个性！

她伸了伸懒腰，蒙眬的眼睛暂时无法看清周围的景象，却意识到自己待在一个非常温暖的空间里。司机雷同的那一拳狠准快，她迟早得还回去，否则她就不是欧阳芙蓉。

她一度以为自己躺在家里的豪华大床上。欧阳教授深知女儿缺乏母爱，有睡眠障碍，不惜花费巨资邀请德国知名设计师来华设计，据说将人体工程学融入其中，这张床不仅外观精美大方，还能提高睡眠质量。从那以后，欧阳芙蓉的睡眠障碍确实得以缓解，看来金钱真能治愈不少疑难杂症。不过，她心里清楚金钱比起父爱还是苍白无力的。

每次从睡梦中醒来，这个美丽的公主首先会闻到花香，随即睁眼就会看到床头柜上摆放着父亲托人送来的鲜花。花的品类几乎没有重复，充满生机，象征希望。这是欧阳教授对女儿最好的祝福，也是父爱的一种特殊表达。由于长期居住在科研室，欧阳教授少有时间回家陪女儿，却从未中断过传递爱意。

想到这一点，欧阳芙蓉不禁落泪了。她多么希望能重回父亲的身边，尽管什么也做不了，至少能守护那个可怜的老人。大概是由于泪水的洗濯，她的视野逐渐清晰……

她蓦地跳起来，险些撞上车顶的钢板。

我去，这竟是个封闭的大货车车厢！灯光柔和，没有丝毫的缺氧迹象，角落放着一堆食物和饮料，还有便携式马桶和几本女性时尚杂志。考虑得真周全，这是迫使她打持久战！很明显，她暂时失去了自由，像只被关在保温箱里的小鸡仔。

欧阳芙蓉抡起拳头捶打车厢内侧。

一拳，又一拳……

拳头宛如砸在空旷的原野上，巨大的响声迅速被吸走，化为孱弱的回音。

"马超，马超！"她大声疾呼，"你在哪儿？快给我滚出来！"

在生命的关头，她首先想到的还是马超。才认识大半天，她已把他当作自己最信赖的人——除了躺在医院里的父亲之外。

没有任何回应。

我被抛弃了。这是她的第一反应，转念间又纠正了偏激的想法。她沦为了人质，也就是说马超将不得不毫无保留地与谢福合作，直到找到"九歌王者"。

她一个劲儿地抱怨自己真的是无脑,除了添乱,啥也做不了。现在可好,完全将马超置于绝境。

不行,我必须逃出去,坐以待毙不是我的风格。

她疯狂地摸索、踢打,寻找可能存在的出口,哪怕是一道缝隙也好。可惜,这桎梏般的囚笼里根本没有"希望"两个字。

这个不轻易认命的女孩意识到自己忽略了什么,急不可耐地掏出手机。

原本只有两格的信号早已消失,上帝把门和窗户一并关闭了。

她后悔刚才不该挂掉护士的电话,唯一的逃生机会就这么被自己放弃了。她竟然哭了,这不是她一贯的风格。

无聊、无助,压抑和绝望,一步一步地攫住了欧阳芙蓉的神经!

第二十八章　被驯服的猎物

谢福将一颗昂贵的进口抗癌药扔进嘴里,慢慢嚼成碎末。不用半滴水,他已修炼成魔。虽然阻挡不了死神的到来,但能获得少许快慰。

苦味瞬间蔓延整个口腔,并朝更加脆弱的喉咙深处侵袭。

他仿佛不是用牙齿,而是运用强大的意念在服药。他咬牙切齿、面部扭曲,但比起绝症引发的痛苦实在微不足道。只有失去健康,才知道健康有多重要。成功人士总习惯于得到,从未想过这是以失去换来的。

悔之晚矣,生活就是这么残酷!

奥迪车正穿过一片物流货运基地,吃力地穿梭在一个个庞大的货车之间。它是街上最靓丽最金贵的宠物，从设计出来那天就不属于这个鬼地方。它恨不得尽早逃离这灰蒙蒙的世界，返回富人区敷个面膜再出来显摆。

司机雷同车技精湛，几乎开过世界上所有款型的豪车，当然这些车都不是他的。他以一个帅气的见缝插针超越了两辆咣当作响的大拖车，趁机心疼地瞥了瞥坐在副驾的老板。

除了投去一丝同情，啥也给不了。他能做的就是握紧方向盘，以最快的速度赶到都江堰景区门口。马超独自坐在后排，佯作无聊地望着窗外一晃而过的风景。景致欠佳，他心情更不佳，一路牵挂着那个被困在车厢里的女孩。

谢福不用回头，便能轻易洞穿马超的心思。他像一只散播病毒的蝙蝠，擅于将白昼变成黑夜。视力很差，却能发出超声波，用回音搜寻和定位，然后将病毒传染给猎物。

"去年10月，英国警方在伦敦埃塞克斯一辆卡车集装箱内，发现了39具遗体。这个悲剧性的事件，估计小马哥没有忘记吧？"谢福说得轻描淡写，刚才那颗酸苦的药丸没有影响他的心情，反而让他的舌尖更灵敏了。

"你到底想干什么？"马超歇斯底里大叫。

他从来不把事情往最坏的方向想，可这次无法淡定。他的脑海里满是欧阳芙蓉的影子，那个女孩在封闭车厢里的一举一动都能牵动他的神经。这就是传说中的心有灵犀。"我已答应和你合作，何必再伤及无辜？放过欧阳芙蓉吧，要不是因为她父亲，她怎么可能卷进来？"

"你的口头承诺在我这里只能打五折，"谢福像个油腻腻的小商店老板，热衷于和顾客讨价还价。"最好在实际行动中证明自己的忠诚！再不老实，没准你心爱的女孩会出现在欧洲非法移民死亡者的第二批名单中。"

"这里不是欧洲,是中国!"马超踹了一下谢福座位的后背。

谢福没有一丝怒意,他享受将小宠物捏在手里把玩的快感。"没错,你脑子很清晰,可我有的是办法把她秘密送往欧洲。一旦出事,我没有一丁点儿罪过,而你将背负一身的罪恶。"

"做老板做到你这个境界,真是太可怕了。"马超将车窗稀开一道缝隙,车内太压抑了。

谢福从生下来就被生活压得喘不过气,封闭的空间让他感到安全和舒心。他高度敏感,见不得一点风吹草动。可面对诡谲多变的商场,他游刃有余,唯一的遗憾就是从未真正战胜过老对手周自横。这次是他仅存的机会,必须不惜一切代价!希望以后别人对他盖棺定论时,不要在他的墓志铭上留下太多的责难。人无完人,最终都将归于尘土,成为蝼蚁的食物。

"可在公司员工眼里,我是个好老板。即便身患绝症,也在为他们的未来考虑。我从不克扣员工一分钱,只要他们努力工作,都会得到丰厚的奖励。真诚待人是我的个人信条,与员工共患难是公司的最高信条。不像你们蜂巢公司,董事长周自横披着狼皮满世界逍遥快活,回来后换上道袍像个大圣人告诫员工要学会做苦行僧。"

"谢总确实是好老板,你现在醒悟还来得及。"

雷同忍不住插了一句,如同在公司策划会上装模作样地附和老板的看法。他将奥迪车驶出了货车的包围圈,终于挪出眼睛的余光从右上方的观后镜观察马超的举动。他显然吸取了经验,生怕再被来自背后的力量袭击。

马超陷入沉默,细弱的双手紧紧抱住脑袋。现在不是反击的时候,那只会自找苦吃!

在前排的两人看来,这小子似乎被驯服了,至少看清了目前的形势。爱情这玩意儿是把双刃剑,能带给你幸福,也可能毁了你的幸福。

谢福没打算回头审视他的猎物，逼得太紧会适得其反，必须施舍出自由呼吸的时间。对于一个掌控大局的智者，当下要做的就是巧妙地把握节奏。他曾目睹和拆解了太多的阴谋诡计，突然很不适应和一穷二白的小屁孩玩游戏。得换一种战法！

"听说欧阳教授出事之前给你发了一条微信，内容是什么？为什么偏偏发给你，而不是别人？他在公司里最信赖的人应该是助手杨少波，或者是技术部总监孙哲，怎么着也轮不到你。你刚刚转正，资历不够、地皮不熟，人缘也不好，命运为什么就选择了你？"谢福毫无血色的嘴唇嚅动不停，像是在念经。

马超抬头摸了摸酸涨的脑门，好像真被紧箍咒套住了。他不知道怎么回答，因为他也想知道答案。

沉默，这是非常好的润滑剂。

谢福的手机微信提示音响了。

他扫了一眼，然后迅速关闭，咯咯地笑起来。这笑声是用一大笔钱换来的！"你们的孙哲总监果然是识时务的俊杰，这么快就向我表忠诚了。在我眼里，他不过是一条狗，你才是我渴望得到的人中龙凤。"

"我刚刚转正，资历不够、地皮不熟，人缘也不好，命运为什么就选择了我？"马超回敬道，同时翻了一下白眼。

谢福又一次大笑，笑得肚子直抽搐。他从座位下方取出两瓶矿泉水，扔了一瓶给马超。

"我就喜欢跟机智风趣的年轻人打交道，真是越来越欣赏你了。你不用说，我也知道欧阳教授发微信是为了叫你回公司加班，可你是技术部的人，顶头上司是孙哲。孙总叫你加班说得过去，但欧阳教授没这个资格。诚然，这个老头被董事长赋予特权，至少也得和孙总通个气。另外，他的科研部门在公司非常独立甚至神秘，你去能帮得了什么忙？"

马超不置可否，这次确实没有装模作样。这个问题从昨晚到现在，像枚铁钉一样嵌入他的脑海留下大片阴影。还有，密室窗户上的那个被他解读成龙飞阵的神秘图案，此刻看来也疑点重重，越来越不合理。那图案不像是临时起意创造的，倒像是出事之前就做好的。若按此推测，那昨晚发生的怪事更像是依照某个剧本上演的一出戏。欧阳教授到底在其中扮演什么角色？他为什么非要叫我回公司加班？我又扮演了什么角色？难道那条微信是提前写好的，设置成定时发送？！

他越想越糊涂，感觉这十几个小时的奔波白搭了。他不仅没有闯出迷宫，反而陷落更深。看不到尽头，更糟糕的是他失去了自由！

"唯一的解释是……"谢福终于忍不住转过头，用杀气腾腾的眼睛瞪着失去反抗的猎物。"你没有想象中的那么简单，还藏着一种复杂的身份，比如……"

"你谍战片看多了吧？有长成我这样的特工吗？有我这么穷的特工吗？我除了动动脑子、耍耍嘴皮子，啥也做不了，可电影里的特工都是三头六臂。"马超拧开瓶盖，猛喝了一大口。

他太渴了，浓稠的血液都快变成糨糊了。

谢福没有立即反驳，而是久久注视着马超。

无法看出破绽！

谢福不知道该不该相信这个年轻人的话，好在自己手里捏着张王牌。时间不多了，得尽快找到"九歌王者"完成最后的夙愿，除了马超没人能帮得了他。

雷同任凭两人争辩，专心致志地开车。这是他的职责，偶尔插一句完全是出于礼貌，至于寻找什么"九歌王者"，那跟他没有半毛钱的关系。

当奥迪车稳稳停靠在都江堰景区停车场时，雷同朝挡风玻璃上呼出一口憋了许久的热气。他拉上手刹，从烟盒里抖出一支不知名的进口香烟。

　　谢福夺过香烟，叼在嘴角，用眼神示意他点燃。

　　雷同没有丝毫怒意，无比殷勤地将一缕幽蓝的火苗伸向烟头。但在马超的视角，这个酷似机器人的保镖在极力压制怒火。世界上就没有省油的灯，只是在等待发光的机会。

　　烟味迅速在豪华的奥迪车内弥漫，真不知是享受还是糟蹋。

　　马超借机下车透气。他对即将开启的新一轮冒险充满信心，可对困在货车里的欧阳芙蓉却无比担心。但愿她能看懂他离开前在手机上留下的玄机，及早脱离险境！

　　要是真能心电感应，他希望自己的心在她的身旁……

第二十九章　　智能集装箱

　　欧阳芙蓉高举着手机在车厢里走来走去，依然搜索不到信号。这是她能想到的唯一办法，却除了消耗电量，毫无用处。她恼羞成怒地捶打着车厢内壁，除了消耗体力，也毫无用处。

　　她颓然坐下，再次抽噎起来。

　　越哭越伤心，越伤心越哭得厉害。难道我要永远被困在这里？

　　她忍不住望向那一堆有限的食物和饮料，这些东西也不够支撑她的整个未来。换句话说，她能否重新获得自由取决于马超能否找到"九歌王者"，即使找到了，还得毫无保留地交到谢老板手上。一想到谢福那张没有血色的脸，她就不禁打了个寒战。况且不能完全把希望寄托在马超身上，那样不仅会加重他的负担，也会凸显自己无能。

　　那堆花花绿绿的食物刺激着她的胃口，让她游移不定的眼睛找到了归属。对于情绪低落的女孩，零食总能产生奇妙的作用。当食物与嘴唇接触时，一方面它能够通过皮肤神经将感觉信息传递到大脑中枢产生慰藉，消除内心的孤独；另一方面，当嘴唇接触食物并做咀嚼和吞咽运动时，能使人从紧张焦虑的注意中心转移，在大脑中枢产生另外一个兴奋区，最终使身心得以放松。

欧阳芙蓉匍匐上前，将柔美性感的躯体彻底铺开，如同在健身房里练习瑜伽。她用嘴唇叼起一盒薯片，又以一个高难度的动作返回。

她打开包装盒刚吃下一口薯片，就感到内心的孤独正在融化。吃完整盒薯片，她几乎忘记了自己所处的困境。要不是因为目光触碰到这封闭的空间，她真会欢快地蹦起来。

可惜不能玩手游追网剧，更不能淘宝购物，要不然她在这里宅一周也无所谓。

手机电量正在逼近红线，而杨少波的手机又不在身边。

她突然倍感恐慌，手机恰似她如花似玉的生命。一旦坠入黑暗，重启便再无可能，更别指望和外界取得联系。

手机界面多了一个陌生的App，那是一款叫仙境魔踪的手游。能实现千人激战、百人同屏，玩法多元化，是2020年宅男宅女的标配游戏。

欧阳芙蓉起初怀疑是被强行下载安装，但很快意识到不是这么回事。

她的手机安全系数很高，这得益于父亲欧阳教授对女儿的特别保护。既不可能被追踪和监听，也不会遭受病毒攻击，即使失窃了，还会自主启动销毁程序。反观教授本人的老年机，土得掉渣，功能单一，全然不会引起注意。

不过，这款手游肯定不是父亲安装的，老人向来反对女儿玩游戏。那最大的可能就是马超，他深知自己对游戏痴迷若狂。都什么时候了，这二货还想用这种方式讨好自己……

不是讨好，是拯救！她的眼睛闪烁出兴奋的火花，足可驱散所有黑暗。

我真是傻帽，怎么现在才领悟过来？我爱死这混球了，真是天才，估计一千年才能出一个。连我都没想到这一点，谢福更猜不到。在把我扔进货箱之前，他一定对我的手机进行全面检查，还是被马超钻了空子。

这就是爱情的魔力！

想到这点，欧阳芙蓉竟然感到脸颊发热、手心出汗。

手机屏幕趋于暗淡，发出微弱的警报。

电量快没啦！

欧阳芙蓉以最快的速度进入游戏，发现这是一个关于智能集装箱的解锁流程。数据和数字化已成为现代供应链不可或缺的一部分，在集装箱行业也如此。箱内配备了传感器及通信技术，还装有通风系统和太阳能电池板，能收集很多数据，比如振动、噪音、污染指数、湿度和温度。简直就是个可以自由移动的挪亚方舟。难怪这里不会缺氧，而且温度适中，很适合宅男宅女。这种炫酷的集装箱没准很快会风靡全球。

她依据提示，触碰货箱左上方一个不太明显的方框。

方框亮了，原来是个隐形的电子显示屏，配有通话软件。

她急不可耐地激活通话软件求救。

在按下最后一个按键时，她忽然放弃了。

她意识到这个求救电话可能是个陷阱，也许会直接打到谢福的手机上，或者被监听。吃一堑长一智，绝不能给马超丢脸。换位思考一下，如果自己是马超，肯定会越过烦琐流程，让被困之人以非常规手段尽快脱险，更主要是不会触发远程遥控中枢的报警器。

想到这里，欧阳芙蓉以主人身份进入最后一页的逃生程序，可语音提醒要求输入密码。

希望的泡沫碎裂了，绝望重新蔓延！她哪知道什么密码？马超并未告诉她，在那么短的时间里他也不可能重新设置密码。难道要永远被困，被当作高科技产品的附属物发往全球各地？

大概是由于逃生程序被紧急启动，整个厢内的温度开始降低，消毒系统也在启动中。

该死的密码！

密码到底是什么？欧阳芙蓉的大脑飞速运转起来，密码应该非常简单，且具有独特性和唯一性。

"对了，我的生日。"她想到，在武侯祠入口处购票时，马超瞥了一眼她的身份证。

欧阳芙蓉毫不犹豫地输入密码，退到一旁等待光明的降临。

手机彻底黑屏。她像是被狠狠泼了盆冷水，更致命的是，温度迅速下降，消毒气体从看不见的缝隙冒出来。

她开始咳嗽，呼吸困难，这比感染病毒还痛苦。她能感受到死神近在咫尺，随时可能夺去她的小命，可她真的不想死。

车厢的左侧终于颤抖了一下，像屏风徐徐打开了。

她激动地落下了眼泪，一边许下诺言等见到马超送上长达十分钟的热吻。她迅速钻出车厢，顺手拿走了一包巧克力。一个喜欢甜宠剧的女孩，身上怎么能没有一点甜蜜的味道？

欧阳芙蓉跳到地面上，打量着这个陌生的地方。

一个巨无霸和智能化的物流仓库。冰冷壮阔的房顶高不可攀，四周的空间大得惊人，不流通的空气中散发出一股油漆味，估计还没有投入使用。

一辆熟悉的奔驰SUV从一扇大门驶入，在欧阳芙蓉的脚边停下来。这个时间掐得真准，仿佛就为了迎接她脱离苦海。

孙哲从半开的车窗探出脑袋，冲欧阳芙蓉挤出一丝友善的笑意。他脸上一扫从昨晚急剧笼罩的阴霾，恢复了昔日自信儒雅的金牌高管形象。老孙个头不高、体型偏胖，却总把自己收拾得精致洒脱。让别人产生信赖,这是成功的第一步。

"芙蓉,找你真不容易。快上车!"

欧阳芙蓉拉开后车门,有些迟疑。对于一个刚从封闭空间死里逃生的人,她的心里无形中多了一堵防火墙。

"孙总怎么知道我在这儿?"

孙哲早料到欧阳芙蓉会这么问,微微撇了撇嘴角。"当然是马超告诉我的,这小子真是天才,关键他很在乎你。整个公司都小瞧他了,难怪欧阳教授最后会给他发微信。"

这个解释没有问题,正好击中欧阳芙蓉的心。她钻进后排,舒适地坐下来,这感觉真好。

"你刚才说什么?那绝不是我爸发出的最后一条微信消息。"欧阳芙蓉嘟着小嘴,神情不满。

孙哲扭头瞪着欧阳芙蓉,似乎发现了新大陆。他完全没想到为刚才的失言道歉,甚至忘记了医院里还躺着一个生死未卜的老人,尽管他也刚从病房走出来。

"我爸那么好一个人,绝对能挺过这关。永远没有最后。"欧阳芙蓉是天性纯真的女孩,不懂得"爱人者必见爱也,而恶人者必见恶也"。浅薄的人生阅历不足以让她准确分辨人世间的善恶,这也许是马超第一眼就喜欢她的原因。白得像一张宣纸,任墨色浸染。

孙哲稍显失望,作为一个精英高管,他只习惯于手下的员工向他道歉,却从未低下过高傲的头颅,除了在董事长老周面前。

"坐好啦,咱们出发!"孙总的声音甜得发腻,比欧阳芙蓉兜里的巧克力还讨人喜欢。这有点不寻常。欧阳芙蓉显然理不出头绪,要是马超在这里就好了。

"孙总,你的腰没事啦?"

"腰杆挺直了,就是好。"孙哲答非所问,这就是他一贯的处世哲学。

欧阳芙蓉更加觉得孙哲像变了个人。她前倾着身子瞅了一眼车载导航仪上的目的地，刚刚松弛下来的神经又紧绷起来。

都江堰！我来了，希望小马哥能照顾好自己，我这次去决不会帮倒忙！

第三十章　安澜索桥的奥秘

都江堰位于成都平原西部的岷江干流上，不仅是举世闻名的中国古代水利工程，也是著名的风景名胜区。公元前256年，蜀郡太守李冰父子在前人鳖灵开凿的基础上组织修建了这一伟大工程，主要由鱼嘴、飞沙堰、宝瓶口组成。

两千多年来，都江堰一直发挥着防洪灌溉的作用，使成都平原成为闻名世界的"天府之国"。2000年，联合国世界遗产委员会第24届大会上，都江堰水利工程由于在历史和科学方面具有突出价值，被确定为世界文化遗产。

午后的春光多情而撩人，春风夹着寒意大胆亲吻游人的脸庞。

马超、谢福和雷同走进了都江堰景区大门，能近距离饱览这一伟大水利工程确为一桩幸事。他们步履轻松，边走边谈，仿似三个慕名而来的远方游客。

谁也不知道他们是为了一个奇特的仪式和一份更奇特的文件，那将改变他们的命运甚至是对未来世界的看法。蜀地的民众都习惯于平淡和悠闲的生活方式，何曾设想过脚下的土地蕴藏着多少未被破解的奥秘？

三人一路甩开大大小小的旅游团，快步迈向鱼嘴分水堤。鱼嘴昂头于岷江江心，其主要作用是把汹涌的岷江分成内外二江。西边叫外江，是岷江正流，主要用于排洪；东边沿山脚的叫内江，是人工引水渠道，主要用于灌溉。人很难胜天，但可以在大自然的庇护下为己所用。

马超对古人的智慧和大胆创意赞叹不绝，一度忘记了此行的目的。

谢福将三张门票撕成碎片，当着马超的面扔进垃圾桶。意思显而易见，他能轻松摧毁任何东西。

"小马哥，咱们可以进入正题了吧？"谢福紧紧压住脑后的马尾辫，好像生怕这别致的发型被河风吹乱。

马超没有理会，或许是没有听见。他目不转睛地望着平坦的江面。

那更像是一面大自然恩赐的镜子，照出人间的喜怒哀乐。正值枯水季节，轻缓的水流经鱼嘴上面的弯道绕行，主流直冲内江，内江进水量约六成，外江进水量约四成。这个比例非常完美，堪称都江堰版本的黄金分割。与其说这是人类的旨意，还不如说是人类在遵循大自然的旨意。

谢福见马超无动于衷，朝直立得像根木桩的雷同递了个眼色。雷同宛如收到了指令，迅猛又机械地向那个瘦弱的身影移动。

他一把拧住马超的胳膊，推向江岸。

马超的上半身几乎悬空，双脚勉强够着地面。这个微妙的平衡随时可能因为雷同的松手而打破。

马超仍然面不改色，低头看了一眼身下的江水。能够有幸葬身鱼嘴，也算是他的福气。他将变成世界文化遗产的一部分，在历史长河中留下微薄的身影。

周围的游客吓得尖叫开来，有个妇女转身去找保安求助。

真是个机器，死板冷酷，不通人情！谢福用手势命令雷同赶快松手，别把事情搞大了，尤其在众目睽睽之下。

雷同显然误解了谢福的意思，有些犹豫不决。他清楚一旦松手，这个可怜的人儿将掉进冰冷的河床。

"还愣着干吗，难道你们想等保安来处理吗？"马超的淡定再一次出乎谢福的意料。

真是不可多得的良将！

谢福这才意识到那个机器人没有读懂他的眼神，不愧是猪一样的队友。他亲自跑上去，将马超从雷同的巨腕中解救出来。

几个游客围了上来，妄图阻止他们逃离。

"谢谢大家关心，我不会有事的。祝你们玩得愉快，咱们快走。"

马超分开人群，朝安澜索桥奔去，似乎着急赶往下一个拍摄地。谢福和雷同紧随其后，如同大明星的两个多余的助理。

游客们都没看明白，这是在玩抖音直播还是在拍戏？火星人难道在加快逃离地球的节奏？

两个保安赶到事发地点，看到游客们叽叽喳喳地散去，也蒙了。都江堰自古以来不乏奇闻怪事，不少名家都在绞尽脑汁解析，可谜团一如既往地笼罩。

马超刚刚跑过安澜索桥，就被后面的两个大男人扑倒在地。他们将马超拖行到一片树丛里，又猛踹了几脚。

马超没有发出一声哀号，嘴角露出轻蔑的笑意。他拍了拍身上的泥土，背靠着一棵树站起来。

透过茂密的树荫上方，他能隐约看到那座横跨内外江的古桥。安澜索桥为"中国古代五大桥梁"之一，明末毁于战火，清嘉庆年间建新桥后正式更名为"安澜索桥"。据《水经注·江水》记载"涪江有笮桥"，证明安澜索桥的修建不会晚于修筑都江堰的年代，这真是名副其实的活化石。

"还真把自己当成游客了，想想欧阳芙蓉现在的处境吧。别再犯傻,咱们时间不多了。"谢福的嗓音越来越嘶哑,有如一团火在喉管里燃烧。他用手轻轻捏住脖子,依然忍不住剧烈咳嗽。他的痛苦不在躯体,而在贪婪阴暗的心里。

"是你的时间不多了吧?"马超回敬道,他的目光不曾离开那座古桥。

雷同这次没等老板下令,握紧拳头朝马超走去。

谢福朝雷同摇了摇头,一边将手指竖立在嘴边。

手机的微信铃声响了,孱弱地回荡在林子里。

马超打开手机,忍不住嘘了一声。

欧阳芙蓉妩媚且充满诱惑的自拍照完美霸屏,撞击着他的眼球。为能博得马超的好感,这个细心的女孩还特意补了一下妆。

马超舔了舔干燥的唇角,这下后顾无忧了。可看到第二张照片后,他又一次情绪低落。

欧阳芙蓉在孙哲的奔驰车内!

孙哲已悄悄背叛了蜂巢公司,投入竞争对手的怀抱。他更像一只潜伏在人性背后的饿狼,随时可以现出原形将道义撕成碎片。

谢福老辣的眼神看出了马超脸色的微妙变化,不由自主地笑了。他边笑边咳,既享受又痛苦。

"我说得没错,咱们的时间都不多了。"他掏出纸巾擦干嘴角的泡沫,里面夹着鲜红的血丝。他并不在乎,像个对红色失去识别能力的色盲。"胸怀良知的人往往背负着过多的负担,只有学会放下,方能活得更快乐。这一点,你得向孙哲学习。我瞧不起这类人,可需要这类人!快把忠武堂后人的交易地点找出来,这是你最后的机会,也是我最后的机会。"

这番话,谢福说得缓慢吃力,甚至带着哀求的语气。他擅长以德服人、反对暴力,这是他能笼络职场精英的主要原因。若不是自己剩下的日子不多,他决不会将一个贴着暴力标签的家伙带在身边。

马超眯缝起眼睛，第一次认真观察这个病入膏肓的大老板。

我何必那么固执？这个硬骨头心软了，满足别人临死前的夙愿也是在行善积德。不过，他没有轻易放下傲骨，也不想作答，只是伸手指了指那座横卧江面的古桥。

在中国传统写意山水画中，桥从来不需要画家浓墨重彩地渲染，它只是山水间相连的轻描一笔。可这简单的一笔寓意人与自然的相生相通，更是人们交换信物的最佳通道。

谢福和雷同顺着马超的手势望去，同时瞪大了眼珠。

他们绝不相信刚才通过的破桥是忠武堂后人会面的神圣之地，万一交易失败，圣物掉入江水怎么办？可妙就妙在此，德不配位的人不配拥有圣物，那不如让它永远沉入江心。这正好吻合都江堰水利工程当初的修建宗旨，不能违背自然，也不能违背初心。

马超深知要解释忠武堂后人为什么会将安澜索桥作为碰面地，需要花费不少口舌，但不解释又不能获得信任，只好长话短说。

公元228年，诸葛亮第一次北伐曹魏。蜀军路过时，诸葛亮发现都江堰可作为农业根本、国家经济的重要支柱，于是派兵1200人守护，而且签署了维护都江堰的政令拓本，并设置专职的堰官进行日常管理维护。一些历史学家认为，对于这1200人的安排和布防，也是遵照八阵图的排兵布阵规律，更是为了确保都江堰的安全。所以，忠武堂坚信真实存在的八阵图就在都江堰。诸葛亮创制的八阵图吸收了井田和道家八卦的排列组合，兼容了天文地理，特别强调"奇正相生，循环无端；首尾相应、隐显莫测"，而在都江堰满足这些苛刻条件的，只有安澜索桥。另外，明代诗人杨慎曾在《徐及泉相送至斜堰河》中写道："长沟流水引都江，断岸危桥窄石矼。"诗中的危桥就是安澜索桥，这首诗后来竟成为忠武堂开创者的最爱。

谢福拍手叫绝，除了老对手周自横，他还从来没有如此恭维过一个人。后生可畏，中国的未来充满希望，若能在生化危机预防方面再有所预见,那我们这个伟大的民族将永远屹立不倒。当然,那是后话,还是想想自己吧。

老谢沿着一段石梯,走到马超跟前,仰视着这个博学多才的年轻人。他颤颤巍巍,须臾间衰老了不少。

马超挺直腰板,俯视着大老板。

有那么一瞬间,马超从那浑浊凹陷的眼眶里看到一丝良知和无奈。世界上没有绝对的竞争者,只有相对的合作者,就看你站在什么样的立场。人要做到上不怨天下不尤人确实不易,可适当的放弃则能成就别人。这就是好人的短板。

"若能顺利拿到东西,我定将履行承诺放过你和欧阳芙蓉。"

"但我不会放过孙哲,他背叛了公司,更背叛了他最好的兄弟周总。"

"他俩的关系,没有你想象的那么简单。"谢福用手掩住嘴唇,生怕那团血红浸出来。"况且,清理门户这种事,不是你能办到的,除非……"

谢福迈上一个台阶,这样就能勉强和马超平视。

"除非就像我之前猜的那样,你的身份也不简单。"

"你抬举我了,我就是一个穷小子,有点小聪明,也有点大情怀。"

"可惜啊,我没机会把你招募到我公司帐下,白白让周自横捡了个便宜。"

马超摘下枝头的一片枯叶,放在手里把玩。"你看错了,周总未必欣赏我,要不是孙总破例录用,我连踏进公司门槛的机会都没有。"

"这倒是我没有想到的。"谢福也摘下一片枯叶,放在手心捏成碎片。"既然老孙对你有恩,你就不能恩将仇报。每个人都有选择如何生存的权利,有时候触碰道德底线,也是情非得已。"

"与其说你在为他辩解，其实是为自己辩解……"

马超忽然闭嘴，将手指向远处。

谢福知道聪明绝顶的马超总能有非凡的发现，顺着手势望去。他顿时傻眼，这绝非计划的一部分。

一个穿汉服的女孩枯立在江边的峭壁上，随时可能纵身跳下去……

第三十一章　幽灵现身

那个女孩站在岷江东岸玉垒山麓的石壁上，临近二王庙。

二王庙初建于南北朝，现存建筑系清末民初所建，山门"二王庙"3个金字是爱国将领冯玉祥将军的手笔。庙内有李冰父子的塑像，后殿有画家张大千、徐悲鸿等人的碑刻。园中植满各种名贵花草，古木参天，林荫蔽日。从这里可俯瞰都江堰水利工程惊艳恢宏的全貌，也是很多小情侣许下山盟海誓的浪漫地。

怪才马超的脑袋里蹦出一个怪诞的想法，绝密文件"九歌王者"的名称会不会与二王庙有关？他曾在欧阳教授的办公室里看到教授在二王庙碑刻前的一张照片，照片上的教授也穿着汉服，摆出一个上天揽月的奇怪手势。这不是穿越，更像是在进行一种神圣的仪式。

这个想法很快被谢福的咳嗽声打断。

马超的目光又回到那个婀娜多姿的身影上，越看越觉得哪里不对劲。

女孩面色凝重，几乎一动不动。既非为了殉情，更非为了参加一年一度的放水大典。她像个被沧桑岁月雕刻成的女神，庇护着这片神奇而古老的土地。难道又在玩抖音自拍？疯狂，不，癫狂！

王牌密码

反正没人能解释这种行为到底是为了什么，或许就连她自己也无从解释。她像是受了一种远古力量的指引，前来此地参与某个仪式。

当女孩掏出手机接电话时，画风突变。

她竟号啕大哭，摇摇欲坠，一旦风速加快，这个美丽的姑娘就算不想自杀，也会掉下去。士为知己者死，女为悦己者容，但这个女孩兼顾两者，既是猛士又是美女。只可惜她的知己没来，而她的美貌只能取悦死神。

这是作秀还是作孽啊？看不透，也想不明白！

马超看得心惊肉跳，忍不住转过身闭上双眼。他不想眼睁睁地看着一个鲜活的生命就这么香消玉殒，在一小时后登上今日热点头条。

悲剧并未立即发生，仿佛在等待某个灵异的时间点。既没有尖叫声，也没有呼救声。世界还是那么安静，只有喜欢恶作剧的山风在耳边挑逗，在树林打转。

"这可不是你一贯的风格。"一个沙哑的声音在提醒马超。

马超睁开眼，从谢福的目光中看到失落。这就好比两个心仪的合作者互相恭维一通后，发现彼此的灵魂依旧藏污纳垢。

"你盯着索桥，我去去就来。"马超朝咳个不停的老谢投去一丝勉励，天哪，他真不知道自己的良心可能喂狗。"希望你能拿到想要的东西。"

"我会如愿的！"谢福平静地说道，目光透着自信。

马超撇下谢福，像一阵风从雷同的身边掠过，快速奔向高处。

雷同在等待老板的指示，他比真正的机器人贴心多了。

"跟上他，别让他溜了。"

这次，雷同居然没有即刻听从老板的命令。无须怀疑他的忠诚，只需怀疑他的智商。他绞尽脑汁地为老板考虑，可惜他的智商因为那场撞船事故遭受了重创。"我觉得不太对劲。那个女孩莫名其妙地出现，难道就为了等待马超这个傻瓜去救她？"

"越是不合逻辑，越能接近真相。去吧，我一个人能搞定。"

"搞定什么？"雷同越来越糊涂了。稍微动一下脑瓜，他就会感到难受，而且力不从心。

"别那么多废话，是我给了你第二次生命。快滚！"

这话像一把冰锥残忍地扎进雷同的心窝。

雷同没有丝毫生气，大概是习惯了。他很不放心地看了一眼神情憔悴的老板，转身向坡上追去。

谢福看到雷同挺拔的身影消失在树林深处，露出得意的笑容。他脱掉了厚厚的外套，原来他也穿着汉服。穿了这么久竟然没人知道，藏得不可谓不深！

他从兜里摸出一个川剧脸谱，熟练地戴在脸上。川剧脸谱分净角和丑角两大类，属于净角的有包公脸、尉迟脸、关公脸、张飞脸等；属于丑角的有长方形脸、椭圆形脸、梅花形脸、蝴蝶形脸等。川剧脸谱并非死谱，极具灵活性，如关圣人和赵匡胤，虽说都是红脸，但赵匡胤的眼皮上多了一根白色的线条以示区别：赵匡胤玩弄权术、杀伐功臣；关羽为人忠厚、义薄云天。前者是恶人，后者是圣人。

此刻，谢福戴的正是赵匡胤的脸谱。这和他的性情非常匹配，他也不用回避，甚至主动暴露出来。对于一个将死之人，早已无所顾忌，只想按自己的本色绘出人生最后的画卷。

一束阳光穿透树荫，贪婪地落在脸谱上。

脸谱后面的皮肤微微颤动了一下，如同在吸取大自然的魔力。忠武堂创立之初就定下一个非常人性化的帮规：大管事之间假如不愿主动透露自己的社会身份，可以在碰面时戴上川剧脸谱。

"阳光下没有幽灵，幽灵只存在于黑暗。"他忘乎所以地喃喃自语，心魔在苏醒。"我遮挡眼帘，将自己藏于暗处，就能从心灵深处捕捉到幽灵。"

"来吧！我将把圣物交给你，你是被上天选定的使者。"一个声音响起，幽灵似乎在树林外召唤。

谢福的血液沸腾了，隐隐约约觉得体内的癌细胞被吞噬了。他将获得第二次重生，前提是拥有圣物。在此之前，他认为的圣物是个虚拟词，存在于不切实际的想象空间里。当欧阳教授将自己关进秘密科研室时，谢福就预料到这个古怪的老头将改变世界。一场病毒瘟疫，曾让大半个中国陷入恐慌，作为一个有担当的生物科学家，他领导的这项被赋予希望的研发工作绝对会重塑病理学。谢福无疑是第一个吃螃蟹的人，虽然他将以卑鄙和欺骗的手段获得那个东西。

谢福做了一个上天揽月的手势，毕恭毕敬地朝安澜索桥走去。

他彻底将自己包装成了忠武堂的一员，而这是从教授的日记中偷学到的。那是个精英组织，更是个神秘组织，最大的信仰就是忠义和担当，而这些老谢都不具备。在武侯祠下面的灵魂通道里，他在雷同的帮助下刚完成加入忠武堂的仪式，就对刘备墓动了邪念。他总觉得坟墓里是空的，藏着可以让生命逆转的魔方，这比世界上最好的抗癌药都有效。马超的出现将他扭曲的世界观暂时掰正了，他又把希望寄托到圣物身上。

对于濒临死亡的智者，旁观者很难也不敢用常规思维去评判，就像名垂青史的秦皇汉武、唐宗宋祖都在临死前寻找过长生不老药。看似荒唐，却合情合理，那些历史星空中最闪耀的星辰，都不甘心被尘封在历史的阁楼里。至于为什么称它为圣物？因为教授取了个"九歌王者"的名字，而这本身就是个谜，必须用膜拜的双手去摘取、用干涸的心灵去品尝。

游人们就像同时得到了景区管委会的指示，刻意避开索桥，将这个神圣之地留给两个穿越时空而来的客人。空荡荡的索桥独自横卧于江面，粗大的铁链在阳光下熠熠生辉，灼人眼球。

谢福踏上索桥，激动地走到桥面中央。

中 篇
解密之旅

他从脸谱后瞪大血红的眼珠,一动不动地望着对岸。

历史性的一刻终于要来了。

当然,这是针对谢老板个人而言。他是个非常了不起的生物信息专家,也是个成功商人,懂得在名誉和名节之间寻找平衡。可自从得知身患绝症后,所有的规则都不复存在,剩下唯一的规则就是满足夙愿、回归初心。

"卧龙岗,忠武堂。守信义,保故乡。动邪念,天诛灭……"他念叨着,如同巫师在用咒语召唤灵异之物。

一个挺拔俊逸的身影出现在了桥头。这就是那个可以在监控下隐身的幽灵。

不知道幽灵是打哪儿上桥的,更像是从一千零一夜宝瓶中飘出来的一缕青烟。如梦似幻,总觉得不真实,稍一眨眼,就可能化为乌有。

都江堰果然是个瑰玮神奇的地方。公元1264年,意大利旅行家马可·波罗从陕西汉中骑马,行20余日抵成都,畅游了都江堰。后来,他在《马可·波罗游记》中对都江堰巧夺天工的魅力称叹不已,并预言这里是个诞生奇迹的宝地。

今天,被隐藏的奇迹再次拂去历史尘埃,露出温顺或狰狞的面孔。

那人戴着关羽的脸谱,看来他真把自己当成组织内部最忠义守信的成员。从身材和气质来看,酷似神秘消失的杨少波。这一点很快被证实。那人穿着时尚炫酷的博柏利风衣,步履坚定有力、头发一丝不乱,这与学霸兼校草的冷峻和自恋非常吻合。

谢福对来人到底是谁并无太大的兴趣,只痴迷于他手里的那个宝贝。根据孙哲三小时前发来的手机微信录音,谢福才知道欧阳教授昏厥前已将'九歌王者'的备份优盘抛出了窗外。优盘装在一个比钻石还坚硬的小盒子里。小盒子是立方体碳化硼复合而成的,硬度可达

108G帕。

这玩意儿从高空掉下来，要是路人不幸被砸中，肯定脑袋开花、当场毙命。万幸的是，昨晚在金融中心楼下没有血案发生，也没人报警，更诡异的是路边的摄像头居然没拍到东西下坠的图像。一张也没有，多么不可思议啊！从欧阳教授启动这项研究开始，公司大楼从里到外仿佛笼上了神秘面纱，不管发生什么事，都无法用常理解释。

好在，此刻总算有了结果。

这是谢福梦寐以求的东西，尽管他也不清楚盒子里究竟藏有什么，但只要能从内部击垮老对手周自横，他将安心地闭上眼睛。当然，若真能获得重生，那证明他的邪恶并没有引起死神的反感。有的人一辈子忙活一桩事，并为此不惜付出生命的代价。谢老板就是这号人！

幽灵从谢福的手势中看到了一种心灵的呼唤，忽然加快了脚步。

索桥在幽灵的脚下不住地颤抖，而谢福的身子比风中枯叶还颤动得厉害。要是他不慎松开紧握铁链的手，定会掉下去。

幽灵停止了脚步，近距离观察对面的同袍之人。

两人都按忠武堂的内部规定戴上了脸谱，手势相同，暗号也对上了。两个戴脸谱的人面对面站在索桥上，这是个非常扯眼球的画面。可在火星人类盛行的年代，人们早已见惯不惊，大多是嗤之以鼻，绝不会太在意。这就为他俩交易留下了充足的时间，除非发生变故。

谢福的目光一直落在那个小盒子上，焦急地期待交接仪式快点结束。他上气不接下气、口水吧嗒直流，还好被脸谱挡住了。他自信掩饰得很好，蒙混过关不是问题。

"你不是忠武堂的人，或者说你不配做忠武堂的人。"

幽灵刚一开口，就将谢福打入地狱……

第三十二章　圣物

谢福尚未回过神来，幽灵就转身离去。在谢福的意念里，幽灵随时可能消失，普照万物的阳光也追逐不到他。

"不，你不能走。"

谢福飞奔上去，像条水蛇缠住幽灵的身体。

幽灵浑身发怵，恶心不已，原来幽灵也有害怕的时候。

"放手，我只警告一次。"

"除非你把东西给我。"

"东西不属于你。"

幽灵奋力甩开谢福的手，朝桥头奔去。

谢福猛然从后面将幽灵扑倒，有如一袭长袍罩住了对方。

幽灵没有防备，一时乱了阵脚。由于脸谱的遮盖，他有些喘不过气来，但又不敢摘下来。

谢福使尽全力胡乱抓扯，险些撕掉幽灵的脸谱。这让幽灵彻底动怒，他可不想让自己的真容暴露在阳光下。

幽灵踹开谢福，挣脱起身。所幸，宝贝还在他手上。

谢福像个回光返照的垂死者，再一次扑上去抢夺那个小盒子。

索桥剧烈摇晃，两人都无法站稳。他们一手拽住铁链，一手交织在一起。

小盒子随时可能被抢走。

幽灵实在忍无可忍，反手一拳打在谢福的脸上。

谢福惨叫一声，滚倒桥上。那个小盒子也滑出幽灵的手心，滚落在链条的缝隙间。

两人都屏住了呼吸。

"这东西是我的，我的！"谢福匍匐在桥上，小心翼翼地朝圣物移动。

越来越近了，生命的重启键即将被他触动。

谢福果断地摘下脸谱，再也无须伪装了，那反而是累赘。

圣物被他看得更清楚了，不再模糊和虚化，变成了真实的存在。《庄子》有云："人生天地之间，若白驹之过隙，忽然而已。"这句话写在谢福办公室的墙头，他每天上班推开门就能看到。他备受激励、发奋图强，迅速获得成功，身体却像一堵破败的墙轰然垮塌了。没有任何征兆，没有一点心理准备！生命苦短可充满乐趣，不到万不得已，决不轻易放弃。他渴望奇迹，更渴望幽灵能成全。

幽灵叹了口气，也许是出于怜悯。他决定把东西免费送出去，规矩是可以更改的。此地不宜久留，否则他的真身会被万丈光芒穿透，无所遁形。他虽然能在公司的监视屏幕中消失，可要在众人瞩目下消失断无可能。

谢福的手即将够到圣物。

他激动得浑身发抖，不敢一下子攫取。他怕自己真没资格，更不相信眼前的一切是真实的。

暧昧的阳光晃得他睁不开眼，尽管他的双眼和灵魂都藏得很深。

"请转告马超，游戏还没结束。"幽灵掷下一句话，迅即逃离。

桥面的微妙平衡被一下子打破。

小盒子从缝隙中掉落……

谢福慌乱地将整个身子压上去，可他的反应还是慢了半拍。

冰凉的小盒子从他的手边滑过，沉入了江心。江面上没有激起一丝波浪，果然是比钻石还坚硬高贵的灵物。

谢福将手指插入铁链的缝隙中。他望着无情的江水，声嘶力竭地大叫……

第三十三章　女神救驾

马超穿过二王庙的山门，奔向那峭立江岸的石壁。当他气喘吁吁赶到时，女孩竟然不见了。他的整个心脏紧缩成一团，血液被榨干，大脑一片空白。

悲剧终究还是发生了。

他攀附着一块岩石，朝下面望去。

江水平静如常，没有丝毫吞没人的迹象。再看对岸的旅游团，仍兴致勃勃地欣赏这伟大的水利工程，换句话说，他们刚才并未看到有人纵身跳下。

奇怪，那个女孩说不见就不见了。

即便是一支在风中燃尽的香烛，也会留下点牵肠挂肚的香灰，何况是个大活人。难道她就是幽灵？不，幽灵约定的碰面地是安澜索桥，不是二王庙探向江水的这个丑陋的峭壁。

马超百思不得其解，蓦然转身发现一个直挺挺的身影。

他吓了一跳，是雷同。

雷同居高临下地看着马超。凭他的力气只消一推，马超就会像块石头滚下去。

有那么一瞬间，两人都僵住了。

马超不由得想起了在医院停尸房的可怕一幕，难道这人迫不及待要报复？他清楚越是身陷绝境越不能表示出丝毫恐慌，否则不仅会被瞧不起，还会诱使对方痛下杀手。恶狼都喜欢将小羊羔把玩于掌心，至于什么时候张开血盆大口，要看猎物的表现。

"你想干什么？"马超尽量挺直腰杆，一边用眼睛余光扫向左侧的山道。他真希望此时有游人经过，可惜那里连鬼影都没有一个。

"故意的吧，你？"没头没脑的一句反问。雷同边说边向前迈了一步，彻底堵死了马超的生路。

"故意什么，我不懂。"马超深知这个比机器人还冷漠的家伙，对主人非常忠诚，对旁人极其凶残。他宁愿跳下去喂鱼，也不能再次落入那双钳子般的大手。现在能做的就是拖延时间，等待救援。半小时前，马超已悄悄通过微信与欧阳芙蓉共享位置，她应该正在赶往都江堰的路上。这点默契，两人还是有的。

"别真把我当成机器人。"雷同摇晃着脑袋，从大脑里面似乎传出一阵很有金属质感的脆响。"我在谢老板跟前没对你动手，是不想让他太伤心。他是一个习惯于把绝望当成希望的好人，盲目的乐观只会让你这样的小人钻空子。"

"哥们儿我在江湖上混了这么些年，第一次听人说我是小人，而且是出自一个小人之口。"马超的一对小眼睛在眼镜片后眨个不停。

雷同没有尿点却有炸点，这头雄狮被点燃只需要一根火柴头。

他用强有力的手拽住马超的衣领，这是粗人惯用的一招。

马超的身体重心完全失衡。只要稍微用力，这只可怜的小羊羔就会被提起来或者扔进江水。

马超早已适应了在地狱门口打转，可这次他胆怯了。他生怕见不到欧阳芙蓉，更怕那个神经脆弱的女孩到达时正好看到他掉下去，连尸体都打捞不到。虽然对生命充满依恋，他并不做徒劳反抗，寄希望于三寸不烂之舌。

"以肉去蚁，蚁愈多；以鱼驱蝇，蝇愈至。"都这个时候了，小马哥还在卖弄。"说的就是你们这号人，老子一路上像个奶妈似的操碎了心，全心全意协助你们寻找宝物，你们却不知好歹。谢老板曾说过合作者要相互信任，看看你是怎么履行的？除了暴力，还能做什么？"

"除了耍嘴皮子，你又能做什么？"雷同由于一手拽着马超，他的重心也不稳。这是要一同殉情的节奏。"你深知谢老板急于得到那个东西,就装神弄鬼地编了一通谎言,坚称幽灵指定的会面地点在索桥。正如你所料,谢老板支走了你,也支走了我,单刀赴会。这看似吻合忠武堂内部人员碰面的规则,其实都在被你当猴耍。你就想借机溜走,千算万算没料到被我死死咬住了。我能救你,也能随时要你的命,只需花点心思制造一场意外事故。我听说那个闯入蜂巢公司的幽灵能在监控器里消失,欧阳教授倒地前把一个小盒子抛出了窗外……"

"等一下,听谁说的?"马超竟忘记自己命悬一线,他对谜题的兴趣大于对生命的关注。

雷同最讨厌自己说话时被打断,不过他并未生气。这小子自身难保,还在关注迷宫的出路。

"我偷听到谢老板和孙哲的秘密通话,你们那个孙总真是个人渣。"

"这点我同意,没准他在暗中袒护幽灵。"

"我看那个幽灵就是你,正是你使花招让所谓的幽灵现出原形,连孙哲都被骗了。杨少波成了替死鬼,你不仅成为挽救公司危难的英雄,还获得他女朋友的芳心。一箭双雕!"

马超愣了片刻,随即笑起来。"看来你脑袋真不是铁皮做的,而是糨糊做的。我真有你说的那么卑鄙阴险狡猾,早就偷出绝密文件高价卖给谢老板了,何必再让他拖着病弱的躯体四处瞎折腾?"

马超笑得很放肆,雷同也露出了笑容。这阴惨惨的笑容让马超看到了死神的到来。

马超没打算求饶,这就是小马哥的个性。他闭上眼睛,静待奇迹的发生,其实心里完全没底。但除了等待,他真的啥也做不了。

"放开他。"一个尖厉的女声从山上传来。这声音充满正能量,能击碎乌云又能温暖人心。山谷为之眩晕,世界为之发抖。

马超睁开湿润的双眼，不用猜也知道是心仪的女神驾到。看到欧阳芙蓉现身，那激动的心情绝非言语所能形容。

"不能放手！"马超扯开嗓门大喊，"我会掉下去的。"

这喊声一出口，无疑暴露出他原来也很怕死。刚才的坚强和自信瞬间被风儿吹散被爱情融化，马超彻头彻尾变成了恶狼爪下的小羊羔。欧阳芙蓉尚未现身前，他还对死神不屑一顾，女孩的出现让他看到了活着的意义。

被人牵挂被人在乎，这是一种多么美妙的幸福。实时位置定位，定位的不仅是你躯体的位置，更是你心灵的位置。导航技术再先进再精准，倘若某一方无动于衷，即便身在几米开外，也似隔着千山万水。

欧阳芙蓉瞬间回过神来，有些不知所措。

她打开手机视频，亦步亦趋地朝峭壁走去。她不敢靠得太近，生怕进一步刺激雷同，看来她真的学乖了。

"你真敢放手，我就叫人把手机视频交给警方，然后跟你拼命。"

欧阳芙蓉说得何等决绝，何等荡气回肠，像一股电流席卷马超的全身。

"你最好相信她的话，她什么都干得出来。"马超求生的欲望更强烈了，有这么好的女孩，谁还想死啊？不过，坦白而言他确实快撑不住了。

"马超，你什么意思？"欧阳芙蓉一边冲马超咆哮，一边趁机上前。万一雷同突然松开手，她必须以电光火石的速度重新握住马超的手。最坏的结果就是一起掉下去，最好的结果则是一起掉进爱的深渊。反正横竖都是个死字！

"欧阳芙蓉，男人间的事，你懂个啥？拜托你别插嘴，刚才局面还在我控制之中，你一来就全乱套了。"马超确认了欧阳芙蓉的眼神，更读懂了她的心，就看谁的演技能封神。

雷同识破了这对小情侣的把戏，内心深处某个部分被触动了。他想起当年和妻子恋爱时的美好时光，都把对方置于最崇高的位置，这才是真正的爱情。那些山盟海誓和风花雪月都是虚无缥缈的，嫁妆的多寡及婚房的大小也是可以忽略的，危难之际才能检验真爱。他很清楚自己不是机器人，不是一堆没有生命的重金属，只是脑海里多了个玩意儿。而要做回真正的人，就得恢复人性，成人之美。

空中似乎也有个声音鼓励他，发出高频率的波段在耳边震颤。

他意识到自己的大脑接收了命令，忙将马超拽到安全处。由于用力过猛，马超倒在了他结实宽广的怀抱里。

欧阳芙蓉一个箭步上前，将马超拽到自己身旁。

雷同脸色一沉，尴尬地扭过头去。他的目光透过庙宇的飞檐，被远处的一幕惊呆了。

一个可怜而熟悉的身影蜷缩在安澜索桥上，随时可能掉下去。

雷同大叫着朝山下奔去。

欧阳芙蓉终于松了口气，自认为刚才的表演奏效了。这逆天的演技挽救马超，更挽救了两人的爱情。她掠了一下被风吹乱的秀发，垂下蛾眉，静默如水。

她已变成了真正的女神，等待马超献出世界上最霸气的溢美之词。

没想到马超竟然撇下她这个美人儿，不顾一切地追赶雷同去了。

欧阳芙蓉瞬间蒙了。

第三十四章　纯爷们儿

雷同火急火燎地冲到安澜索桥，又一次傻眼了。

桥上没人。

粗大的铁链沐浴在阳光下，坚实的混凝土桩嵌入河床谷底，这一切平静得让他发怵。

雷同走到谢福刚才趴倒的地方，顺着索桥的缝隙朝下望去。

绿滢滢的江水像绸缎般优雅地起伏着，渺无痕迹。谢福真掉下去的话，也不会激起多大的水花。在岸上参观的游人们完全不受影响，仍陶醉于这伟大的水利工程。

谢老板没死！

难道刚才看到的是个幻觉？或者是被所谓的幽灵施了咒语，人们对大自然的认知可能正在被重塑？他实在想不出理由，越想越迷茫和痛苦。对于他这种智商的人，不能奢望有奇迹发生。

他除了四下张望，别无他法。

对岸的六角亭里坐着两个人。仔细一看，其中一人正是谢福，另外一人居然是孙哲。

雷同撒开腿奔跑过去，看见孙哲正殷勤地照顾瑟瑟发抖的谢福。

他狠狠剜了孙哲一眼，脱掉外套搭在老板身上。常听谢福夸赞孙哲，可雷同打心眼里瞧不起背叛者。自古以来，背叛者从未有好下场。他甚至以为孙哲和马超串通起来演了一出好戏，只有那个即将飞回成都的董事长被蒙在鼓里。

孙哲并不在乎这个冷漠的大汉对他的冷漠态度，适度的隐忍是成功者必备的心理素质，何况他现在已没有退路。这恰如他此刻在江岸边的处境，朝前一步必死无疑，退后一步死得更惨。一旦周自横知道他和谢福穿一条裤衩，凭老周的通天手腕，他必将永无翻身之日，确切说是死无葬身之地。他开始后悔不该将银行账号告诉谢老板，更后悔没能神不知鬼不觉地搞到"九歌王者"的备份。但现在说这些也没用，只能走一步看一步。

"东西没啦，我也就完了。"谢福即便遭遇了人生中最残酷的打击，也不忘捋一下心爱的马尾辫。

那更像是他的长命辫，打从出生就被父母扎好了，可惜死神还是过早地找上门。很多人喜欢缺啥补啥，结果往往是越补越缺。

"老板，那东西没你想的那么金贵，而且这里面肯定有问题。忠武堂的后人向来谨慎，怎么可能轻易把东西带出来？又怎么可能任由东西掉下去？要不是幽灵把你骗了，那就是幽灵根本不存在。"雷同的目光越过老板瘦弱的肩头，落到了孙哲身上。

这目光意味深长，是怀疑还是求助？

孙哲猜不透也不想猜，他有表达忠诚的特殊方式。他打开手机收藏视频凑到老谢眼前，将昨晚发生在蜂巢公司的灵异一幕再次重放。

监视屏幕里除了惶恐游走的欧阳教授，的确没有第二个人。但在被处理过的另一个视频中，幽灵真的出现了。幽灵就是杨少波，至少视频中的那张脸是他。

这是谢福第一次亲眼看到监控图像。原本是蜂巢公司的内部机密，如今被他轻而易举地搞定。他陷入沉寂的脑瓜子像是被激活了，凹陷的眼眶几乎贴到手机屏上。

他盯着屏幕上的杨少波足有5分钟，猛然抬头望向手机的主人。

孙哲被吓了一跳。

那双布满血丝的眼睛太有杀伤力了。

孙哲像卑微的俘虏一样垂下脑袋，心中祈祷能尽快离开这个魔鬼。他开始尝到了背叛者的代价，没有尊严没有光明，永远生活在主人的淫威下。他曾天真地以为谢福比周自横更懂得尊重人才，现在才意识到那是假象。这个生来就变化无常的成功商人，随着生命进入倒计时将更加疯狂，指不定已选定他作为殉葬品。孙哲不由得出了一身冷汗，妈的，这个世界上谁都可能成为幽灵！

谢福大概是看出了孙哲的怯懦，马上换作一副和蔼可亲的笑脸。软硬兼施是对付下属的最佳方式，这一点也适合刚加入阵营的背叛者，不，在谢福看来是追光者。他才是正义和温情的象征，而周自横除了榨取员工别无长处。

"不用紧张，更不要乱猜，"谢福将枯瘦的手搭在孙哲厚实的肩上，"我能看出你的忠诚，比江水还清澈。"

孙哲看了一眼绿滢滢的江水，只觉深不见底。

他非但没有获得安慰，反而更加忐忑。他真希望有人能将他从深潭中捞出来，重新回归蜂巢公司继续担任技术总监。他真希望没有预交巨额的购房首付款，那样就不会为了金钱背叛多年的好兄弟。他更希望昨晚没有接到保安的电话，依然陪同亲朋围坐在火辣辣的火锅边……世上没有回头路，一步错步步错！

"孙总，果然是你啊！看得出来你后背的摔伤好了不少，可腰杆还是挺不直。"

一种刺耳的声音被风吹到孙哲耳朵里。虽说早有准备，还是很难为情。

马超刚到桥头，就认出了这个穿着一尘不染的上司。在员工们的印象里，孙哲的衣着总是考究而合体，巧妙掩饰着发福的肚子，给人精明强干和活力充沛的感觉。他不仅是技术总监，也是公司的二当家，由于老周经常出差，他成了实际的掌门人。可笑的是，曾经的掌门人叛变了，投靠了蜂巢的老对手。这是商场白热化竞争的常态，但在这一危难时刻，如此明目张胆地改旗易帜不能不让下属大跌眼镜。

孙哲不想当着谢福主仆俩的面同马超争辩，毫无廉耻地拿出二当家惯用的腔调。"小马,有什么事,咱们回公司再说。"

"公司,你回得去吗?还有资格回去吗?"马超的话直击要害,不留情面。

孙哲本想说出自己待马超不薄等一堆套话,可发现用不上。他心里真的有愧!

谢福和雷同都打心眼里瞧不上孙哲,但马超的出现,促使他们仨必须捆绑在一起。内部可以存在分歧,枪口则必须一致对外。

"年轻人,说话注意分寸。我告诫过你给自己多留条退路,怎么忘得一干二净?"谢福话里藏针,这是要给马超迎头一击。

"没敢忘,不过我也是被吓大的。"马超指了指站在桥对岸的欧阳芙蓉。

那个天真烂漫的女孩看到马超的手势,回了他一个飞吻。

"你俩还挺般配,但我随时可以把她重新控制起来。她再聪明,也不可能每次都那么幸运。"谢福朝雷同递了个眼色。

雷同收到指令,撞开马超朝桥上奔去。

"我已经报警了。"马超厌恶地拍打着全身,好像唯恐被雷同传染了病毒。"而且用的是杨少波的手机号码,这部手机现在应该还在你身上。这对于一个电脑天才来说,小菜一碟。警方的追踪系统一分钟内就能锁定咱们的位置。"

谢福不为所动,认定这臭小子是在诈他。

那个"威猛先生"在桥上疾步如飞,一支射出去的利箭是很难收回来的。

整个桥面都在剧烈颤动。孙哲的小心脏也跟着颤动起来,好像血管随时可能爆炸。他用哀求的小眼睛看着谢福,伟大的金主依然不为所动。站在对岸的那个靓丽的身影也不为所动,等待着再次失去自由呼吸新鲜空气的机会。5分钟前,马超在微信里叮嘱她少添乱多动脑,尤其是尽量读懂手势。对于两个心有灵犀的小情侣,这是浪漫而刺激的事。欧阳芙蓉欣然接受，可哪里知道马超选择单刀赴会是为了她的绝对安全。

这是纯爷们儿之举。

孙哲看着淡定自若的马超，实在按捺不住了。

"谢总，相信马超的话，这小子从不撒谎，咱们快离开这里。"

谢福正犯愁如何找台阶下，孙哲真是个贴心的好跟班。他很不甘心被马超骑到头上拉屎，万一警察真的来了，一切又将前功尽弃。"请转告马超，游戏还没结束。"幽灵的那句话盘旋在耳边，让他重新燃起希望。

"雷同，马上回来！"谢福不知哪来的力气，撕开嗓门朝桥上喊去。喊过之后，他感到整个嗓门都在燃烧。

雷同不愧是忠实的仆人，比机器人更好使。他不舍地望了一眼近在咫尺的猎物，返身回到主人身边。

"带上这小子。"谢福捂住嘴巴，生怕吐出血丝。找寻最终答案非马超莫属，这个无名小卒一夜之间变成了主角。社会是公平的，但凡你有足够的才干和智谋，总有机会脱颖而出。但最终能否成功，还得取决于你的站队。

不用谢福吩咐，雷同也会动手将马超控制住。只要稍一用力，他就能轻松掐断那细长顽固的脖子。

"让我自己走，别让欧阳芙蓉起疑心。"

马超挣开雷同的铁手腕，向对岸的女孩挥了挥手。他显得轻松自在，像个永远掌控大局的王者。可惜这绝不是靠动动鼠标就能掌控的电脑游戏，他的小命还在别人的手上。

欧阳芙蓉看不懂，又不敢乱动。她已对马超言听计从，并用崇拜的眼神目送王者离去。好在马超身边有稳重可靠的孙哲，他注定不是孤独者。

女孩的思路就是这么简单，要命！

中 篇
解密之旅

第三十五章　谁是幽灵

　　雷同钻进奥迪车的驾驶室，以最快的速度启动发动机。由于以前常在全球各地奔走，他的快速反应不亚于一名特种兵。谢福和马超还没来得及系上安全带，他已把车驶出了停车场。透过后视镜，他清楚地看到一辆奔驰SUV优雅地跟在后面，温文儒雅的孙哲任何时候都在可笑地保持风度，尽管他心里七上八下。四周并未发现一辆鸣笛的警车，偶有巡逻车路过也像是做做样子。

　　指定又被马超玩弄了。

　　这是雷同的第一直觉，但老板没有发话，他只能极力压制内心的怒火。其实这早已被谢福看破，对于一个被死神点名邀请的人，他将世俗看得很淡。他更加欣赏坐在后排的小伙子，有勇有谋，还是个好演员。

　　谢福从车座下摸出一瓶矿泉水朝后扔去，这是同伙的待遇。

　　马超似乎早有准备，伸手接住了。经过刚才的那番折腾，他确实很渴，咕咚咕咚喝了大半瓶。这待遇超过了那个冷峻笨拙的司机兼保镖，四肢发达头脑简单的人永远成不了舞台的主角。马超不仅有勇有谋、演技逆天，还懂察言观色。他一时半会儿看不到谢福的脸，可能琢磨出对方的心思，然后抓住弱点加以反击。

　　谢福绝非平庸之辈，他也想到了马超在窥探他的内心世界。这种不带火药味的心术较量颇有意思，甚至让谢福兴奋。

　　他猛然回头，正面迎击马超的眼神。

　　马超猝不及防，矿泉水瓶从手中滑落。半瓶水流到车底的高档地毯上，也流进了谢福的心里。

　　"座位后面的兜里有个毛巾。"谢福料事如神，并不生气。他深知年轻人爱犯错，这是成长的必经过程。

马超掏出毛巾，擦干地毯。他像个做错事的孩子，耷拉着脑袋等待老师的进一步批评。

谢福依然保持和蔼可亲的微笑，看来他并未放弃将马超收入麾下。只有做到心灵相通，才能叫真正的合作，否则都是短视之举。

"幽灵既然敢出现在阳光下，说明他不是幽灵。"谢福盯着车内的后视镜，多么希望那是照妖镜。"不是幽灵，就是人！对此，你有什么看法？"

这明显是有所指，可马超不会上当。见招拆招，是他的又一强项。

"你也认为那个幽灵是我？我可没有分身术。当你和幽灵在桥上碰面时，我和你的司机还在峭壁上。"

马超瞅了一眼司机，司机正和老板一道从后视镜里看着他。

"我也认为？难道之前还有人……"谢福转动着僵硬的脖子。他没有急于反问，而是在等待下属主动给出合理的解释。

"我是说过这话。"雷同原本英俊生硬的脸抽搐着，好像瞒着主人干了一件不光彩的事。"这小子鬼得很，别人都看不到幽灵的真面目，他却能让幽灵在监视屏幕上现出原形。说明要么他就是幽灵，要么至少和幽灵是一伙的。"

这个解释确实合理。

谢福的心里为之一颤。别看雷同呆头呆脑，空有一张英俊的脸蛋和一副健硕的体型，却能阴差阳错地帮助智者看清真相。他以为马超会迫不及待地反驳，结果这小子连个屁都不放。

"小马，你就不想为自己辩解一下？"谢福脸上的笑容正在消失，他在职场磨炼出来的耐性被绝症的痛苦耗尽了。

"没什么好辩解的，不管我说什么，你们都不会相信。"马超一副满不在乎的小样。大概是因为欧阳芙蓉已获得自由，他再无牵挂，但愿那个女孩能牵挂他。

"可你这个态度让我们都相信你和幽灵真是一伙的。有个细节忘了告诉你,幽灵在桥上请我转告你'游戏还没结束'。你们到底在玩什么?玩我还是玩你们蜂巢公司的董事长?不管说什么,最终结果都是玩火自焚!"

"不,这次游戏结束了,老子不玩了,停车。"

雷同很听话地将车停到街边,尖锐的刹车声险些划破马超的耳膜。这是不祥之兆。

马超打开车门,一脚踩到地面。他还未站稳,就被抢先下车的雷同踹倒了。

马超的脸颊贴在一个脏兮兮的井盖上,膝盖钻心地疼。

一股恶臭顺着井盖的缝隙蹿上来,钻进他的鼻孔。那真是"沁人心脾"!

雷同见街上有人,不便大打出手。他将马超拖进旁边的巷子,一通暴打。这个机会他等了很久也憋了很久,终于可以泄愤。

马超没有反抗,他清楚越反抗越逼近地狱。他双手紧抱住脑袋,蜷缩在墙根,尽量忍住没发出一声哀鸣。

果然是纯爷们儿!

初春午后的阳光稍纵即逝,在城市上空撒一阵欢后便藏头露尾。柔弱的光芒无法穿透这高大厚重的围墙,将这片狭窄肮脏的黑幕驱散。

孙哲停下车,只身奔到巷口。他犹豫着不敢进去劝阻,生怕拳头也落在自己身上。在都市文明一再被刷屏的年代,怎么还有如此滥用暴力的行为?

孙哲返身冲到奥迪车旁,恳请烂泥般贴在车内的谢福放过马超。此刻,他的灵魂又回到蜂巢公司副总裁的位置,不由自主地想庇护下属。

谢福正在用心打磨指甲,对孙哲的话置若罔闻。不知是由于身患绝症还是长期黑白颠倒，他的指甲缺少营养，毫无光泽、丑陋变形。他对孙哲竖起一根中指，取代多余的话语，更是避免撕扯严重病变的喉咙。

孙哲没有抗拒，只是转头避开那挑衅的中指。背叛者是没有尊严的，除非有机会凌驾于主人之上。中指越过孙哲的头顶上方，朝昏暗的巷子深处指去。

雷同犹如得到了指示，立马停止了暴行。他再一次拖着马超返回，粗暴地将其扔进车子后排。

当车门砰地关闭时，孙哲有一种被神秘力量弹开的错觉。他看着脸上已有大片瘀青的马超，心里无比愧疚和自责。他多么希望那小子能向谢福由衷表达忠诚，可这完全不可能。虽说相处不到三个月，他还是很了解马超的个性。马超与那帮成天暴走在虚拟世界里的同龄人不同，他孤僻自负、我行我素又能以大局为重，遵循游戏规则，有才更有种，既不会屈服于生活压力，也不会臣服于黑暗势力。反观他本人，为了金钱出卖灵魂，将践行多年的游戏规则亲手撕毁。姑且不说旁人，就连他也看不起自己。

马超从座位后面的兜里取出纸巾擦拭脸上的血，忍不住轻轻呻吟。仅此而已，小插曲已经结束，可游戏还没结束。

"还玩儿吗？"谢福和颜悦色地说道，这语气轻柔得像一阵微风拂过马超的脸。

孙哲趴在车窗外，不住地用眼神示意马超别再顽固不化，至少先保住小命，再谈伟大梦想。

"这个我做不了主，但我知道幽灵会很快通知。"马超接受了孙哲的好意，就像在办公室采纳了这个顶头上司的建议。吃一堑长一智，硬碰硬吃亏的终究还是自己，不如打太极敷衍了事。

"我们暂且认为幽灵就是杨少波，"谢福的脑海里回荡着幽灵走上桥头的身影，确实和杨少波的身形相似度极高。"可问题来了，他背叛欧阳教授和蜂巢公司，到底是为了什么？根据我们对他的背景调查，他出身高贵，不缺钱不缺女人不缺地位，而且一表人才颜值爆表。他年纪轻轻就获得多项殊荣，当然这多亏欧阳教授的点拨。"

"这也是我想知道的。"马超不想多说话，红肿的嘴唇轻微嚅动一下也很难受。他狠狠盯着前排的司机，怒火在胸膛里燃烧，随时可能喷发。风水轮流转，等着瞧，他会复仇的。

手机铃响了，真不是时候。

马超瞧了一眼来电显示，顿感血液倒流入大脑。从昨晚折腾到现在，他都没被任何突发事件击垮，此时却感到头顶的天空快崩塌了。

是杨少波打来的，难道他获救了？或者这只是他和教授共同导演的一出好戏，目的是向董事长索取更多的研发经费？他更想亲口说明自己并不是幽灵，世界被阳光普照、黑暗无处躲藏，将近一整天的探秘过程都是错误和荒诞的。

马超意识到自己的人格在被撕裂，曾经引以为傲的责任感和正义感烟消云散。他并不是完人，又何必苛求自己，说白了就是生怕这通电话夺走他对欧阳芙蓉的痴迷。这从某种意义上决定了他是否还将继续扛起道义的大旗。

难道这一切真是幻觉？

脸上伤口的持续疼痛告诉马超，这不是幻觉。他失去了自由，随时可能失去利用价值，但换来了欧阳芙蓉的人身安全。

谢福和雷同都用眼神提示他接电话，没有任何抗拒的余地。

马超用颤抖的手指按下免提键。

当那个沙哑阴沉的声音响起时，他居然松了口气。游戏真的尚未结束，他还有利用价值。

不是杨少波，是那个从未见过面的幽灵！或者说幽灵借用了杨少波的躯壳，反正这世界乱套了。马超本以为即将揭开谜底，现在发现自己深陷于迷宫最黑暗最未知的区域，看不到尽头找不到出路。无法合理解释，何须再解释，权当自己在替欧阳芙蓉玩一场手游。只要不倒下，就必须永远前行！

"我知道你们四个人在同时接听这个电话，能把你们凑到一块儿真是不容易。"幽灵发出一阵冷笑，刻意停顿下来等待接听者做出必要的反应。

除了马超，其余三个男人都惊得目瞪口呆。

难道幽灵透过电话就能看到他们脸上惊愕的表情？这是超自然的力量，谁也违抗不了！他们不敢动弹也不敢出声，非常顺从地等待幽灵的邀请。

"我在青城山等你们，让我们共同帮助'九歌王者'回归自然。这是最后一站，希望不是你们的最后一站！"

幽灵的声音戛然中断，好像被某个巨大的吸盘吸走了。余音还在车内久久回旋，像咒语一样攫住了活人的魂魄……

第三十六章　青城山上的魅影

青城山位于都江堰水利工程西南10千米处，犹如一对缠绵千年的情侣相守相望。景区内林木幽翠，丹梯千级，曲径通幽，享有"青城天下幽"的美誉。全山四季常青，诸峰环峙，状若城郭，故名青城山。这里是全真龙门派圣地，更是中国四大道教名山之一。自古以来，很多名人都与青城山结下不解之缘，包括陆游、孙思邈、蒋介石、徐悲鸿、张大千等。

四个大男人落寞地站在青城山的山门下，宛如被红尘摒弃的游子。

他们五味杂陈，不知如何形容此刻的心情，除了困惑还是困惑，但又不能停下脚步。时间逼近下午5点，离景区关门还有1个小时。

天幕低垂，山色略显黯淡，这让山门内的景致倍加深邃神秘。

这帮人折腾了大半天，全身臭汗、精神崩溃，此时最好的放松方式是泡温泉，而不是登山。

一门之隔两个世界，希望还能活着出来。

在马超看来，这更像是成都的一日游，貌似随机抽取四个景点，却处处充满玄机。与其说这是忠武堂指定的路线，还不如说是在重走欧阳教授的人生轨迹。

想到这一点，马超全身直冒冷汗。他从未怀疑过欧阳教授，尤其是当着欧阳芙蓉的面，可事情正在发生奇妙的化学变化。

尽管教授仍昏睡在医院的重症监护室，但马超认定他才是掌控大局的人。教授每次睁眼或闭眼，外面的世界都在跟着他的节拍颤动。科学家的最高境界是用自己的研发成果造福世界，而一些擅于走极端的科学家则让世界造福他的研究。很难说欧阳教授不是这号人，他也许把自己隐藏得很深，也许这是个苦肉计。

马超悄悄向欧阳芙蓉发了条微信，以关切的名义要求她给院方打个电话。没错，确实是要求，以他和欧阳芙蓉的关系早已无须客套。

爱情这玩意儿，一开始是靠感觉，然后双方在患难中增进感情，最后发现离不开对方，这就意味着离修成正果不远了。

欧阳芙蓉看到马超如此在乎自己的父亲，心里乐开了花。精明的准女婿都有曲线报国的大格局，只要搞定岳父大人，以后遇到的问题都不再是问题。

欧阳芙蓉拨打了主治医生的电话，无奈没人接听。

欧阳芙蓉一下子泄了气，这就是过于认真的代价。以前她什么事情都敷衍了事，日子过得魂不守舍。即便是杨少波的出现也没能改变她的恶习，她对这个将颜值和才华完美融合的男神没多少感觉，大概是由于她在游戏中驯服了太多的男神。她被父亲宠了20多年，目前的首要任务是找下一个宠她的男人。现在来看，马超肯定是首选。

再次拨打，还是没人接听。主治医生应该还在忙碌中。

欧阳芙蓉没有办成马超交代的事，很是歉意。这从她及时发来的微信语音就能看出。她非常在乎马超的感受，恨不得亲自去医院验证父亲的病情。

马超用极为严厉的口吻警告她别乱动，找个安全地方藏起来等待消息。实在没处去，就近选个人多的茶馆泡杯茶，最好关闭手机定位。只有她安全了，马超才能安全。

欧阳芙蓉的泪点再次被戳中，她任性地发出视频通话邀请。

马超摸了一下脸上的伤，委婉地拒绝了。他谎称手机快没电，仓促与欧阳芙蓉告别。随后，他调整好表情，紧跟孙哲、谢福和雷同三人走进了古老的山门。

多么奇妙的旅途啊，关键是还有几个奇妙的旅伴。谁也不知道接下来会发生什么，这才是最奇妙的地方！

一阵阴冷的山风掠过枝头呼啸而来。他们忙将脖子缩进衣领中。旅游旺季还没到，游人不多，大多是游完返回的散客，只有他们是逆行者。

马超边走边思索。他必须尽快拿出方案，不能再被幽灵牵着鼻子走，同时还得考虑自己的退路。

在二王庙殿后徐悲鸿的碑刻前，马超就对"九歌王者"的名称来源产生了朦胧的认知。他联想到曾在教授办公室里看到教授站在徐悲鸿碑刻前的照片，照片上的教授穿着汉服，摆出一个上天揽月的奇怪手势。科学家欧阳教授、大画家徐悲鸿，他们都是高人，也是王者，对，真正的王者！二王庙，原本指的是李冰父子，而在这个迷宫里便是欧阳教授和徐悲鸿。两人通过穿越的方式进行心灵交流，还达成了默契，最大的默契就是他们都像屈原一样忧国忧民。

众所周知，《九歌》是《楚辞》的篇名，由楚国诗人屈原在民间祭神乐歌的基础上加工而成。当时屈原"怀忧苦毒，愁思沸郁"，故而通过制作祭神乐歌来寄托自己的家国情感。《九歌》共11篇，包括：《东皇太一》《山鬼》《国殇》《礼魂》等等。20世纪40年代，在抗战最艰苦的岁月，大画家徐悲鸿曾来青城山住过一段时间，创作了两幅取材于屈原《九歌》的作品——《山鬼》《国殇》。巧合的是，瘟疫结束前夕，欧阳教授曾到都江堰和青城山祈福。可以想象当他在上清宫文史陈列馆看到这两幅作品时，内心大受震动，当下就确定了新项目的名称。紧随教授左右的助手杨少波是唯一的知情者，他对秘密项目的了解远远超过了董事长周总。可见，幽灵是杨少波的可能性最大，至于他为什么要这么做，一个小时后必有最终答案。

秘密项目"九歌王者"的名称算是破译了，前提是教授研发这个项目真是在为国解忧、没有私心，甚至欺骗周总不断砸钱。周总毕竟是个商人，看重的是项目的市场转化率，但出于对教授的信任不惜倾家荡产。

不妨站在教授的立场来推测，自从病毒肆虐全国各地，教授就感受到了肩头沉甸甸的责任。他秘密启动了研制最先进最快捷的医学手段探测病毒的项目，尤其是对付那些潜伏周期长的病毒。一旦成功，他绝不想自己的心血落入邪恶势力之手，更不能落入境外敌对势力之手，唯一对不住的就是周总。

要是上述假设成立，那刚才对教授的质疑就不能成立。一个陷入深度昏迷的科学家即便再有本事，也无法左右事态的发展，何况他有那么漂亮单纯的女儿。

马超后悔不该要求欧阳芙蓉打那个电话，可教授身上确实有解不开的疑团。这正如笼罩山林的那一团团紫色的雾气，越是走进深山越是看不清摸不透。

四人沿着小溪畔的木梯缓步上行，穿过一座小亭。溪水潺潺，阵阵花香袭来，早春气息逐渐浓郁。

谢福闹肚子，被雷同搀扶着去了厕所。由于抗癌药的副作用，他每天会腹泻数次，遭受了常人难以忍受的痛楚。一个身材和生活都富得冒油的成功人士在数月内暴瘦，连身边最亲近的朋友也快认不出来。病来如山倒，谁能猜得出自己的生命末班车何时到站？

主仆二人离去后，孙哲和马超心有灵犀地找了个石凳坐下。这是他俩从昨晚突发事件发生以来，第二次独处。

孙哲一把抓住马超的手臂，着急漂白他已变质的灵魂。

"小马，别乱动也别说话，听我说，"孙哲神情严肃，嗓音低沉，"看过一部叫《伪装者》的谍战剧吗？我就是那个最大的伪装者，表面上背叛了信仰，实际上永远忠于我的组织。这个组织不是什么狗屁忠武堂，而是蜂巢公司。"

马超果然没乱动也没说话，只是露出礼节性的微笑。这微笑像根银针扎进了被感染的灵魂深处，让病毒无处藏身。此时此地的病毒既不是NCP，也不是SARS，而是内心发黑的孙哲。

心灵的病毒最可怕，很难检测，更难以根治，这是科学家和教育家都无法解决的世界性难题。

马超已不再是这个精致男神的下属，他现在属于自己。他要掌控自我命运，揪出真正的幽灵，击溃邪恶的力量。等乌云散去后，他希望能驾着七彩祥云去迎娶欧阳芙蓉。

孙哲怔住了，他第一次感受到这小子强大的气场。要是换作平时，他早就签字辞退。今非昔比，他垂下头颅表示敬意，酸楚的鼻子流出浑浊的鼻涕。

马超用手遮住口鼻，好像在躲避病毒的侵袭。

孙哲没有丝毫的生气，也没有时间生气。他只想尽快证明自己并未变节，一着急便语无伦次，一语无伦次便缺乏说服力。要是下跪能获得马超的理解，他会毫不犹豫地屈膝。小年轻的通病全落在这个老司机身上，他倒像个刚刚转正的愣头青。

马超始终保持微笑，用另一只手护着受伤的脸颊。

孙哲误以为马超不想说话怕引起伤口疼痛，报以更灿烂的笑容来表达理解。他顿时感觉轻松多了。这个不苟言笑的技术总监一向认为不能在下属跟前表露喜悦，那是不成熟的标志。这次，他尝到了快乐，似乎又重回蜂巢大家庭。还有不到5个小时，董事长将抵达成都双流机场。要找回失去的东西除了信任马超，别无他法，除非来一次真正的背叛。

谢福解决完燃眉之急后，并未立即返回。

他和雷同站在厕所外墙的阴影中，窥视着那对曾经的同事。上下级关系正在发生变化，一言不发的马超占据了主导地位。背叛者永远不值得信赖，更不能重用，只配充当殉葬品。

当谢福从嘴角嘀咕出"殉葬品"三个字时，雷同不由得垂下了眼帘。每个人心里都有最阴暗的地方，就看何时暴露在阳光下……

第三十七章 波音客机上的奇遇

波音787客机从俄罗斯远东国际机场起飞后，一直以傲人的身姿平稳穿梭于云层。机长为了显摆自己出身M国"雷鸟"飞行表演序列，在飞入中国边境时刻意来了一次跃升，要不是副机长友善地警告，估计他还会做出水平横滚甚至更高难度的动作。

"我的M国队长，这是客机，不是教练机和战斗机。"副机长的低声埋怨很快被后机舱的喧闹声覆盖。

乘客们误以为飞机遭遇了罕见的强气流，身子不敢乱动，嘴里却大声叫嚷开来。由于近年坠机事故频发，还有客机被导弹击中或者神秘失踪，这让他们都担心成为下一个。不，下一批。飞机一旦出事，几乎全部殉葬，唯一的好处就是保险理赔金高。

乘务长广播提醒大家不必慌张，机长的飞行经验相当丰富，曾驾机穿越西太平洋百慕大死亡海域上空。她的声音悦耳迷人，富有穿透力，关键是洋溢着自信和力量，比一剂强心针还管用。

客舱内旋即恢复平静，该干吗干吗。

空姐们都很庆幸与一帮高素质的乘客一起旅行，死神也是嫌贫爱富的。只有一位男性乘客晃晃悠悠地从座椅上站了起来。

他猛拍了几下脑门，又一屁股坐下。

高挑靓丽的空姐走上去，勾下身子低声询问是否需要帮助。

"这是在飞往成都的波音客机上吗？"周自横的问题让空姐不知所措，坐在周围的乘客也投以好奇的目光。

周自横打量着这熟悉而陌生的客舱，他怎么从头等舱降级到商务舱了？肯定是那个女间谍搞的鬼，算了，小命保住已是万幸，没必要再计较。男人永远斗不过女人，尤其是那种智商高颜值高的女人。

他打开脚下的公文包，仔细检查，不放过任何一个细微的角落。

东西都在，只是他无缘无故被扔出了头等舱，就像是中了魔法。这趟旅行简直太奇妙了。

他努力回忆，难道刚才在机场贵宾区眼花了，或者只是做了一场春梦？若是场梦，那如何解释他此刻坐在商务舱，旁边紧挨着一位酷似传教士的小老头？老人手里捧着一本《圣经》，从发黄的纸张来看应该是很多年前出版的。

中邪了！越想越糊涂，但他相信等完全清醒过来，总会理出头绪。他调整靠背尽量让自己坐得舒服些，随手打开手提电脑。

一个不拘小节的成功人士再次回归了。

脸蛋迷人的空姐依然优雅地站在过道上，不确定这个风度翩翩的中年男人是否真的安好。

"请给我一杯咖啡,越浓越好,多加点糖。谢谢!"周自横抿了一下干涸的嘴唇,露出温和自信的笑容。

这笑容极富魅力,瞬间击碎了空姐心中的疙瘩。她点了点头,转身离开了。不过两分钟,她将热气腾腾的咖啡送到周自横的手里。

"小心烫!"空姐的声音甜得发腻。

"对了,我有个小问题……"周自横很不好意思,满脸通红,如同第一次向女友表白,"不知道你记得我吗?"

空姐对这种没有创意的搭讪不屑一顾,只是出于职业习惯继续保持微笑。

"请别误会!"老周将嗓音压得很低,生怕周遭的乘客误以为他是个道貌岸然的伪君子。"我从纽约登机,坐的是头等舱,客机飞越大西洋技术性经停符拉迪沃斯托克机场,可再次起飞后,我怎么坐在了商务舱?"

空姐显然没明白老周的话,足足愣了一分钟。

周自横非常尴尬,他再次重复了一遍刚才的话。

"先生,估摸你平常就喜欢开玩笑,"空姐的耐心正在耗尽,"你一直在这里,从未去过头等舱。"

这次,轮到周自横愣住了。

他已分不清这是现实还是梦境,完全超出了他的有限认知。唯一的合理解释是他被强行服用了某种可怕的药物,以至于在精神上产生错乱,尤其是对时间和空间的认识障碍。这种药物也许还在临床试验阶段,他不幸成了小白鼠。公文包里的东西都在,恰恰说明那个女间谍没找到想要的情报,又不甘心就这么放他回国,所以出此下策。

据老周有限的生物医学经验,这种药物应该只能产生短暂错觉,不会损伤大脑中枢系统。好在再过几小时,他就回到成都的火热胸膛。只要坐在火锅旁，任何困惑都能化解，如有必要做个全面检查也来得及。

他不想胡思乱想，更不想继续纠缠空姐，以免被认定为精神错乱。

老周再次表示谢意后，空姐迫不及待地走开了。

此时的老周多么希望能有个人聊天，要是好兄弟孙哲在这里就好了。他怎么忘了，什么狗屁好兄弟！看来药物确有干扰性！那个忘恩负义的背叛者，不千刀万剐也得下油锅。

他打开电脑的AGPS，即迷你版的辅助全球卫星定位系统。这个新系统能利用通信基站信息来辅助GPS模块进行追踪，大大缩小了定位盲区，而且精确到10米。只需启动预存在电脑中的GPS卫星图，输入孙哲的电话号码，简单而粗暴。孙哲曾自作主张在一些员工的手机里安装了间谍软件，没想到自己的手机被老大动了手脚。这就是所谓的螳螂捕蝉——黄雀在后！

快速搜索在3分钟后结束，精准的定位信息同步锁定。

那个闪烁的红点显示，孙哲此时正在青城山……

第三十八章　云深不知处

四个大男人拾级而上，谈兴正浓，暂时忘却了此行的真实目的，仿若置身于一幅优美的画卷中。远望山色空蒙，近看绿水迂回，雾气笼罩于林木苍翠处，又从峭壁清泉中陡然升起。

纵使见不到神仙，也想趁机多吸几口仙气，再有烦忧的人都不会拒绝这番美景，尤其是谢福。他一路上都在陈述自己对道家思想的最新感悟，这没准是最后的感悟。人生即将走到尽头，纵有许多不舍，也只能认命。不断的获得是以不断的失去为代价的，有的东西则永远找不回来，比如健康。

此情此景，面对大自然，每个人都在极力缩小自我，妄图挑战自然规律，终将遭受报应。恩格斯曾在《自然辩证法》中说过："我们不要过分陶醉于我们人类对自然界的胜利。对于每一次这样的胜利，自然界都对我们进行了报复。"瘟疫之所以蔓延，就在于我们失去了对大自然的敬畏，高高在上的人类一下子变成了病毒的奴隶。再不吸取教训，估计人类在地球上消失的时间表将进入倒计时。

马超极为赞赏谢福的这番感悟，只是不能表现得太过明显。这行人看似同道之人，可各有所图。

别看雷同闷葫芦一个，谁知道他心里有没有更邪恶的念头？没有人甘愿永远做跟屁虫。貌合神离，说的就是这帮人。他们需要彼此的力量和智慧，又怕自己的光芒和荣誉被盖过，所以只有慎之又慎。不到最后，绝不露出原形。

马超是第二次问道青城山，上次来是为探寻生活的意义，这次来是为解开工作的谜团。上次没有多少收获，但愿这次能满载而归。

青城山不仅景色绝佳，更是极富传奇色彩。东汉汉安二年，天师张道陵到达青城山，在此结茅传道，创立了本土宗教道教，使青城山成为中国四大道教名山之首。唐宋时期，青城武术在吸收外来武技的同时形成独特完整体系，跃升为中华武林四大门派之一。金庸小说《笑傲江湖》对青城派有浓墨重彩的描述，为这座山披上了一袭更加神秘和惊艳的长袍。

如今，绝密文件"九歌王者"的若隐若现，让这袭长袍又增添了灵异色彩。没人会相信世上真有幽灵，那更多是一种认知的错觉或者是高科技带来的幻觉。

"你们听到什么声音了吗？"马超冷不丁问道。

谢福比雷同更厌烦别人打断他的谈话，尽管他更多的是在自言自语。

马超的话必须重视，这是撬开迷宫的金钥匙。

大家同时在一座小石桥上停住了脚步，竖起耳朵，生怕错过一丁点儿风吹草动。

除了微弱的风声和空灵的水声，什么也听不到。这里不像是幽灵出没的地方。

雷同对马超历来有偏见，咕哝着认为这是马超在装神弄鬼。目的很简单，想尽办法让其他三人精神崩溃，他才能独自保持理智找到答案。

谢福和孙哲都不苟同。他俩难得一致地对马超寄予厚望，以至于可以容忍这小子的大多毛病。这也是无奈之举，除了马超，没人能洞穿身前的雾霾。当他们得知欧阳教授曾到都江堰和青城山祈福时，更加坚信这里是整个怪异事件的源头。

"让我们共同帮助'九歌王者'回归自然。这是最后一站，希望不是你们的最后一站！"幽灵的声音撞击着马超的耳膜，一次比一次强烈。他用手捂住双耳阻止那讨厌的声音，还是没用。

"马超，你没事吧？"谢福以为马超中邪了，冲他大声吼道。

这吼声很管用，将马超一下子拽回了现实。

马超惊魂未定地坐在桥边的栏杆上，等耳朵里的嗡嗡声慢慢消失。

当桥下的水声缓缓流入耳朵后，他的嘴角浮出一抹冷笑。这笑意很奇怪，甚至有些诡异，在外人看来他真的中邪了。这正是小马哥的聪明之举，既然从昨晚就遭遇了没头没脑的怪事，何不也陪着装神弄鬼？这样，他才能随心所欲地寻找答案，真正地掌控主动权。

马超用眼睛的余光扫视着那三张瞠目结舌的脸，心里乐得不行。

"让我们共同帮助'九歌王者'回归自然。"马超不停地重复这句，连他也说不清楚是有意还是无意。

身在道教名山，没有一点道行怎么混得下去？！

"我碰巧有点明白了！"谢福摸了一下马尾辫，这才是他最心仪的圣物。"回归自然，才能回归自我。他们想在山上的某个地方毁灭'九歌王者'，来无影去无影。"

马超蓦然起身，这倒是他没想到的。谢老板不仅是个成功商人，还是个颇有悟性的道家信徒，可惜天妒英才，留给他追寻信念的时间不多了。

"谢总，我从来没佩服过任何人，你算是让我开眼了。"孙哲向谢福竖起大拇指，马超很清楚孙哲心里竖的是中指。

一个急于表达忠诚的人最不可靠，反而是一声不吭的雷同值得信赖。

雷同不善言辞，却能察言观色，揣摩老板的心思。他提醒谢总该吃药了，这是维系生命的唯一方法，再多的赞美也不能剿灭癌细胞。

谢福顺从地摸出一个精致的小瓶子。

孙哲天生对精致的小玩意儿充满兴致，忍不住多看了几眼。而在谢福看来，这混蛋是在确认他到底是不是身患绝症。就一个小眼神，这么一扭曲，足以置人于死地。

谢福取出药丸冲着转瞬即逝的阳光看了一眼，优雅地放入嘴中。

马超难受地转过头去，好像那颗苦涩的药丸扔到了他嘴里。

还是老规矩。老谢没喝水，一点一点地将药丸咬碎。不知是听了哪位高人的指点，如此痛苦地吃药能将药性渗透到喉管的每个角落。重病在身的人往往会失去基本的判断力，对一些毫无根据的话信以为真，尤其是所谓专家的话！

药丸好像真有神效。

谢福的脸色瞬间红润多了。他干咳了几声，嗓音也清脆了。看来，死神又暂时被吓跑了，他有充足的时间完成夙愿。

"东西毁灭了，我就没指望了。"谢福从心里发出一声叹息。这声音格外清晰,依然被风吹过丛林的沙沙声淹没了。

"那还等什么,咱们快去阻止他们,"雷同补充了一句,"把东西抢回来!"

孙哲和马超同时进出冷笑,这一次他俩又站在一起。

"东西本来就不是我们的,"谢福很有自知之明,"你们不觉得这不合常理吗?忠武堂的人从你们蜂巢公司偷走了绝密文件,然后依据严苛的内部规则进行交易,可三次都没成功。于是他们放弃了交易,决定在青城山将文件销毁。这能说得过去吗?即便说得通,根据这一路闯关的经验,最后一次选定的地方更加难找。好在有小马在,他就是忠武堂的克星。不过问题又来了,他们这么绞尽脑汁地瞎折腾,难道只是想愚弄我们几个傻瓜?这里面肯定有什么不对劲。"

"从昨晚咱们蜂巢公司发生怪事到现在,就没有一件事是对劲的。"孙哲第一次顶撞谢老板。

"咱们已经不包括你了吧?"马超纠正道。

孙哲尴尬地低下了头,他突然希望谢福能主动反悔将那笔钱收回,那他就能再次以技术总监的身份训斥小马。

"小马,你什么都好,就是有个小毛病。"谢福有意护着身后那只落水狗,成功人士身边总得养几只听话的哈巴狗。"不识时务,也不懂得尊重既成事实。你不想弃暗投明,难道还不允许别人迈出这一步?这里的所有人中,只有你能解答我的疑惑,因为昨晚欧阳教授只给你发了消息。可见他非常器重你,这引起了助手杨少波的妒忌。"

"你不会认为杨少波盗走绝密文件,就是为了让我落入他设好的圈套,不断地折磨我?"马超对这个说法感到可笑,可惜笑不出来。

"你始终认定杨少波就是幽灵,等于变相承认了你们之间早就存在矛盾。"谢福自认刚才抛出的那个鱼饵妙不可言,马超急不可耐地咬钩了。

"不是我认定,是我采用技术手段让监视器上的幽灵显出原形。那个消失又重现的人就是杨少波。这点孙总可以证明。"马超将求助的目光朝向孙哲。

孙哲一直躲在谢福的影子里,宁可让别人忽视他的存在。

马超无奈地叹了口气,他是真正的独行者!他转念想到自己疏忽了一个细节,这个细节则是谢福刻意忽略的。

"谢总,你不也是忠武堂的人吗?对忠武堂的内部规则比我们清楚。你的所有疑问应该由你自己来解释,而不是揪住我不放。"

谢福被将了一军,但没有生气。他对马超十分欣赏,简直是破天荒的。见贤思齐焉,见不贤而内省也。他不得不反思公司的用人策略是否明智,遗憾的是老天没有留给他太多的时日遐思。所幸在生命即将走到尽头之际,遇到了一名良将。

"我和雷同都是冒牌货,可欧阳教授真的是忠武堂的人,而且在组织中的地位不可小觑。这一路我都在琢磨一个问题,现在总算想明白了。如果尽早遵循教授的足迹回到原点,或许就能找到东西,而不是被幽灵牵着鼻子四处转悠。幽灵的目的和教授的目的完全不同,之前我们愚蠢地将两条线混为一体。真要是按我的理解,剩下的问题就是找到原点。小马,千万别告诉我云深不知处,就当我最后一次求你,以后不会再有机会了。"

这话说得何等真诚和凄凉,也显露出谢福的高超智慧。

马超恍然大悟,原来他和谢福的思路是一致的。他不忍看到泪水在谢福深陷的眼眶里打转,这永远是他的致命弱点。

"欧阳教授曾到都江堰和青城山祈福。当他在上清宫文史陈列馆看到两幅九歌插图时,就……"

"懂啦,谢谢!合作共赢!"

谢福顿时满血复活,飞身朝月城湖上方的索道走去……

第三十九章 徐悲鸿的插画

上清宫是青城山的核心建筑，也是整座山的灵魂。这排浑然天成的建筑群坐卧于青城山第一峰，透过缥缈的云雾俯瞰着世间的沧海桑田。上清宫始建于晋代，现存庙宇为清朝同治年间所建。

宫门"上清宫"三字由蒋介石题写。据说蒋介石一度不舍下山离去，同时期还有两个钟情于此的艺术名人。国画大师张大千客居上清宫三年，创作了上千幅取材于青城山的国画，最为后人称道的就是《青城山十景图》。另一位国画大师徐悲鸿带着弟子们到山中写生时常与张大千品茶论道，已成为一段佳话。

欧阳教授是徐悲鸿的铁杆粉丝，曾花费数日沿着国画大师在都江堰和青城山的足迹畅游。当他在上清宫文史馆看到两幅取材于《九歌》的插画时，内心被深深地震撼了。一幅是幽静山谷中孤独的山鬼，另一幅是短兵相接、激战中为国捐躯的战士。不论《山鬼》还是《国殇》，画家的悲愤之情皆溢于画外，同祖国的脉搏息息相通。他多么希望抗战捷报频传，国人尽早从日军的铁蹄下解放。

当欧阳教授俯下身子透过低反射夹层玻璃、欣赏展柜里的两幅传世之作时，山下的瘟疫尚未完全结束。人们对这种传染性极强的病毒心有余悸，对未来不无担忧，而作为一名生物学家有责任消除这种担忧。

欧阳教授回到蜂巢公司的次日，便开始了他的秘密研发工作。除了助手杨少波，就连董事长周总也几乎一无所知。出于对教授的绝对信任，周总不停地砸钱。科研工作本来是个无底洞，在没有完成市场转化前，所有的数据仅是数据，跟"利润"两个字完全不沾边。

有天深夜，杨少波临时返回实验室更改项目参数，无意中发现周总正派人安装微型摄像头。他悄悄跑到墙角打电话给教授。

不到十分钟，裹着睡衣的教授就赶到了现场。

他恼羞成怒地亲手砸碎了刚装好的摄像头，当着助手的面和周总大吵起来。主要争论点就是周总违背了两人多年前达成的合作协议，还涉嫌侵犯他的隐私。

周总熟知教授偏激狂躁的个性，主动息事宁人，当场表态下不为例。

教授看着周总落寞离去的背影，心生惭愧。好歹人家是公司老大，是整个项目的所有权人。他叫住了周总，简单地介绍项目的研发初衷和基本构思。

周总惊得下巴都快掉到地上，老半天说不出一句话。即便是刚才教授疯狂地砸碎摄像头，都没有让他如此震惊！

教授误以为周总对项目失望透顶，其实周总是惊喜过度，这与他的想法不谋而合。谁说科学家不懂市场，真是一派胡言！既能报国又能赚钱，何乐而不为呢？

不过，那天深夜，周总没把自己的真实想法说出来，刻意留了一手。他委婉地提醒教授要节约成本，还谎称将公司的全部家底都押上去了。

都是人精，成功人士必然有成功的道理！

从那个让人不快的夜晚开始，教授果然很少再狮子大开口索要经费，而且加快了研发进度。企图消灭不断突变的病毒是完全不可能的，若能做到提前探测，那就是不幸中的万幸。大多数病毒需要载体才能广泛传播，生活中的工具尤其是交通和通信工具都是病毒热衷的载体，使用这些工具的每个人也是载体。可怕就在于此，说白了防范病毒无异于毁灭我们千辛万苦创造的生活。

还有更可怕的，当病毒经过一次次的突变像寄生虫寄生在载体中，那人类的末日就不远了，无药可救，无从预防。所以，我们必须赶在病毒发生更高级别突变前全面探测、优化载体的属性，简而言之就是让载体披上一层无形的免疫保护膜。进攻是最好的防御，主动出击应该成为未来防控瘟疫的首选。对病毒的探测不能停留在温度、湿度等基本层面，得将生物信息学和科技检测手段等兼容在一起。

可以想象，教授的工作量有多么庞大，不确定因素随时会产生，幽灵的出现不就是突发事件吗？

问题又回到原点，幽灵到底是不是杨少波？他偷走的文件是原始版的，还是个备份，或者都不是？没人知道教授的绝密文件的真实下落，也不清楚研发成果出来没有。另外，如果教授真是忠武堂的秘密成员，那忠武堂的其他成员为什么要偷走东西，使教授命悬一线？这更像是一场精心编排的戏剧，而不是单纯的智力游戏。除非教授苏醒，除非杨少波主动招供……

当马超等四人坐在缆车上时，他正被这一大堆困惑缠绕。眼看就要见到幽灵的真面目，他还是百思不得其解。如同之前在杜甫草堂遭遇挫折时的突发奇想，他越来越相信这场游戏是刻意的荒诞的，也许跟消失的绝密文件没有半毛钱的关系。直白地说，他们一直被引向错误的方向，而幽灵的同伙正在将真正的"九歌王者"高价卖出。

这个想法将马超惊出一身冷汗。

马超开始怀疑到底有没有必要上山寻宝。他无意中发现谢福的眼神中流露出兴奋，旋即对刚才的想法产生动摇。序幕一旦开启，没有看到落幕的那一刻，谁都不能放弃，更不能轻易改变方向。

缆车在上行至半山腰时，不知什么原因突然停止了前进。

景区里的缆车大多是由驱动机带动钢丝绳，牵引车厢沿着架空轨道上行。中途骤停的现象时有发生，只要不是因为停电、越位或断绳等，都不必惊恐。可此时天色已晚，温度也在降低，四个大男人除了大眼瞪小眼，完全没辙。

马超顺着粗大的钢丝绳向左右两侧望去，相隔不远的车厢齐刷刷地悬垂在空中。他脑海里不由自主地浮现出一排排挂在崖壁上的悬棺，这种诡异的感觉随着天色变暗变得愈发强烈。

大家无能为力，只有静静地等待。时间走得太慢了，他们的呼吸却在加快。

风声愈紧，车厢不停地晃动起来。这进一步加剧了每个人心底的恐慌情绪。

马超有恐高症，指不定还有妄想症。他坐在凳子上死死抓住扶手，真希望自己是颗钉子牢牢地钉在上面。比起紧张，他更怕窒息。老是在迷宫中找不到出路，任何人都可能窒息和绝望。

他不敢再往外看，又不想闭眼，就逐一打量同伴。谢福显出超凡的淡定，他早已对死亡不屑一顾。如有这么多人陪葬，他定当含笑九泉；孙哲为了缓解紧张，低声哼唱着，一边不忘整理略有皱褶的衣领；雷同的表现则让马超大跌眼镜，刚才的紧张被嘲讽取代。

这个以直男著称的大帅哥瑟瑟缩缩地坐在老板的身边，一手拧着老板的衣角，一手拽着扶手。他双眼紧闭，嘴唇发乌，英俊的脸颊苍白如纸，正在快速失去健康的血色。要是再这么悬在空中，他就命悬一线了。

缆绳猛地抖动了一下，随即继续上行。

四人瞬间如释重负，还是活着好。

当缆车抵达终点后，谢福搀扶着几近虚脱的雷同步出车厢。他们俩的关系确实非同寻常，这不是仅靠聘用就能建立的。

双脚刚落地，雷同立马恢复如常。

马超嘲弄的目光并未让雷同感到尴尬，更未激怒他。虽说在这个世界上拳头是硬道理，可隐忍者才能成就大事。他现在的首要任务是抢先拿到东西，满足老板的夙愿。很难说他也有自己的小算盘，置身云雾深处，即使近在咫尺的人也看不清对方的真面目。

谢福拨开眼前的树叶，看到一座古建筑从重峦叠嶂中露出魅影。

看似遥不可及，又仿佛近在眼前，这才是道家独有的气韵。

谢福加快了脚步，忘记了自己是个濒临死亡之人。倘若人生的终点便是这方净土，他宁愿今天就葬于此。诚然，他没资格像张天师羽化升天，沾沾仙气也不枉来世间走了一遭。

雷同紧跟在老板身后，不断提醒他小心脚下。

孙哲怀疑姓谢的有可能在装病，跟这种人打交道太可怕了。他一想到蜂巢公司的研究成果将落入对手之手，也加快了步伐。他也许忘记了自己是个背叛者，也许想抢回东西重返周自横的身边。反正此时此刻所有人均回归初心，遵循心里最真实的想法。

唯有马超气定神闲地走在最后。

马超觉得自己总算可以自由呼吸了。只要找到东西，他就没有利用价值，谁也不会在意他。况且有了前三次的失败教训，他比谁都不相信奇迹，更不相信所谓的幽灵！

这场游戏不会就这么结束的，因为好戏还没登场。他在心里反复提醒自己，别被眼前的所谓事实纠缠，得跳出云雾才能看得更清楚。

绝望的尖叫声突然从斜上方传来，在幽静的深山中显得格外刺耳和惊悚。

马超感到浑身的血液都凝固了，那是不祥之音。他三步并作两步奔蹿在陡直的石阶上，这里难道真有奇迹发生？

他气喘吁吁到达上清宫陈列馆，发现谢福倒在门前号啕大哭。无须多问，他也知道是什么原因。

陈列馆无限期地闭馆了！

所谓的原点早就没了。这一次挫折比前三次更猛烈更冷酷，完全没有峰回路转的迹象。

马超以前不会轻言放弃，这次更不会。他想到可能出现了理解偏差。

他没有上前安慰谢福，而是打开手机百度百科。幽灵叫他们前来山中绝不是为了吃闭门羹，更不是来欣赏美景。若真是要让"九歌王者"回归自然，必须找到真正的原点。那里幽静空旷，充满玄机，甚至被人遗忘。

"徐悲鸿的两幅九歌作品确实陈列在此，但不是在这里画的。"马超大声说道，他能感受到自己的嗓音在发颤。"那个地方才是真正的原点！"

"在哪儿？"谢福停止哭泣，像条刚从冬眠中苏醒的长蛇吐出丝丝的语声。

"离这里不远处的天师洞！"

第四十章　忠武堂的总部

天师洞道观规模宏伟，三面环山，一面临涧，相传东汉末年张道陵曾在此讲经传道。观内正殿为"三清殿"，殿后有黄帝祠和天师洞等古迹。洞门前有一株古银杏树，据说乃张天师手植，树龄已达1800余年。 1943年夏，杰出的画家和美术教育家徐悲鸿先生曾在天师洞独居一室，先后创作了屈原《九歌》中的插图《国殇》《山鬼》等多幅作品。

从上清宫到天师洞道观步行需要四十多分钟，可这一行人只用了半个小时。

他们大概是汲取了山中灵气，个个精神饱满、健步如飞。从清泉飞瀑下穿过，再从巉岩峭壁登临而上，有如离尘绝世，更有伸手揽月的冲动。马超曾疑惑欧阳教授为何要在照片中摆出如此怪异的手势，此刻身临其境，他也想将双臂伸向低垂的天幕接纳万物的奥妙。若非置身于大自然的宽广胸怀，人类会完全忘记自己有多微不足道。

谢福依然第一个赶到目的地，完全看不出他是个身患癌症的病人。

一个身材瘦削的老道士似乎知道有贵客趁天黑前造访，特意在道观门前迎接。道长屹立在苍茫云海之中，一派仙风道骨。

谢福脚步纷乱，来不及拨开云雾看清脚下的石梯。他身子一歪，正好跪倒在道长膝前。

道长连忙扶起山下的来客，面带微笑。这微笑不被尘世污染，让人倍感亲切。

"无为而无不为，不必如此着急！"

"再不急，恐怕就没机会了。"谢福喘得像头老黄牛，他真的生怕下一口气接不上。

"通于一而万事毕，无心得而鬼神服。"

道长的话语简短有力，仿如微风拂面，却能直指人心。

谢福搭不上话，又不能装作一无所知，只好保持虚伪的微笑。

马超知道该他闪亮登场了。他刚才故意躲在众人身后用手机百度了一下，临阵磨枪不快也光。

"只要掌握了事物的规律，不管做任何事都可通达圆满。"马超上前向道长恭敬地行了个礼，"大公无私，心怀天下，没有任何个人索求，反而有所成，就连鬼神也钦佩三分。"

道长满意地点了点头，侧身让开一条道。这是通往谜底的通道！

"山鬼正在屋子里等你，请！"

马超缓步走进道观，一个小道士在前面引路。雷同搀扶着谢老板紧跟上前，剩下孙哲漫不经心地走在最后。

孙哲饶有兴味地左顾右盼，真把自己当成了游客。他一会儿急于找回公司丢失的宝物，一会儿又寄情于山水之中。谁也摸不准他的真实想法。

当众人穿过烛光摇曳的三清殿时，孙哲停下脚步掏出一沓钞票投入功德箱。这并非因为他信仰道教,他之前到佛教圣地也慷慨捐赠。这是在积德,实为寻求心理安慰。虽然光线灰暗,但眼尖的道长还是惊愕于这位先生的阔气。

小道士将贵客们带到殿后一间独立的房屋前,顺手指了指墙上的一行字。

徐悲鸿旧居!

小道士行了个礼,转身消失在那一片未知的巨大阴影中。

果然是道教圣地,每个人都高深莫测。他们是最接近天宫的人,早已忘却世间还有"欲望"二字。

众人一想到幽灵就藏在这幽静的黑屋子内,都屏住了呼吸。幽灵自称山鬼,显然是从《九歌》的其中一篇《山鬼》得到了启发。

马超将手缓缓伸向那紧闭的房门,犹如逼近另一个未知的世界。

他的心怦怦直跳,其他人也是心乱如麻。

越接近游戏的终点,人们越怕看到结果,甚至怀疑自己是否做好了迎接灾难的准备。那就意味着有人会被撕票,有人会撕下假面具,还有人会火中取栗!

不知从哪儿灌进来的冷风在道观上方盘旋,随时可能将心怀叵测的人卷走。大多数人哆嗦起来,殿内的烛火却纹丝不动。长期在山中被道法熏陶,连蜡烛都比世人淡定,不受世俗影响。

雷同是个急性子,除了恐高,就没恐惧过谁。他见马超伸出去的手臂僵在半空,意识到自己抢头功的机会到了。

雷同粗鲁地推开马超,一掌拍开了房门。

众人高悬着的心落了地,无不露出大失所望的表情。

结果竟然如此!

既没有仙气飘出来,更没有想象中的光怪陆离。

屋内的光线出奇暗淡,狭小简朴,几乎保持着民国时期的陈设。空洞无物,哪有什么幽灵,也不见姿态婀娜的山鬼!这和前三次的经历大同小异，大家的一致感觉是被忽悠了。所谓游戏就是一场彻头彻尾的骗局，无聊透顶、辱没智商！

谢福脆弱的身躯被最后一根稻草压垮，顺着墙壁瘫倒在地。

这个靠忽悠起家的成功人士，最终还是被算计了。他本想指望拿到东西后釜底抽薪，从根本上搞垮老对手周自横，没想到先垮掉的是他自己。机关算尽太聪明，反误了卿卿性命，死前唯一所求就是能葬身于这方净土。

"难道我又弄错了？这怎么可能？这怎么可能？"马超自责道，他不信千辛万苦的奔忙换来的是这个悲催的结果。没有这么玩游戏的！他抓扯着头发，好像随时可能撞墙寻求解脱。无论如何绞尽脑汁，他都实在理不出头绪，这一切的一切看似环环相扣，却又不断失去关联的节点。一定是哪里出问题了！

如果说真出问题了，那就是他的智商出了问题。马超时而苦笑时而傻笑，完全不在乎旁人的眼光。他曾经多次提醒自己世上根本没有幽灵，此刻又真切感受到幽灵的无处不在。挑战灵异，必死无疑，能全身而退已是幸事，至少说明幽灵留了一手！就此作罢，或许才是最好的选择，可怎么向董事长交差？

"小马，聪明是你的优点，可你聪明过头了。"孙哲急于终止这场没完没了的旅行，"时候不早了，咱们快下山。"

孙哲用肘捂住嘴巴打了个响亮的喷嚏，自从瘟疫以来他就养成了打喷嚏时捂嘴的好习惯。他有意营造自己仍能扭转局面的假象，并千方百计地大事化小。这场户外活动更像是他策划的公司团建，成果看似不明显，毕竟完成了拟定的目标。不知从何时开始，他不再担心今晚拿什么向即将下飞机的董事长交差。可惜这个微妙的变化，在场的诸位都没看出来。

一阵急促的脚步声从暗处传来，紧接着闪出一个瘦骨伶仃的身影。

是那个刚离去的小道士！

小道士好像被什么东西吓住了，脸上的平静和淡漠被来自灵魂深处的恐惧抹去。看来山上不仅有仙气，还真有幽灵存在。

"从道观后面的朝阳洞传出一阵奇怪的叫声，像是狼的叫声！"

他话音刚落，众人汗毛直竖。唯有马超骨碌转了几下眼珠，目光又充满活力。

在火锅盛行的四川，哪有狼生存的机会？马超再次打开手机百度，忍不住大笑，刚才的晦气和失落随之烟消云散。

"这就对了，朝阳洞洞口正对东方，深广数丈，可容百人。确实是将心仪的圣物回归自然的好地方。"

马超的话还没有说完，一个黑影就从墙角蹿起来朝后山奔去。

刚才奄奄一息的谢福如同打了鸡血，冲在最前面。他总是让人刮目相看，不按常理出牌。雷同担心老板的安危，急忙跟上去。

孙哲拽住马超的手说道："你确定这次真的没错？咱们不能再这么瞎胡闹。游戏结束了，一切都结束了。"

"那你怎么向周总交代，他今晚就飞回成都了。"马超松开孙哲的手，逼视着这位昔日上司的小眼睛。

那双眼睛在黑暗中发出幽幽的光芒，这才是恶狼独有的眼神。

"怎么交代，是我的事。"

"不，现在是我的事，你已不是蜂巢公司的人。"

马超向一旁的小道士行礼作别，追赶谢福他们去了。

朝阳洞位于主峰老霄顶的岩脚，洞口正对东方，这是一种颇有深意的朝向。清晨的第一缕阳光都恩赐于这福地洞天，从而产生更多的灵气。清人黄云鹄曾在此结茅而居，并撰联曰："天遥红日近，地厌绛宫宽。"近代画家徐悲鸿也曾在此撰联："空洞亲迎光照耀，苍崖时有凤来仪。"

谢福顺着茂密的草丛来到洞口，竟然有种回家的感觉。他在心中坚信这里就是原点。

那所谓的狼叫声消失不见了。山洞像个巨大的墓穴，不断朝外吐出陈腐的气息。

谢福不为所动，踩着岩石跌跌撞撞地走了进去。

尖锐的岩石碎片隐藏在草丛中，随时等待给闯入者致命一击。

谢福有两次被划伤了脚踝，那钻心的痛楚比起绝症引发的剧痛不值一提。他只是皱了一下眉头，继续朝黑暗深处走去。向来身手敏捷的雷同一边战战兢兢地跟在后面，一边提醒老板当心脚下。

走着走着，谢福出汗了，大大咧咧地解开外套。

一阵阵暖风从四壁袭来，寒冷完全被阻隔在外，光线也逐渐明亮起来。

谢福产生了正在深入桃花源的错觉，这错觉让他误以为自己到达了天堂。他又一次分不清这是现实还是虚幻，不过这种美妙的感觉好极了。去他妈的癌症，去他妈的竞争，他浑浊疲惫的心灵被洗濯得干干净净。

这才是真正的回归自然！

他下意识停止脚步，目光落到岩壁上的三个金灿灿的大字：

忠武堂！

第四十一章 "九歌王者"再次消失

一个冒牌货总算要转正了！

谢福咧嘴一笑，用力搓着双手，只为迎接某个神圣的时刻。生活没有想象中的那么枯燥，奇迹总会在山穷水尽时出现。

置身如此恢宏的空间内，人的私欲会被一种无形的精神力量攫住，所有杂念都不存在，或许连他自己也不存在。

还是那个老问题，这到底是虚幻还是现实？

他反复眨巴着眼睛，"忠武堂"三个大字清晰可见。

不用再怀疑了！若说绝症的痛苦会让人产生幻觉，那至少现在他没有感受到来自身体的一丁点痛苦。

忠武堂三个字下面有两尊塑像，一尊是关羽，一尊是诸葛亮。古老而庄严的神龛上摆满贡品，焚烧着长长的香烛。从火烛燃烧的程度来看，某种神秘的仪式刚开始——没准就不曾结束过。这才是神秘组织应有的样子。四周墙壁上挂满了稀奇古怪和色彩斑斓的饰物，地上还有一些发光的骨头碎片，让这个洞府更像是一个祭祀现场，而不是仪式现场。这是唯一引起谢福不快的地方。

好在温柔的光线驱散了他额上的阴影，像聚光灯投射到他的身体周围，让他有一种王者的霸气。至于光线从哪里来的，他就不得而知更不想知道。哪怕是一个装有中央空调的议政厅也未必如此温暖和神圣。

这感觉太爽了！

"这是忠武堂的总部！"谢福本想将这种爽感维持下去，可性急的雷同打破了沉寂让他产生一种从云端跌落的懊丧。

雷同的声音在洞穴中只停留片刻，很快被吸走了。

俗人的欲望、贪婪哪怕心中的半点邪念都会被吸走。走进这里的人无不是高人，黄云鹄、徐悲鸿、张大千等等哪一个不是人中龙凤？

谢福有一种灵魂即将出窍的感觉，更从心底感谢欧阳教授将他召唤到此。所谓圣物其实就是一种心灵的回归，是一种真正的解脱，金钱和权力不过是过眼云烟。即使教授再牛也不可能发明出探测和消灭邪恶病毒的良方，因为人类越贪婪，病毒突变的速度越快。

杀伤力强的病毒具有旺盛的生命力和繁殖力，种群在不断地扩张甚至可能重组，大有和人类争抢生存领地的迹象。研究人员曾将几十种单倍型的病毒分成5组，包括3个古老超级传播者单倍型(H1、H3、H13)和2个新的超级传播者单倍型(H56和mv2)，遗憾的是仍然无法确定病毒的祖先，也就是最初的起源。千万不要以为科技手段无所不能，充其量只能发挥一时之需，并不能应付一世。

对付病毒最大的处方就是与自然和谐共存，犹如在这巨大的洞穴中找回渺小的自我。回归！真正的回归，而不能好了伤疤忘了疼痛。

"那是什么东西？"不知趣的雷同又一次嚷道。这次他的声音很小，带着些许恐惧。一个在世间为所欲为的强者在这里不敢轻易刷存在感，生怕触动灵异世界的机关。

洞穴深处一片狭长诡异的阴影彻底打乱了谢福的好心情，让他飘落半空的灵魂碎落一地。求仙问道之路被阻断了！

那个长条形的阴影隐藏在柔和灯光的背后，预示着人类心灵最阴暗的角落。

谢福心里涌出一个更不祥的预感，那阴影更像是向火葬场焚烧炉传送尸体的传送带。看似冷漠和抽象，可待会儿将在火光中歌唱起舞。

难道这真是我的人生终点？安排得太完美了！这是神的旨意，我必须遵循！

我将躺上传送带一点一点地进入火炉，变为灰烬，获得永生。

谢福不由自主地走上去，宛如被一种伟大的魔力驱使。

他面带微笑，双臂舒展，脚尖着地，轻盈得像一缕青烟。

雷同眼睁睁地看着谢老板走向死亡地带，却无能为力。他的双脚被地上的什么东西粘住了，嘴里吐不出一个字，心里则在呼喊"快停下"。

幽灵真的显灵了，回归自然，回归自然……

突然，一下清脆的"咣当"声，振聋发聩！

那片长条形的阴影被照得透亮，露出了真实面目。

中 篇
解密之旅

谢福感到自己不受控制的灵魂又一次回归躯体，而他的脚尖已逼近阴影。

所谓的阴影不见了，眼前的一切都明亮了，而他的眼睛瞪得更大了。

一个仅穿着红裤衩的男子四肢伸展着平躺在一墩巨大的石头上，像只被扒光羽毛的秃鹰。石头上刻着一种奇怪的图案，男子的命根处放着一个小盒子。

久违的盒子，和掉进都江堰的那个盒子毫无差别。

而躺着的男子不是别人，正是消失了一整天的杨少波。

这个英俊潇洒、才华横溢的名校学霸，此刻却像一具惊艳的尸体等待恶魔的解剖。不管他是作为祭品还是以行为艺术的方式躺在这里，总之他绝不是幽灵。之前的猜测大多是错误的，杨少波也是个受害者或者……幽灵确实不存在，只是幻觉！这个幻觉是人为捏造的，没准是更高级别的催眠术！

谢福已记不得这是第几次陷入迷茫，他难道真的在梦里？"天哪，到底是病魔在折磨我，还是我在折磨自己？！"他问自己。此时此刻，他对那个盒子再无兴趣，只想获得答案！

"幽灵不是杨少波，他也被利用了。"马超疾风迅雨地从雷同的身旁跑过来，与谢福并肩站立。

马超话里的潜台词是幽灵依然存在，可能隐藏在洞穴的某个暗角。

谢福有气无力地看着马超，等待他进一步解答。

"石头上刻的是龙飞阵的图案，和公司玻璃窗上的图案一模一样。"马超打开手机图库，将昨晚拍摄的照片与眼前的图案反复对比。"我起初以为玻璃上的图案是欧阳教授将东西抛出窗外造成的，一路上又不断怀疑哪有这么巧的事。但教授毕竟不是一般的科学家，他信奉道家，喜欢研究神秘和灵异的事件，也喜欢搞恶作剧。即便如此，他还是不可能在玻璃上制造出一个烦琐的古代图案。唯一的解释是有人提前做了手脚，并故意诱我们走向错误的方向……"

"你的意思是幽灵闯入公司之前，有人就在玻璃上做出了那个奇怪的图案？而这个人不一定是教授本人？！"谢福的问话充满怀疑。

"我有个更大胆的想法，监控器上的幽灵也就是杨少波，是真正的幽灵做上去的。"马超愧疚地盯着那个躺在石头上的可怜的同事，"真幽灵深知公司里就我有本事让监控器里的假幽灵现出原形，便盗用教授的微信号叫我去公司加班。他一度认为我除了电脑特技，没啥本事，更不会破坏他完美的计划。正如他所料，我这个傻瓜确实上钩了，按照他的思路像无头苍蝇似的四处乱撞。"

"我怎么越听越糊涂了。"谢福抓狂了，恨不得扯断那心爱的马尾辫。"问题还是回到原点，到底谁才是真正的幽灵？他为什么要这么做？教授又扮演了什么角色？"

"前面两个问题我回答不了，只能勉强回答最后一个。"马超舔了舔干燥的嘴唇，他不喜欢待在温暖而密闭的室内。"教授比谁都清楚自从启动秘密项目以来就有人虎视眈眈，这也包括谢总你，不过，教授更怕的是公司的内鬼。所以我猜测他导演了这么一出戏，估计事前征得了董事长的同意，目的就为了揪出内鬼。可惜他没想到计划出现漏洞，反倒被内鬼利用了。内鬼偷走了东西，还戏剧性地制造了教授将东西抛出窗外的假象。"

"如此精明能干的内鬼，我也喜欢。"

谢福推开大理石雕塑般的雷同，看到一个落寞的身影独自站在洞口。孙哲不慌不忙地避开谢福的眼神，佯装在琢磨墙上的饰物。

马超惊出一身冷汗，他怎么将自己的真实想法和盘托出，毫无半点保留？他和谢福不属于同一个阵营，他和孙哲也不是一条绳上的蚂蚱。但是他忍不住要将一切探究透彻，这也算是他的弱点。

"男性裸体摆出一个大字形躺在酷似石棺的石头上，看起来像一种古老的祭祀。"马超指着裸体的下半身，"但他的生殖器部分放置了某个被寓意着圣物的东西，这又说明不是祭祀，是虚幻和现实的心灵召唤。正如刚才的推测，杨少波一直在幽灵的摆布下诱使我们玩游戏，而他的手机就是最好的灵物。这玩意儿还在你身上吧？"

谢福慌乱地掏出手机，扔到光洁的石头上。手机顺势滑到了杨少波的手边。

手机铃声突然响起来。

杨少波奇迹般地苏醒了，微微睁开眼睛。目光从谢福和雷同两人身上滑过，稳稳地落到马超身上。他喜极而泣，像个沉睡千年的受冤者看到了正义。那也是一种见到亲人的幸福，更是死里逃生的伤感。

"他活过来了，太神奇了。"雷同不知什么时候，走上前搀扶住了摇摇欲坠的谢福。

"他本来就没死，只是晕厥了好几个小时。"马超脱下外套搭在杨少波身上，刻意盖住了那个小盒子。

杨少波像是被幽灵施了咒语，一时半会儿动弹不得。他努力张开嘴唇，吐出孱弱的语丝。这声音太细柔了，没人听得到。

马超会意地俯身上前，将耳朵凑到杨少波的嘴边。

"马超，对不起，"杨少波的眼角闪着泪光，身子不住地战栗着，可以想象他忍受了多大的痛苦和委屈。"这个游戏不是我设计的，其实那个忠武堂是……"

一个身影猛然从后面冲上来，掀开杨少波身上的衣服，抢走了那个盒子。当孙哲转身以电闪雷鸣般的速度逃出洞穴时，大家都没反应过来。

孙哲不愧是蜂巢公司的技术总监，更是个冷言少语的行动派，还能精准地把握时机。当一干人忙于抽丝剥茧地解答谜团时，他一直偷偷把注意力放在被忽视的盒子上。

那才是整个大项目的王牌。不管谁是主谋、游戏规则有多荒诞，只要拥有王牌，就能翻身。

雷同拔腿追去。这一次他反应很快，来不及等待老板的指示。

马超这才领悟到真正的幽灵是孙哲，他走投无路只好彻底暴露自己。他最先到达现场，不，准确说他昨晚一直隐藏在公司，然后合理篡改了欧阳教授设计的戏份。他手下的那个保安也是同伙，而那个所谓的监控视频就是他炮制的。

想到这里，马超义愤填膺，气得浑身发抖。作为蜂巢公司刚转正的新员工，他有义务追回公司的东西，并在今晚准时交给董事长。

马超撇下杨少波和谢福，发疯地追出去。杨少波吐了一半的话语在嘴角打转，不想咽回去，犹如一根鱼刺卡在喉咙不吐不快。谢福对这一突然的变故并未显出多大的吃惊，他早已见惯不惊。他不觉中已掌握了真谛，将所有的贪欲搁置一边。

杨少波的嘴唇不停地嚅动着，像个急于留下遗嘱的将死之人。

这激起了谢福的好奇，反正闲着也是闲着。他学着马超刚才的样子，勾着身子将耳朵凑到杨少波的嘴边。

"忠武堂并不存在，早在1949年就被解散了。"杨少波颤抖的声音依然充满摄人心魄的魔力，"你现在加入的忠武堂更像是传销组织。一万块钱的会费只是个开头，等你真正中邪了，会被骗得倾家荡产。孙总刚才拿走的那个盒子是假的，真正的绝密文件在……在……"

"到底在哪儿？"谢福内心熄灭的欲望再次死灰复燃，回归现实夺取胜利才是王者的风范。

他疯狂摇晃着这个极度脆弱的年轻人。

杨少波似乎受不了这样的刺激，头一歪再次昏死过去。

孙哲冲出洞口后，习惯性地看了一眼下山的路。原本清晰可见的石板路掩藏在暮霭中，那是归路，但也可能是死路。不走寻常路，这是他刻在心底的座右铭，也是他选定的墓志铭！

他犹豫了半分钟，迅速做出判断，抽身朝山巅奔去。

残阳正吐出殷红的血丝，辉映着他宽大的额头。当他的身影消失在一丛树丛后时，雷同刚好走出洞口。

雷同不假思索地朝来时的路走去。他脚下生风，面露狰狞，形如猛兽下山。挡在前面的暮霭被他贼亮的眼神逐一刺穿，跌落粉碎。

马超走出洞穴后，毫不犹豫地朝山巅奔去。作为孙哲的下属，他熟知这个老狐狸不按常理出牌的本色，那也是蜂巢公司在市场上立于不败之地的法宝。

孙哲笃信自己机智地甩掉了尾巴，走进一座小亭子歇脚。

亭子立于危岩之巅，俯视群山，有九五之尊的气势。夕阳无限好，只是近黄昏。即便如此，他还是被眼前的美景陶醉了。

红彤彤的晚霞近在眼前、唾手可得，有如将全世界的所有辉煌赐予了这片宁静的山野。孙哲怦怦直跳的心脏也跟着沉静了，手中的盒子却愈发沉甸甸的。

"孙总，你这是在等我吗？"马超的话音一下子将孙哲拽回残酷的现实。

孙哲转头一看，气喘吁吁的马超已来到跟前。

"好你个小马，我真是没看走眼。"

"可我看走眼了，把东西给我。"这是马超第一次冲上司发火，他通红的脸颊在夕阳的余晖下燃烧。

"咱俩还分什么彼此。我就想亲自将东西交到周总手里，以示清白。"

"从头到尾，你就没清白过。"

马超深知没必要和背叛者废话，直接上手抢夺。孙哲原以为马超会和他唇枪舌剑理论一番，没想到这小子出其不意。

盒子轻易就被马超抢到手！

马超没给孙哲反攻的机会，转身逃离，却发现一个高大的身影迎面冲上来。看来雷同绝非完全没脑子的机器人，他走了老长一段路不见孙哲的踪影便掉头上山。

马超被前后夹击，顿时乱了阵脚。

孙哲见机不可失，将肥而不腻的身躯全部压了上去。

马超一个凌波微步躲开了，继续朝山巅的老君阁奔去。

那是绝路，就看能否绝处逢生。

他边跑边掏出手机打开位置共享，那个美丽而熟悉的红点正快速朝他移动。他松了一口气，事实不断证明他和欧阳芙蓉心有灵犀。

天生的绝配！

唯一闹不明白的是红点为啥移动得那么快？！

孙哲扑空后扑通倒地，正好挡住雷同的去路。

雷同这次不知是出于良心发现还是什么原因，竟然将孙哲扶了起来。

孙哲摔伤了脚，稍一动弹，就嗷嗷大叫。凄厉的叫声在山谷中久久回荡。

雷同不忍心丢下他，又不知道怎么办。眼看那个瘦弱的背影离自己越来越远，逐渐消失在一座高耸入云的建筑当中。那便是位于青城山最高峰的老君阁，一座象征天圆地方的九层阁楼。据说登上老君阁最高处，能一览天府平川数百里秀色，世间的所有风云变幻尽收眼底。

最高峰，也就意味着没有退路。

雷同不禁得意起来，他可轻而易举抓住那只小鸡仔。主动权落到了他手里，福祸转变不过是一瞬之间。

就在此时，空中传来一阵由远及近的轰鸣声。

雷同抬头望去，一架观光直升机披着霞光朝老君阁飞去。一个靓丽的身影从机舱探出头，朝他挑衅地挥手。

那是欧阳芙蓉，一个来自天堂的天使！

雷同预感到不妙，必须马上甩开孙哲这个累赘。孙哲不知哪来的力气死死抱住他，这完全超乎他的预料。妈的，这个姓孙的到底是哪一头的？

直升机忽然来了一个优美而霸气的俯冲。

雷同吓得慌忙低下头，巨大的噪音险些震破他的耳膜。

直升机秀完特技后快速突进，戛然悬停在老君阁斜上方。简直酷毙了！接着，只听"哗啦啦"的脆响，一架晃晃悠悠的悬梯被抛下来。

再不阻止就没机会了。雷同奋力踹开了孙哲。

那个可怜的身影像皮球顺着山路滚下去，消失在无尽的黑暗中。

雷同飞奔上老君阁前的石阶，正好看见马超用颤抖的双手攀附住悬梯的下方。这小子从没想过会如此刺激，吓得尿裤子。哪有用如此极端方式问道青城山的先例？他是后浪，不是战狼。

雷同无所顾忌地朝前猛扑上去，活脱脱一头张开血盆大口的雄狮。

马超这次更加惶恐和无助了，认命地闭上了眼睛。

"马超，抓牢了，千万别松手。"直升机上方的欧阳芙蓉骤然拉升悬梯，一边要求驾驶员赶快飞走。

马超就这么稀里糊涂地升上天空，耳边传来呼呼的风声。他忍不住睁开眼，激动得左右晃动。我还没死，太刺激了！

"别乱动！"欧阳芙蓉冲他大喊，可为时已晚。

一个东西从马超身上滑落，砰地摔碎在雷同脚边的阶梯上。

雷同感到整个心都碎了。

那根本不是什么立方体碳化硼复合而成的盒子，意味着盒子里的东西也是假的。世界上没有坚不可摧的东西，只有人心才是最坚固的，可还是易碎！

欧阳芙蓉香汗淋漓，终于将马超平安地拽进了直升机。马超悬着的心尚未落地，又接到谢福的电话：

"杨少波说我们都被骗了，真正的'九歌王者'早在几天前就混装在蓉欧班列的集装箱里离开中国了……"

下篇

没有谜底

第四十二章　观光直升机

　　观光直升机从重峦叠嶂中优雅地划过，向着夕阳沉落的方向飞去。它像是一只挣脱魔爪的蓝色精灵，自由自在地翱翔在正义的天地间。

　　欧阳芙蓉噘着小嘴吹着口哨，等待着马超献上最激动人心的赞叹。可惜那个家伙因于自我的狭隘世界里，完全不解风情。可能是刚才被吓坏了，惊魂未定，需要调整一下。

　　马超俯瞰着地面的美景逐渐被暮霭笼罩，而这暮霭似也笼罩在他的心间。

　　自从昨晚临危受命以来，他的大脑一直处于亢奋状态，从未感受到疲惫。而此刻他真的太累，全身的骨头几乎散架，倒下去就能睡着。幽灵、绝密文件、忠武堂、游戏规则，这些都和他没关系。他只想回到以前的自己，压根儿不想卷入这场没头没尾的游戏旋涡。不就转个正，怎么像是重新转世投胎？咱们能不能别玩了，迟早会把人逼疯的！

　　欧阳芙蓉注意到马超的精神状况很不佳，转念又觉得男人偶尔掉眼泪也蛮有魅力。不必对男人苛求太多，相互包容和理解才能真正走进对方的内心世界。

　　她尽量露出微笑，渴望得到回应。

　　马超依旧不为所动，他实在烦透了。谢福刚才打来的那通电话，让他倍加意志消沉。这是一种被无休止玩弄的严重挫败感，更可怕的是这一切远没有结束，而幕后之人也未浮出水面。

　　直升机的驾驶员陶醉在绝妙的飞行中，哪有闲心搭理后面的两位乘客？尊重乘客的隐私、适当秀一下驾驶技术，这是他能接私活的法宝。对于一个满足民用航空规则CCAR-61要求的驾驶员，他能适应不同的气候和地形条件。但有个条件今天无法满足，那就是他忘记带飞行执照。他表面上不急不躁，心里却想必须赶在收工前回到停机坪，帮助这对小情侣制造一段刺激浪漫的回忆。

"死里逃生了还闷闷不乐，是不是因为刚才那通电话？"欧阳芙蓉主动搭讪。她实在忍受不了被忽视，只好主动降低姿态。

马超生硬地点点头，同时将目光从窗外收回。

目光在狭小的空间内游弋，没找到落脚点。他又不敢过于放肆地盯着眼前这个活力四射的女孩，生怕暴露内心的卑怯。两人看似已经很熟了，又好像始终隔着一层膜。

"恕我无知，现在都什么时代了，即便真正的幽灵要将绝密文件卖给国外的什么人，从互联网上直接传出去不就得了，何必将文件混装在列车的货箱里？太low了！"说完，她捂着殷红的小嘴先笑起来。

这个女孩一定是认为点醒了身边的男孩，却无意中暴露了自己的无知。

马超虚无的目光越过女孩丰满的胸脯，稳稳落在那张迷人的脸蛋上。他重新捡起碎裂一地的自卑，板着一张学霸独有的马脸，眼中透出寒光。

欧阳芙蓉像是被针头扎了一下。这一针直扎心窝，很难拔出。

她慌忙收敛笑容，装作一副不容侵犯的高贵的样子。对付男孩最好的办法就是装模作样或高深莫测，让对方猜不透也摸不着。

虽然相处还不到一天，马超早已吃透了欧阳芙蓉的个性。这个女孩有无知无趣的地方，不过比起她本身的诸多优点微不足道，千万别太苛求。反观他自己毛病一箩筐，没房没车没颜值，最大的长项就是脸长脾气臭。

马超正襟危坐，干咳了几声，决定为女孩科普一下。这是他最有魅力的时候，再不放大招，他都瞧不起自己。

欧阳芙蓉旋即进入学习状态，痴痴地看着她意外捞到的男神。

马超直接上干货，一针见血指出当前国内网络信息安全形势极为严峻，前几年发生的"勒索软件"肆虐事件，为我们敲响了警钟。相对于普通企业来说，重要科研企业的机密信息一旦泄露，其危害和损失更为重大。因此，国家安全部门采取了很多有效举措防范网络泄密，比如：在实际使用电脑过程中加装安全防护软件，倘若更新升级安全防护软件不及时，导致电脑处于"裸奔"状态，很容易成为被攻击的"靶标"；另一方面，重点科研企业要有针对性地开发专属的安全防护系统，坚决阻止非常规病毒木马的入侵。一旦发现电脑运行异常或被远程控制，要不择手段地将存储的机密文件快速删除。假如上述措施都失效的话，只能采取最后一步。

马超说到这里刻意停了下来，扭头盯着前面的驾驶员。

很难确定那人能否听清楚后面的对话，可看得出来他非常享受飞行带来的快感。地面上的人们早已习惯仰视天空，而他有更多的机会穿梭在云层中俯视下面的同类。高高在上的感觉就是酸爽够劲，但总有一刻要回到地上，这是谁也逃不掉的规律。

欧阳芙蓉的兴趣已被吊起来，不断地眨着杏眼提示马超继续说下去。

马超不为所动，他享受被期待被崇拜的快感。知识男神适当地装腔作势，是俘获女人芳心的利器，而且屡试不爽。

英明神武的马超忽略了一点，欧阳芙蓉的耐心相当有限。她迅速有力地伸出手，狠狠拧了一下马超的大腿。

马超浑身一颤，捂住大嘴不敢叫出声。口水顺着手指流出，真是痛并快乐着！

两人就这么通过暴力方式，又恢复了亲密无间的关系。

马超表面上无动于衷,心里则偷着乐,脸显得更长了。还有件更高兴的事,女孩到目前为止未曾主动问起杨少波在山上的情况。这说明她怕伤了我的心!可谓用心良苦啊!

"最后一步就是采用秘密拦截功能,对任何可能被盗走的网络信息进行筛查。"马超见欧阳芙蓉皱了皱眉头,这不是一个网络游戏玩家该有的样子。他不想再次刺痛那颗易碎的玻璃心,便一点一滴地挤出细柔的语丝。"这就像一张天罗地网,只要涉及国家安全的文件、图片、视频、音频等等,都会被锁定,不管背叛者采用何等加密方式,也休想把秘密卖出去。我称之为愿者上钩,以特定的敏感词汇作为诱饵撒入虚拟世界,然后以等同于光波的速度检索那些可能被盗走的数据,任何勾当都会显出原形。"

"这难道是中国版的'棱镜'计划吗?"欧阳芙蓉脱口而出,她的思路从不经过大脑过滤。

"我就知道你会这么说,这完全是两个不同的概念。"马超加重语气,显得非常严肃。"一个是正义的,一个是邪恶的;一个是防备手段,一个是攻击手段。"

"你居然能猜到我心里的想法,看来我在你跟前几乎是一丝不挂。"欧阳芙蓉刚说出口就后悔了,羞涩地低下脑袋。

说话不仅不过大脑,还口无遮拦,这更加证明欧阳芙蓉内心透明得像漂浮在机舱外的空气。确实看不到抓不住,却能感受到真实的存在。

马超很难看到这个女孩腼腆的一面,那是别样的美丽。"2014年,斯诺登爆出M国'棱镜'监控项目,全世界吃瓜的群众才知道,M国安全局要求电信巨头威瑞森公司每天上交数百万用户的通话记录,涉及通话次数、通话时长、通话时间等等。很多国家的政府首脑遭到监听,这才是真正的一丝不挂!"

欧阳芙蓉又忍不住抬起头。

这次啥也没说，只是反复眨着迷离的眼睛。她渴望答案和真相，可这个世界最缺乏的就是答案和真相！中国是网络黑客攻击最大的受害国，我们不得不采取必要的防备措施，西方政客反倒厚颜无耻地指责我们是最大的黑客来源国。这就是典型的双重标准。对付豺狼最好的办法不是争辩，而是握紧猎枪！

马超不再正襟危坐，那样太累了，这也不是他的风格。他任意变换坐姿，语气愈发沉重。

要是有一杯温热的浓咖啡就好了！

"我们在抵御来自国外的黑客攻击之外，还得防止内鬼泄密。个别败类经受不住诱惑、守护不住初心，从而成为可耻的叛国者。为了避免更大的损失，我们依托强大的安全系统组建了天罗地网，在相关部门的配合下拥有获取特定信息的渠道。从这个意义上讲，传递情报的传统方式反而是安全的，当然这是他们认为的……"

"他们是谁？"欧阳芙蓉被这个男人迷得神魂颠倒，其实这不过是直升机在下降时的晃动。

马超心里凉飕飕的，绕来绕去还是回到那个敏感问题——

他们是谁？或者准确说他是谁？这同时表明女孩不是无情无义之辈，她关心前男友的生死完全是出于人的本性。当然，"前男友"这个词是马超一厢情愿捏造的，他对于自己在女孩心中占据多大分量毫无把握！

自卑又一次压倒了自信。

马超像霜打的茄子蔫了，更像秋后的蚂蚱。他怕自己蹦跶不了几天，就会被女孩打入冷宫。

当直升机平稳降落在停机坪上，他的心绪依然无法平静。这是个特爱吃醋、特爱钻牛角尖的大男孩，神经脆弱、易受伤害！

螺旋桨尚未终止旋转，马超就从机舱跳到地面。由于太过慌乱，他险些摔个狗啃泥。

欧阳芙蓉出手扶住了他,附带赠送了一个甜甜的笑容。

马超顿时感到自己弱爆了,心眼怎么比屁眼还小?他松开欧阳芙蓉的手,挺直身板,还以微笑。

不等欧阳芙蓉重新发问,小马哥就把山上发生的一切噼里啪啦全部倒出来。这下子,他倍感轻松,虽说自己算不上阳光大男孩,至少心里的阴影面积少得可怜。他的讲述简短却充满奇幻色彩,比欧阳芙蓉玩过的任何一款游戏逊色不了多少。

欧阳芙蓉愣了好一阵,心头越发沉重。她的双手胡乱在空中抓扯,企图握住某个支撑点。

马超意识到自己闯祸了,终于不顾一切地抱住了欧阳芙蓉。

在他的印象中,这是欧阳芙蓉第一次表现得如此脆弱。他不敢再开口,以免说错话加重女孩的负面情绪。

"我没事,真的没事!"欧阳芙蓉靠在马超的肩头,慢慢平静下来。"至少我得到了一个好消息,杨少波不是幽灵,我也从未设想过他会对我父亲下毒手。"

马超安慰道:"下山之前,我打电话通知了景区管理员,估计他们已找到了杨少波。你不必再担心了。"

每次提到那个超级学霸,马超都会感到重如泰山的压力。他恍惚中看到杨少波就在身边监视,不由得再度松开手。

欧阳芙蓉看穿了这个男孩的心思,又不顾一切地钻回他的胸怀。马超浑身僵硬、目光湿润,那是一种不曾有过的满满的幸福感。

"杨少波的事咱们待会儿再说,"欧阳芙蓉抬起脑袋,正好看到马超来不及擦干的泪珠。"假如绝密文件真的在蓉欧班列上,那游戏就真的结束了。"

欧阳芙蓉的这句话终于点醒了马超,刚才的儿女情长被肩头的责任取代。他猛然意识到问题的严重性。

这种问题是任何电脑软件也无法修复的……

第四十三章　蓉欧班列

翻开亚欧国际铁路运行图，蓉欧班列像一条迷人的曲线从中国成都延伸至欧洲腹地，被誉为陆上丝绸之路的经典版本。

蓉欧班列自成都集装箱中心站出发，经宝鸡、兰州到新疆阿拉山口出境，途经哈萨克斯坦、俄罗斯、白俄罗斯等国直达欧洲，线路全长9826公里。运行时间已缩短至11天，是传统海铁联运时间的三分之一。一批世界知名企业纷纷与成都建立国际产能战略合作联盟，主动融入"蓉欧+"体系。

由于中国和欧洲铁路使用标准轨道，独联体国家铁路使用宽轨，途中需进行两次换轨吊装作业。在阿拉山口与多斯特克边境有室内换装场所，确保换装作业不受天气影响。

而在幽灵的眼中，在换装作业过程是可以搞点小动作的。

早在半年前他就开始采用电脑模拟整个换装过程，甚至将吊具伸进集装箱凹槽的时间精确到秒。可笑的是这项演算，他是在蜂巢公司那间简朴的办公室进行的，而昨晚马超也用过这台电脑。在上班时开小差是常有的事，何况他在公司里享有一人之下万人之上的崇高地位！

幽灵就在身边，不在电脑里。这是马超永远想不明白的道理！马超不过是网络信息领域的小卒子，而幽灵才是驾驭时空的王者！

换装作业是一项稀松平常的工作，至多是漫长运输线上的一个插曲。可幽灵在心里发誓要把小插曲变成交响曲，并为他移民欧洲维也纳铺平道路。生活需要一点仪式感，更需要一点刺激，倘若老是困于稀松平常的小日子，那死后的墓志铭也注定不值一提。

将绝密文件通过传统方式输出而不是依托互联网。这种不按套路出牌的常规打法表面上看似笨拙守旧，实则最能躲过天罗地网。一流

下 篇
没有谜底

的特工都不会挖空心思开辟专门的联络渠道，灵活运用现有渠道才是上上策，如同写字楼里的人梯和货梯，很少有保安会在意电梯里装的是人还是货，只要安全畅通、不携带危险物品就行。

当安全部门一味地将眼睛死盯着可疑的网络平台时，这份情报正堂而皇之地藏在火车的集装箱里。够刺激！这个念头一开始就让他兴奋不已，而之前让他最兴奋的是公司中标或是带着情妇从老婆的鼻子下溜走。

班列全程使用EDI传输，沿途国家通关EDI系统预先提交过境资料，实现不停留转关，采取"一次申报、一次查验、一次放行"的快速通关模式。所以，一旦从起点站平安上路，就能平安到达终点。当然，那份文件没必要跟随列车跨越整个欧亚大陆到达波兰或德国再高价卖出，只需要离开中国边境。

也就是说，当班列穿越新疆阿拉山口进入哈萨克斯坦边境时，班列的任务就算完成了。班列变成了真正的班列，不再是他心目中的圣物！有人会准时守候在与阿拉山口相接的多斯特克口岸，趁工人们为列车换装时神不知鬼不觉地取走东西。这人肯定不是幽灵，只是个小配角，有姓没名，平凡得如同一粒沙，但要是这粒沙掉进钱眼里也是件棘手的事。不过，这是后话。

伟大的幽灵没有分身术，也不敢冒暴露的风险。暴露只是时间问题，他更希望能在阳光的背后多隐藏些时日以备安全脱险。他将所有的一切计算得精准无疑，以至于模糊了现实与虚拟世界之间的界线。

当一个人任意在现实与虚拟世界之间跳跃时，总会产生错觉。危险的是，他还以为是自己的直觉在起作用。

幽灵在瑞士的苏黎世银行有个××公司账号，随时等待大笔资金进账，这对于一个老玩家来说早已驾轻就熟。这次唯一不同的是他将彻底断了自己的退路。一旦逃出国，永远没有回头路，或许还会被全球通缉！世界上最难做的题就是选择题，可这道题他十分钟内便拿定了主意。男人必须尽快实现财务自由，尽快享受人生，不受压抑不受拘束，至于家国情怀、兄弟情谊等等都被他扔进了回收站，只等粉碎。

没错，这个将兄弟情谊打包扔掉的人正是孙哲！

一个精致优雅的成功人士！一个值得信赖的合作伙伴！

在完成这项秘密出逃计划时，老孙还以背叛者的名义收取了谢福的不少好处，反正早就被周自横盯上了，不如趁机多捞一笔。这才叫鹬蚌相争渔翁得利，让两个老对手都进精神病院吧！诚然他没脸再见老周，好在今晚十点前他会以另一个新的身份出现在双流国际机场。倘若老周的航班晚点，他还能与好兄弟擦肩而过。

这又是一桩多么让人兴奋的事，堪比好莱坞谍战大片！

孙哲自认就是那个真正的幽灵，更像个蛊惑人心的巫师。

他操控了这场无聊而有趣的游戏，转移了大家的视线，确保绝密文件能平安运出。一年前，他在偷窥欧阳教授的日记时，无意中发现这个老头在研究一个叫忠武堂的神秘组织。

作为蜂巢公司的大管家，孙哲享有出入任何一间办公室的特权，尽管教授换了几次密码并设置了红外线门禁感应器，还是难不倒孙哲。唯一不能进入的就是那间科研室。那个地方对老孙产生了巨大的吸引力，越是被禁锢，他越是充满兴趣。

董事长曾一再警告孙哲不要越雷池一步，即便是他本人也不敢擅闯，尽管他才是公司的大佬。谁叫教授那么古怪和特殊呢？

孙哲不愧是窥探人心的高手，更是个编织戏剧情节的天才。他将忠武堂这个消失的组织从历史阁楼中搬到了现实世界，并为这场精彩纷呈的游戏设计了规则和时间限制。当然，游戏不可能没有主角，早在三个月前马超就进入他的视线，很快得到破格录用。这小子自以为是天才一枚，而在孙哲眼里只是一枚棋子。

戏剧情节最妙的设计是他创造了监控视频中的假幽灵，完美地甩锅给了杨少波，又惩罚了高高在上的欧阳教授。欧阳教授曾当着员工的面嘲笑孙哲靠裙带关系爬上二把手的位置，貌似大度的孙哲一笑而过。这里所谓的裙带关系是指孙哲多年前将初恋女友拱手送给周总，至于周总是否笑纳便不得而知。反正两人情同手足，可谁能想到这友谊的小船说翻就翻。

孙哲的隐忍被教授看成了怯弱，最终才有了这出好戏。

昨晚，当教授吞下孙哲精心准备好的药物时，立时就神经错乱、眼睛迷糊。老头总以为被飘浮于黑暗中的幽灵追赶，还有一个可怕的声音逼迫他交出"九歌王者"。他企图用强大的意志力驱走恶魔，不仅没有办到，反而主动打开了密室的门。这之后他就真的晕倒了。

此时，真正的幽灵出现了！孙哲从走廊里闪了进来。他藏身的角度正好是监控死角，即便被捕捉到一点影子也被及时清除。

这是孙哲梦寐已久的屋子，踏进这片处女地让他倍感兴奋。他用教授的指纹打开电脑删除了所谓的绝密文件，而不是盗走。确切说是他一人分担了两个角色，完美地伪造了作案现场。只要教授在两天内持续陷入昏迷，他就不会被拆穿，还有足够的时间逃走。早在几天前，他就用同样的手法拿到了文件的复印本，并托人装进了集装箱。那是孤本，只有王者才配拥有。

他记得那是个迷人的清晨，一列满载出口产品的蓉欧列车从成都集装箱中心站鸣笛出发。在这列火车上，有机械配件设备以及生活用品等出口货物，谁会想到擦屁股用的卫生纸中有一份绝密文件？以前运货到新疆阿拉山口需要10多天，现在只需要90个小时。换言之，当昨晚发生所谓的诡异事件时，装有文件的列车正披着月光疾驰在甘肃西部的祁连山上。

打一个时间差和空间差、制造假象和错觉，这才是孙哲最牛逼的地方！他就算不是幽灵，也胜似幽灵。

戏还没演完！孙哲在窗户上留下了龙飞阵的图案，最后将某个坚硬的盒子以优美的抛物线砸向玻璃。

巨大的碎裂声居然没有在第一时间触发报警。原因很简单，他的好老乡保安曹盾在当班。

这个智商低于70的保安并不知晓孙哲的勾当，更不会怀疑到孙哲的头上。他当时被一部网剧迷住了，其实是一部尺度很大的色情电影，而监控设备早已被孙哲做了手脚。简单来说，保安看到的监控画面是录制的，而不是实时传输的图像。

孙哲完成所有的表演后，返回地库的车内等待保安的电话。果然，曹盾从色情片中抬起头来发现他闯了大祸，第一时间向孙哲汇报。曹盾何曾想到自己被发小欺骗，还以为自己失责将公司推向悬崖，却不知孙哲当初安排他进公司当保安，就产生了随时利用他的想法。

不过还是出了一点小意外，孙哲直到现在都没闹明白是谁把杨少波带到了青城山的朝阳洞。杨少波明明被他暂时藏起来了，他只是选了一个与杨少波身材酷似的演员来不断引导游戏进程。

他开始担心自己的身后还藏着别的幽灵。

太邪门了！这游戏逐渐脱离了他的控制。

尽快脱身才是王道。在这个人心叵测的世界里，每个人都把自己包裹得很巧妙，再先进的科技手段也测算不准正义与邪恶的距离。

盯着"九歌王者"的眼睛太多了，每双眼睛都放出绿光，但当面所说的套话无不充满正能量。为了制造在成都长期定居的假象，孙哲几乎掏空全部家当在城南买了一套大别墅，并散布了年轻老婆已怀孕的谣言。身在M国的董事长老周完全被蒙在鼓里，至少没料到孙哲会铤而走险，还误以为他只是被竞争对象谢老板收买。事实上，这个蜂巢公司二当家下了一盘大棋，夫妻俩还珠联璧合地演了一出双簧。

孙哲从未在情场和职场失过手，他的精致和隐忍成就了自己的辉煌。如今他更是坚信自己找到了真爱，一个懂他的女人！一个对他忠贞不贰的女人！一想到即将和妻子王玲在欧洲定居，他就亢奋起来。

他不知道的是，此刻王玲正在阿拉木图的某家大酒店和一个哈萨克斯坦小帅哥激情缠绵，那才叫真正的亢奋……

第四十四章　阿拉木图的天使

这对男女激情四射，尽情享受不期而遇的浪漫邂逅。当然，他们都清楚所谓的缘分是用钱买来的，说白了就是赤裸裸的交易。

王玲瞥了一眼墙头的摆钟，脸上放浪的笑容瞬间凝固了。

灼灼逼人的眼睛射出不容侵犯的光芒，噘起的樱桃小嘴不再沾有世俗的气息。刚才好像啥事也未发生，尽管床单乱得一塌糊涂。

小帅哥知趣地将放在女人圆臀上的手收了回来，下床穿衣服。他接触过形形色色的客户，心里早有一杆秤。

王玲掏出一叠美钞，迫不及待地将小帅哥打发走了。

她彻彻底底洗了个澡，当浴室玻璃门再次打开后，一个优雅大方的知性女神走了出来。

那扇门后面似乎藏着魔术箱，将一个低俗的女人变成了一个超凡的天使。

这个高挑的女人穿着一件很有质感的深灰色风衣，妆容精致，发型传统而不失干练，跟半小时前完全是天壤之别。女人善变，但她的外表和内心都没有留下一丝痕迹，确实令人大开眼界。

王玲泡了一杯自带的麝香猫咖啡，神采奕奕地来到大阳台上。

她深吸了一口气，将自己婀娜标致的身姿完全沐浴在阳光下。从诱人健美的曲线就可看出这是个热爱运动、精力旺盛的女人，瑜伽、游泳甚至马拉松都是她的最爱。要不是因为嫁给孙哲，估计她会出现在2021东京奥运会的田径场上。

置身亚洲大陆的腹心,王玲确实激动难耐。一个习惯享受中心主义的女人最怕被忽视,她虽无法凌驾权力之巅,但能大胆地尝试驾驭那些为她倾倒的成功男人。孙哲不过是这些猎物中最精致的一位,唯一遗憾的是不该那么早被婚姻绑架。好在婚姻不是坚不可摧的城堡,随时可能破茧重生。

自由散漫的阳光让人沉醉和忘乎所以,像吸食鸦片一样迷失自我、走向堕落。在虚幻和现实的边缘,她意识到自己正被世间的所有幸福包围,更主要是被漫天飞来的财富包围。

这是被上帝遗忘的角落,一丁点罪恶算不上罪恶,只能算作最后的晚餐前贪了个嘴。

她又瞥了一下时间,然后用望远镜朝某个方向眺望。这里与中国北京时间有两个多小时的时差,还不到傍晚6点。本该享受这美妙的下午时光,可她妩媚的眼睛里瞬间注满了忧郁。

没看到那个高大的身影出现在共和国广场,只有一群和平鸽在广场上空没完没了地盘旋。买家向来比卖家诡秘和谨慎,不出面则已,一出面就得见血。

她居住的这家酒店居高临下,视野极好,既能看到远处逶迤起伏的山景,又能将这座迷人的中亚城市尽收眼底。她喜欢这家酒店暖色调的装潢,丰富的当地风味美食,还有旁边高耸的天主教堂投下的魅影。这些都会勾起她的占有欲望!欲望这玩意儿总是无法得到满足,那是个无底洞。金钱、权力、荣耀只能勉强堵住洞口,灵魂深处永远是空虚的。

为了排解内心的焦虑,王玲开始以王者的姿态俯视脚下的这座古城。她后悔小时候没有听从母亲的教诲,要不然一定用画笔将这座充满异域风情的城池留在纸上。人生之旅以遗憾开启,也可能以遗憾结束,而王玲要做的就是及时行乐,别让墓志铭像纸一样惨白。

阿拉木图作为哈萨克斯坦最大的城市,位于哈萨克斯坦东南部边境。苏联解体后,这里成为哈萨克斯坦首都,后迁都于中北部阿斯塔纳。1991年举世瞩目的苏联解体宣言《阿拉木图宣言》在此发表,宣告这个巨无霸的红色帝国告别历史舞台。这座历史悠久的城市早年因盛产苹果被称为"苹果城",阿拉木图在哈萨克语中的意思就是"盛产苹果的地方"。苹果在圣经里被称为禁果,在这里偷吃禁果的确别有情趣。

王玲抿了抿嘴唇,在阳光的亲吻下这张小嘴犹如在滴血。她不由自主地想起刚才那个小帅哥,真不该着急赶人家走。要是一块儿坐在阳台上喝杯咖啡,也是一桩美事。

有点出格了!她慌忙收回邪念,脸上又恢复了圣女的表情。

时针稳稳落在了下午6点。

王玲的目光迅速越过共和国广场上空,逆着阳光朝东方望去。

她朝思暮想的国际列车正在抵达多斯特克口岸站。

她似乎都能听到巨大的车轮持续摩擦铁轨的声音。尖锐刺耳但洋溢着财富的质感,充斥着一个男人的高超智慧。这大概是她第一次从内心深处佩服孙哲。

当声音终结在无尽的空气中后,她浑身一抖,显得更加紧张了。接下来,列车将进行室内换装,成败在此一举。

她努力瞪大眼珠,如同正趴在车站的某个地方偷看工人们操作。但愿神真能赐予她窥探远处的魔力,那样她就不会干着急了。集装箱顶部有四个长方形凹槽,吊具下则有四个长方形钩头,当钩头和凹槽方向一致时,钩头就伸进凹槽,转九十度后吊具就能吊走集装箱……她的脑袋好像跟随着钩头不断转动,直到抓牢那个有特殊标识的集装箱,再通过神秘的机械手取出那份神秘的文件。

可惜她没有魔力,只有勾引男人的魅力。除了等待,什么也干不了。

在告别成都开启中亚之行前夜,老公孙哲依依不舍地搂着她风情万种的身子，一再嘱咐她注意安全、千万别逞能。她欣然顺从，那一刻恍惚中意识到自己和这个男人是认真的，命中注定会长相厮守。可笑的是，她修长的双脚踩在阿拉木图的土地上后，灵魂就不由自主地出逃了。

多斯特克口岸是阿拉木图省的一座城市，与中国新疆阿拉山口接壤。它既是从中国新疆前往哈萨克斯坦的第一站，也是从哈萨克斯坦抵达中国境内的最后一站。无论是第一还是最后，这对于王玲夫妻俩都具有伟大的象征意义！他们将永远作别平庸无聊的过去，迎接金灿灿的未来。

一想到以后可随意在欧洲各国挥霍度日，她又一次激动难耐，要是孙哲在这里该多好。婚姻也绝非可怕的坟墓，它至少让女人感受到了安全和舒适。

她的目光无意中触碰到狼藉不堪的床单，忍不住在心里咒骂自己是个贱货。

不知过去了多长时间，半个小时还是一个小时？反正很漫长，简直是在煎熬。她不敢回头看摆钟，却清清楚楚记住了心跳的频率。

夕阳正在身后的小山巅加速坠落，晚霞像撕开的新伤口喷出血液染红了她的脸，并逐渐浸染了她的心。

王玲心想完蛋了，那个被收买的车站工人搞砸了，要不就是拿钱走人！他人有心，予忖度之，谁也猜不透对方，仅有一根松弛的利益链条捆绑。

已过了约定的时间，看来是没有希望了。东方正渐渐地被暮霭包裹，这暮霭也罩住了她的身躯。

突然响起的手机铃声吓了王玲一跳。

她喝完最后一小口凉透的咖啡，故作平静地接起电话。

"喂！我就是王者！"她能听到自己的声音在手机里发颤，那不是王者应有的气度。

"东西到手啦！放在了指定的位置！"那浑厚简短的俄语发音从空中飘来，撩拨着她饥渴的耳垂。

她微微一笑，仅此而已。

脚下的城市很快就会被微笑和财富融化，任由她摆布。

这下轮到女王登场了！王玲将手机扔进垃圾桶，从挎包里取出另一部手机……

第四十五章　大神归位

热情的景区管理员在夜幕垂落前找到了四位迷路的游客，将他们送到马超和欧阳芙蓉身边。马超看着这帮满身狼狈、东倒西歪的家伙都在低声哀号，忍不住笑了。这下凑齐了，六个人分属不同的阵营、价值观格格不入，从昨晚八点之前大家还不完全认识，如今成了同道中人。

欧阳芙蓉最关心的人当然是杨少波。她没有立即上前安慰，而是用眼神征询马超的意见。

马超知道自己不能太自私和小气，那样反而会失去她。他佯作啥也没看见没听见，只顾吃面。

等吃饱了再做圣裁！

杨少波裹着景区管理员送的旧大衣，蜷缩在一家小餐馆的角落，像个被遗弃的人儿。颜值、才华、气度等等都荡然无存，他只想尽快填饱肚子，最好再做一次心理干预治疗。

他眼巴巴地望着马超桌前的牛肉面，随着马超稀里哗啦扒拉面条的响声而颤动。不管怎么说他好歹是个人物，即便身处逆境也不轻易低头。

其余三名同伴微微低垂眼帘坐在同一张桌旁岿然不动，像是在坐禅。

矛盾化解了，他们和好如初，这个世界总是让人看不透。可见这趟青城山之行，大家受益不浅，道行大有长进。肚中饥饿只是受点皮肉之苦，而灵魂饥饿才是最可怕的。孙哲在靠近老君阁最后一方亭台处曾被雷同猛推了一把，手臂脱臼、脸上还有擦伤，但这些外伤不足以撼动他强大的内心世界。隐忍克制是他成就大事的法宝，何况他认定自己才是真正的幽灵，一旦暴露，他连藏身黑暗的权利都没有。他现在要做的就是等待妻子从哈萨克斯坦发来好消息，然后乘坐今晚最后一班客机悄无声息地消失在夜空。

欧阳芙蓉点了四碗面条，算是为这帮山上的来客压惊。她亲自从服务员手中接过面碗，送到杨少波的手里。

杨少波自打认识欧阳芙蓉以来从未如此落魄，一直努力维持在女孩心目中男神的地位。这次他顾不了那么多，饿得眼冒金星，还谈什么男神。

杨少波以风卷残云的速度干掉了一碗面，脸上有了些男神昔日的生气，但还是远远不够。他噘嘴将残留在碗底的最后一根面条吸进嘴里，显而易见他还没吃饱。

欧阳芙蓉心领神会，决定再点四碗面。她正要用手机微信下单，马超抛来一个大大的媚眼。这意思再明确不过，看谁和你最心有灵犀。无声的暗战就这么拉开，情敌间的较量不带血丝，需要心思。

果不其然，满头大汗的服务员再次端来四碗面，还赠送了四碟泡菜。

欧阳芙蓉还给了马超一个更大的媚眼。

杨少波看在眼里，没有急于反击。他在积聚能量，寻找对手的软肋。高手过招，需要借势更需要造势。

马超吃饱喝足，从盒子里抖出一根牙签剔牙，一边审视着他的猎物。仅仅两小时前，他的小命还系在这帮人的腰带上。都不是一伙的，又都是一伙的，世间没有永恒的情谊，只有永恒的利益。

马超扔掉牙签，用纸巾擦干嘴角的油污，心生一计。他故意大张旗鼓地挪开凳子站起身，刺耳的响声如同一把尖刀掠过那四个男人的耳膜。

他得意地笑了笑，径直走到孙哲身边。

孙哲心里的石头落了地，马超又主动回到他的麾下。这足以说明他的表演相当成功，从昨晚到现在演技都在线，明年的奥斯卡金像奖最佳男主角非他莫属。

不料，马超从孙哲身边倏地滑过，转弯抹角直奔谢福和雷同主仆二人。这是站队还是背叛，孙哲有点迷糊了。

孙哲下意识认定自己再也不能掌控整个局面，必须尽快撤退。作为一个吃里爬外的资深人士，他选择哪一头都不会有好下场。三十六计走为上！可他忘记了人一着急就会方寸大乱，失去基本的判断力，即便是智者也会犯错！

窗外的黑幕急剧垂落，那是为幽灵而垂落的。丑陋的心灵正需要黑色的养分，促使被扭曲、被压抑的欲望之树得以蓬勃生长、肆无忌惮。

不能再空等妻子王玲的电话，既然演完戏就得及时退场！还等什么？等董事长周总回来收拾自己吗？那列国际快车不会让他失望，那个被收买的车站工人也不会让他失望。这是他通过缜密的计算机模拟现实系统推算出来的，在这个系统中，每个参演角色的职务、作用、行动能力包括思维和品行都得以数据化、格式化，除去自然灾害和突发战争等不可控制的因素，一般都会按照导演的设定完成演练。

这个导演就是孙哲！他很早就写好了剧本、挑选好了角色，不可能不圆满杀青，除非手中的大数据有瑕疵。此刻，他想到一个被长期忽视的因素，万一妻子王玲背叛了他怎么办？剧本中没有这个桥段。

他惊出一身冷汗，千算万算还是漏算了。刚才的镇静逐渐瓦解，接连受伤的腰板和手臂也突然作孽作妖。他龇牙咧嘴，内心翻滚，刚吃进肚子里的东西迫不得已想回炉。

孙哲扔下碗筷跳起来，魂不守舍地朝门口移动。

这正好中了马超欲擒故纵的小计。他尚未想好同谢福和雷同搭讪的台词，就被那个游魂般的身影怔住了。那是灵魂出窍的节奏。

"孙总，请问你去哪儿？"马超低声说道，这是他在公司向上司打招呼的谦恭语气。

不止马超，大家都好奇地看着孙哲。此时此地，除了孙哲，其他人全部捆绑在一起。这个世界上真是没有固定的团队！

马超的话比门外灌入的冷风还管用，一下子吹醒了孙哲。他挺直腰杆，抑制住哆嗦的手腕，重新拿出蜂巢公司二当家的气魄。

"还有两小时不到，我们公司董事长周总就会飞抵成都双流国际机场，我必须去接他。"这话合情合理，竟让马超一下子语塞。

一阵嘲笑声从谢福嘴里迸出，连带肉渣也吐了出来。按理说他患了绝症，不该吃肥腻辛辣的东西，可他今晚的胃口实在太好了。若不是因为绝症，他能吞下整个世界。

孙哲并没有因为谢福的嘲笑低下头颅，反而抬得更高了。他的目光越过一片狼藉的餐桌，盯着那个枯瘦如柴的老对手。

"谢总，如果你不信，可以陪我一起去机场。"这话很明智，将一个高端骑墙者的角色演绎得入木三分。

"你去机场接周总，干吗要让一个外人同去？"杨少波终于开口了，这一开口就暴露出自己的浅薄。"而且是蜂巢公司的最大竞争对手！"

"世界上哪有什么绝对的竞争对手，合作共赢才是主流。"孙哲故意退了一步，显出自己不着急的样子。"这是周总说的，你的导师欧阳教授也说过。"

孙哲貌似无意，实则故意用欧阳教授几个字来刺激大伙。他深知屋子里的人都关心那个老头的死活，尤其是欧阳芙蓉。

"也不知道我爸怎么样了。医生的电话老打不通，我得回医院去。"欧阳芙蓉说走就走，像一道耀眼的闪电没头没脑地冲进了夜幕。

杨少波急忙跟了出去，两碗牛肉面就让他能量爆棚。他仅仅裹着一件旧大衣，依然难掩匀称健硕的体型。高颜值的男神就这么回归了！

马超盯着那个滑稽而潇洒的背影消失在门外，顿感无比失落。他自认已牢牢锁住了欧阳芙蓉的芳心，残酷的现实却给他当头一棒。难道从昨晚到现在真是一场梦，一场聊以自慰的春梦？不行，我必须证明这不是梦。

马超不顾一切地追了出去，原来他才是那个容易方寸大乱的人。

小餐厅里就剩下孙哲、谢福和雷同三个人，店老板和服务员都在厨房洗洗涮涮。不会再有客人上门，餐厅冷清的氛围不适合胃口好的人。这家小餐厅缺乏烟火气息，从里到外装饰得像一家小酒吧，别扭地镶嵌在昏暗的街角。

谢福用手支撑着桌子站起来，这个简单的动作似乎耗尽了他毕生的力气。他拒绝了雷同的帮忙，走到孙哲跟前。

"回答我三个问题，"谢福以不容反驳的口吻说道，"第一，那份消失的文件怎么会出现在蓉欧班列上？"

"也许依然是错觉，游戏尚未结束。"孙哲的语气也不容反驳。

"你的语气越来越像那个幽灵，我说的是真正的幽灵。"

"在这场游戏中，每个人都可能是幽灵。"

"有意思！"谢福朝孙哲的脸上喷出一口带有蒜香味的热气，"第二个问题，你是怎么控制住杨少波的？确切说你控制了欧阳教授师徒俩？"

"还是那个老问题，只有幽灵才能控制他们。"

"最后一个问题，你到底是哪一头的？"

这个关乎利益的问题难住了孙哲，他不知如何措辞。

手机短信铃声从裤兜里传来，微弱但悦耳。孙哲拿出手机一看，从心里发出笑声，表情则依然平静。王玲从哈萨克斯坦告诉他东西到手，可以脱身了。

他佯作回复短信，其实是打开银行账户退还那笔肮脏的巨款。这笔巨款压得他喘不过气，一度失去了在谢福和周自横之间周旋的自由。

"回答最后一个问题前，先告诉你一件事。"孙哲摆出王者的气度，"那笔钱我不要了，退给你了。"

"什么意思？"谢福用手捏住隐隐作痛的喉头，就像这只恶毒的手是孙哲的。

"知错能改善莫大焉，我想重回蜂巢公司，否则待会儿无法面对老周。"孙哲拍了拍谢福瘦削的肩膀，"但愿我的回答没有加剧你的痛苦！祝你好运！"

孙哲在雷同挥拳冲上来之前，快速抽身奔出了门。雷同正好赶上扶住老板摇摇欲坠的小身板，连他也明白了真正的幽灵究竟是谁。

孙哲找到自己心爱的奔驰SUV，直接导航机场方向。他驱车穿过闹市区，猛踩油门飞驰在机场高速路上。自由和财富正在向他招手，远在异国他乡的妻子穿着性感的睡衣等着他从天而降。

孙哲打开车窗，瞅了一眼那片熟悉的万家灯火的海洋。

这也许是他最后一次欣赏成都夜景，难免依依不舍。但一想到辉煌的未来向他敞开了大门，萦绕在心头的那么一点乡愁旋即被夜风吹散了。

一辆奥拓车正稳稳地咬住奔驰车贼亮的尾巴。

开车的是欧阳芙蓉，马超坐在她身旁，大帅哥杨少波则龟缩在后排的阴影中。杨少波不得不承认，在心有灵犀这件事上他掉队了。马超，这个其貌不扬的新员工从理论上夺走了欧阳芙蓉的芳心……

第四十六章　共和国广场的交易

傍晚七点左右的阿拉木图披着金灿灿的长袍，沉浸在粗犷温暖的落日怀抱。

这座中亚城池并不算繁华，偏离了世俗眷恋的钟摆，自有其时间表，小有名气的潘菲洛夫公园更是将时钟直接定格在过去那段辉煌的历史中。

这座公园是以苏联的英雄潘菲洛夫命名，为纪念二战时在卫国战争中牺牲的阿拉木图步兵分队的28名勇士而建。在公园里有座巨大的战争纪念碑，还有一座美得让人心碎的东正教教堂。糖果色的外表配上金光闪闪的圆顶与十字架，即便你不是信徒也会想进去静坐片刻。据说它是世界现存第二高的木结构建筑，也是沙皇时期少数幸存的建筑之一。

那个操着海豚音的车站冒牌工人将一个小盒子放在教堂的某处，取走另一个小盒子，然后迈着轻盈的步伐从后门溜走了。他得到了他想要的信仰，只要心中有钱，信仰永驻心间！

十分钟后，这个小盒子出现在了王玲的拉达小轿车内。拉达在俄罗斯的地位相当于韩国的现代起亚，在苏联解体后与日产雷诺联盟合作，品质、油耗、工艺方面并不是很出色，但胜在价格。像哈萨克斯坦这样的独联体国家，对那个昔日的庞大帝国还是或多或少有些情怀。

这车是她三天前在国内就租好的，使用的是一个死于瘟疫的女病人的名字。在那场痛苦的瘟疫灾难中，有的死者从被抬上殡仪车的那一刻就被遗忘了。活着的人急于远离病毒，而死人则是最可怕的病毒。无所谓冷酷或疏忽，任何一次大灾难面前那些敢于逆行的人才是真的猛士。

王玲将盒子小心翼翼地放在膝头，她能感觉到心脏怦怦直跳的频率。她不敢有丝毫大意，更不敢乱动，好像盒子里装的不是绝密文件而是定时炸弹。

这盒子普通得掉渣，如同一个仅能防水的快递包裹。

越是普通，越不会引起注意。这是她老公孙哲的格言。做一个普通人肯定比自带光环的人更有安全感，即便发生灾难，自己临阵脱逃也不会引起太多非议。

孙哲一再告诫妻子保持低调，尤其是作为一家神秘科研企业员工的家属，在享受荣誉的同时也会失去一点自由。孙哲深知他在为员工偷偷安装间谍软件的同时，他自己和家人的通信设备也是半裸的。即使是设置了多重拦截的电子邮箱、微信、短信、传真等等都难逃天网，当然这对普通民众不起作用，只有心怀鬼胎的人才会被火控雷达锁定。

高度发达和便捷的网络技术加快了合作者传递信息的速度，也让黑客有机可乘。有的黑客在遥不可及的远方，有的黑客就在身边，随时盯着你的一举一动。这是行业的一个灰色漏洞，口头呼吁相互信任，心头却在猜测谁才是公司潜在的背叛者。身边充满太多诱惑，任何一个意志不坚定的人都可能被拖下水。

"你是我最信赖的人，公司交给你打理，我放心。"这是周自横每次远行之前都会说的一句话。

当老周说完后，孙哲都会用纸巾反复擦拭湿润的眼睛。戏剧性的是，王玲带着重大使命离开成都时，孙哲也将意思相近的话灌进妻子的耳朵里。

"我是他最信赖的人,把他的荣誉和性命交给我,他放心。"王玲安坐在车内,挂着玫瑰金吊坠的耳朵边回荡着老公的话。

她既感到幸福,更感到压力。

她看上孙哲不是因为这个男人有钱。有钱的男人太多了,他们对轻易上手的女人都不会珍惜。孙哲在经历过无数风花雪月后,确实想找个女人好好过日子。他面子光鲜,却欠下一屁股债,而王玲对金钱的渴望迫使他铤而走险。这个精致隐忍的男人不出手则已,一出手就干了一票大的。妻子永远是丈夫最好的帮手,除非两人的感情已名存实亡。

王玲对盒子里的东西充满好奇,那更像一个圣杯隔着包装也发出诱人的金光。若不打开看上一眼,她的心里就会很难受。这就是她的个性,必须抢在交易开始前一睹为快。

她伸手撕扯盒子正面的胶布,就连绚烂的指甲油也透着贪婪。

短信提示音响了。

急促而微弱,可足以阻止她荒诞的举动。

她急忙将漂亮的手指从盒子上收回来,取出挎包里的手机。

没有文字信息,就一张略显模糊的图片。买家准时出现在共和国广场,他的背影神秘潇洒,一看就是个经常健身、追求刺激的男人。头发卷曲、金色耀眼,像个混血儿。

王玲又一次产生好奇,她就喜欢魅力十足的男人。可惜,这个男人发的是背影照,应该有同伙。

她深吸了一口气,还是忍不住点燃了发动机。在通往衣食无忧的生活征途上难免会有风险,这也是人生的美妙之处!

共和国广场上最大的焦点是一座28米高的独立纪念碑,像一根高不可攀的权杖插向天空。纪念碑顶端雕刻的是6米高的金色武士站在一只长着双翅的雪豹身上,象征着哈萨克土地上坚不可摧的国家政权。此刻,买家正站在雕塑下面的一本宪法铜书旁,像个真正的游客饶有兴味地打量着哈萨克斯坦总统的手印。

王玲将达拉车停靠在繁华街区的中心地带，以备不测。即使因为违章停车而遭到重罚，也比丢掉小命划算。

她紧紧抱住盒子，走上一段高大的台阶，穿过一个在夕阳下隐现出彩虹的梦幻喷水池。随后，她看到了纪念碑下的神秘买家。

那个背影与照片完全一致，连站立的姿势都没有变化，但比头顶上方的武士雕塑更有亲和力。她一下子产生好感，加快了脚步。

那人听到了脚步声。尽管身后不时有游人经过，他还是敏锐地感知卖家到了。他不紧不慢地转过头，露出一张热情洋溢的笑脸。

这个风度翩翩的青年男子是个混血儿，与间谍安吉娜是孪生兄妹。比起性感内敛的妹妹，哥哥本杰明更像个艺术学校的教师。他长相俊美，充满阳光，从头到脚都散发着艺术气息。

王玲意识到自己坚固的堡垒正在被融化，老公孙哲的所有嘱咐都被她抛诸脑后。这才是一个资深花痴该有的样子，就连买家也看出了这点。

"漂亮的中国女人，可以把你手里的漂亮盒子给我看看吗？"本杰明温文尔雅，声音赛过海豚音，那简直是天籁之音。

王玲认为自己不可能拒绝，尽管盒子里藏着老公用生命挖掘到手的金矿。她羞涩地将盒子递上去，心想这里面若是一封带着少女唇印的情书那该多好。

本杰明接过盒子，从兜里掏出一支钢笔。那其实是一只微型的红外线探测器。他用探测器扫了一下盒子，这才向王玲郑重地点头致谢。

"我得找个病毒学专家验证一下，这是规矩。"本杰明见王玲露出担忧的神色，将原本温和的语气变得更加可亲，那是好友间独有的语气。"如果没问题，立马把钱转给你。放心，我们不会亏待朋友的。"

本杰明不等王玲点头，将盒子交给旁边一个正在喂鸽子的小老头。

王玲这才注意到身旁还蹲着一个人，刚才她的注意力全在大帅哥身上。

小老头用粗短的手捧起盒子，从厚厚的眼镜片里向王玲眨了眨灰色的眼睛，转身走进了广场旁的一辆厢式货车里。当他佝偻的身形消失在车厢里后，王玲开始后悔不该如此轻率地对待如此性命攸关的交易。

"十分钟就可搞定，别太担心，走个形式而已。"大帅哥确实善解人意，"等这笔巨款一到账，你们的美好生活就开始了。"

本杰明的手机响了。他没有接听，而是扭动脖子环顾四周。此时他化身一个雷达，更是一个能用眼睛和耳朵洞察微观世界的生物。他曾将中继装置埋伏在附近的某个酒窖里，可情报显示那里已暴露，这就意味着要通过预埋光线与通往专属手机基站的通信线失效了。看来，国际同行都在关注这次交易。

他关掉这部已被窃听的手机，摸出另一部小得可怜的手机，同时从钱包里抽出一张崭新的钞票。不，那不是钞票，而是硅电子膜。他把电子膜贴在小手机上，铃声正好响起，随手接听。

"东西到手了，应该没问题，"本杰明熟练地向王玲抛了一个媚眼，生怕冷落了她。"快递员值得信赖，像个新手，我们得善待人家，准备转账吧。"

他不仅当着王玲的面为手机换装，还毫无保留地将自己的意见转告上司。显然没把王玲当外人。

王玲终于放宽了心，甚至心花怒放。要是来点音乐就好，她可以跳一曲火辣性感的广场舞。

夜幕完全垂下来，她的心底却亮了……

第四十七章　心有灵犀的尾巴

电子导航显示距成都双流机场还有十分钟车程。

孙哲紧绷的心落地了，心底也亮了。

他打开车载音响。一首劲爆的英文歌曲绕过他的双耳，飘出窗外。成都的夜景值得留念，可他的心已飞向了德国莱茵河畔。

我背叛了蜂巢公司，更背叛了多年的好兄弟。不，我为公司鞠躬尽瘁创造了太多利润，而周自横并未拿我当兄弟看。他承诺给我的分成很少落到实处，还在背后嘲笑我只是他的一条看家狗，比保安稍好而已。我的隐忍被看作懦弱，我对员工的严格要求被解读成极限施压。周自横还或多或少给我留有面子，欧阳教授几乎没有正眼看过我。他仰仗独一无二的科研成就将我踩在脚下，从来不让我接近核心研发区域，可这难不倒我。如今，一切都快过去了，我即将拿到曾经失去或是被剥夺的东西，而他们不得不为我擦屁股！神机妙算、聪明绝顶，就算诸葛亮转世也未必能超过我。我才是忠武堂的后人，不管这个组织是否真实存在，但肯定在教授的日记本中存在过，包括那个所谓的龙飞阵图案。

他越琢磨越得意，随着歌曲节奏摇头晃尾。老天不会辜负用心良苦的智者，而财富能让智者更加睿智。

他无意中瞥了一眼后视镜，好心情瞬间蒸发了。

不知从什么时候开始，一辆奥拓车紧紧跟在后面。20分钟前他曾注意过奥拓车，当时并未产生怀疑。此刻来看奥拓车迫不及待暴露自己，好像随时准备撞上来。这是要火并的节奏！

一片朦胧如烟的灯光勾勒出机场的轮廓，可望而不可即。那像是一个刚走出浴室的美女，在缥缈的紫色水雾中若隐若现，给人幻想和憧憬。

前方300米就是高速路机场站的出口。

导航语音提醒孙哲减速,他却突然右转冲上一个匝道。那是驶往郊区的方向。

尾随其后的奥拓车司机猝不及防,有些蒙。

马超直接上手抢夺方向盘,生拉硬拽地将奥拓车拐进右侧匝道。

由于转弯过急过猛,奥拓车的左侧面与匝道的护栏来了一次"亲密接触"。

好在有惊无险,一阵电光火石后,奥拓车摆正了屁股稳稳地行驶在匝道上。

"我去,你这是玩命啊!"欧阳芙蓉非但没被吓住,反而感到很刺激。

她嘟着小嘴嘘了一声,同时将自己歪斜的屁股摆正了。

"他这是想拉我们一起殉葬!"杨少波一手捂住鼻子抵御刺鼻的汽油味,一手紧拽住扶手防止在颠簸中晕倒。

他从呱呱坠地以来,就没坐过如此破烂的车。从车的成色来看,早到了报废的边缘,驾驶再粗暴一点,就会直接散架。

"不好意思,杨大少爷,让你受委屈了。"马超回头看了一眼狼狈的杨少波,又将目光投向前面的那辆奔驰车。

寒风从破落的车窗呼呼地灌进来,将车内的汽油味暂时吹散。

杨少波裹紧旧大衣,用穿着破球鞋的脚踹了一下马超的后座。"小马哥,我知道你在取笑我,可我也是受害者。从昨天上午到现在,我都没把自己当人看……"

"等一下,你的意思是说你昨天上午就被幽灵控制了?"

"对,我本来是去公司和欧阳教授见面,没想到刚从地下车库走进电梯就迷失了自我。那种奇怪的感觉你们不会懂的,就像是吸食了毒品,整个人都飘起来。"

欧阳芙蓉从前排发出一阵干咳声,这比鱼刺卡在喉咙里还让人难受。她不敢公然嘲笑名义上的男友,两人的关系现在是最尴尬的时候。

"我就知道你们不信。"杨少波没料到首先质疑他的是欧阳芙蓉。

"我信!"马超的眼睛一直盯着前方那辆比幽灵还邪门的车子,"接下来你就失去了意识受人摆布,还一度被我们怀疑。幽灵为了让游戏更好玩,把你的手机交到了芙蓉的手里。这便于他追踪我们的行迹。"

"是谁最先搜索到我手机的位置?"

"当然是孙哲!"

"那就对了,他就是幽灵。这么简单的问题,你们被玩弄了一整天还蒙在鼓里?"杨少波找回了自信,唯一遗憾的就是目前没有一件像样的衣服。

"杨大少爷果然英明神武!"马超深吸了一口吹进来的夜风,五脏六腑瞬间被清洗个遍。"我还有两个疑惑有劳您解答一下,第一,你是怎么知道忠武堂这个组织的?不管它是否真实存在,我们之前一直绕着它转。当你在朝阳洞醒来后,你首先明确告诉我们忠武堂早就消失在历史尘埃中。第二,你苏醒后还提到一件让我们更加绝望的事,真正的绝密文件在蓉欧班列上。按你刚才所说从昨天上午开始你就处于灵魂出窍的状态……"

"怀疑我?"杨少波将脑袋探到前排,横在马超和欧阳芙蓉之间。"我差点就没命啦,你居然不相信我。芙蓉,你说我像是说谎的人吗?"

欧阳芙蓉觉得这个时候有必要吱个声,不能明目张胆地袒护马超。再怎么说,杨少波之前对她还是蛮上心的。

"马超,你过了,少波不是那号人。"

马超像是被毒蜂蜇了一下,整个人都缩成一团。毒液直接侵入他的血液，摧毁了他膨胀的自负。

杨少波心中得意，没有加大进攻力度。他深知绝对不能冒进，适当地保持沉默能体现一个智慧男神的风度。

"少波，不瞒你说，马超提到的这两个疑问也困扰着我。"欧阳芙蓉佯作漫不经心地补充道，"你可以不用回答，哪个男人没有一点见不得人的东西？"

杨少波的自尊心大受伤害，他意识到自己已从事实上失去了这个女友，当然，他也未曾真正拥有过对方。他开始怀疑当初被欧阳教授聘请担任助手还有更深层的考量，那才是见不得人的东西。

"我刚才故意遗漏了一个细节，在我尚未完全失去知觉之前，有个声音在耳边透露了所有计划，希望我参与合作。"

杨少波用双手抱住脑袋顶住马超座位的靠背，极不愿意重提那可怕甚至不可思议的往事。尽管这件事发生不过一天多的时间，但对于他如同梦游。不，他还在梦境里，灵魂永远走不出来。

"你是说那个幽灵在设定游戏规则之前，试图说服你？"马超很清楚后面的帅哥尚未从梦魇中走出来，"后来的事实表明你拒绝了，彻底陷入了昏迷状态。那么我可不可以这么猜测，教授也遭遇了类似的待遇？拒不配合，所以被下了套，而且应该在你之前就发生了。"

杨少波沉重地点了点头，不敢面对马超的目光。那目光足以穿透黑暗，击碎他内心深处的所有阴影。

"幽灵放弃了说服教授的打算而选中你，是因为你深受教授信赖，了解'九歌王者'的内容，好在你还有些骨气……"

"有一点你猜错了，我不知道'九歌王者'的内容。"杨少波抬起脑袋，嘴里迸出一丝苦笑，眼眶里闪烁着委屈的泪光。

马超怔住了，轮到他不敢正视杨少波的目光。

车内的空气顿时凝固了。

"你在怀疑我爸？"欧阳芙蓉不淡定了。

像她这种急性子的女孩只需吹口气，世界就会跟着她乱套。何况她正握着方向盘，驾驶的车又破烂得没底线。

"教授选我做助手，却不让我参加核心研发项目，"杨少波没有正面回答，"在公司所有人眼里我是教授最信赖的人，不可能一无所知。这是个错觉，或者本来就是个圈套，答案只有教授本人知道。不瞒二位，我甚至怀疑我被弄到青城山朝阳洞不是孙哲的主意，而是另有其人……"

"你就是在怀疑我爸！"欧阳芙蓉气炸了，这是要撕破脸的前奏。"他现在躺在医院里生死未卜，你怎么还——"

"还是请你保持冷静！"马超将扶手拽得更紧了，可他觉得身子不听使唤地晃动起来。他重新控制了大局，却控制不了这辆破车。

"我可以冷静，这破车没法冷静。"

欧阳芙蓉话音未落，一阵嘎吱嘎吱的响声从奥拓车底部传来。

三个人尚未拿出应对之策，奥拓车就开始像个醉汉不停地左右摇摆。

"快把车开到应急车道停下来，我不想死！"杨少波率先喊道，有钱人的小命就是金贵。

"马超，帮我看看右后方有没有超车？"

"你自己不能看吗？"马超刚说完就傻眼了。

右侧的后视镜不知啥时没影了。

欧阳芙蓉抓住一个千载难逢的机会，迅速变道将奥拓车停靠在了应急车道。一系列动作无比流畅，再一次有惊无险。

他们虚惊一场后放眼望去，那辆奔驰车在夜幕前方消失得无影无踪。

幽灵跟丢了！

欧阳芙蓉猛拍了一下方向盘。

方向盘"咔嚓"一声，居然脱落了。怎么所有的倒霉事都遇到一块儿了？

"幽灵真的跟丢了。"杨少波不知是在友情提醒还是故意刺激前排的两个人。意思再明白不过，连他都被玩弄了，何况你们两只菜鸟。

马超不屑理睬，更不以为然，心中自有定夺。幽灵带我们兜圈只是想甩掉我们，而他的最终目的地不会变。现在最棘手的是如何在高速路上安全快捷地拦一辆车，这对他而言困难重重，对大美女欧阳芙蓉来说则是易如反掌。

他哀求的目光刚转向欧阳芙蓉，欧阳芙蓉就知道该自己闪亮登场了。力挽狂澜并非直男的专利，小女子也有硬核爆棚的时候。

心有灵犀，这永远是杨少波无法办到的！除了羡慕嫉妒恨，他更多是裹紧外套来抵御欺人太甚的寒风。

第四十八章 天使坠落

夜幕下的共和国广场庄严神圣而不乏浪漫，它将信徒的所有目光聚焦到此，只为了述说那曾经的光辉岁月。

本杰明和王玲静静地对立着，宛如一对战火后幸运重逢的恋人。时光飞梭，容颜模糊，都羞于将整颗心掏出来，只能借助灯光抚慰岁月留下的伤痕。

那个戴着厚厚眼镜片的小老头终于迈着小步子返回来了。

他在本杰明耳边嘀咕了两句，随后向王玲挤出一个模棱两可的笑脸，又一次抽身离去。他的个子实在太小，来得快去得更快，像是被一阵夜风吹得无影无踪。

本杰明的脸色一沉，旋即恢复了笑容。

柔和的灯光亲吻着他的笑脸，真是帅得太过分了。哈萨克斯坦的经典歌曲《恋人之歌》从广场四周的大音箱涌来，瞬间点燃了游人们的热情。

王玲坚信这就是约会，那个什么盒子被她抛到了九霄云外。

"流程走完了，我正在安排转账，"本杰明向王玲走了一大步，不知是生怕她溜走还是想看清她的美貌。"由于金额庞大，至少需要等半个小时。"

王玲刚落地的心又悬在了半空，她忧郁的样子真是楚楚动人。

"阿拉木图的初春肯定没有你们成都那么温暖，待在外面确实够呛。"本杰明扭头朝远处望去，他太善解人意了。"那边好像有家餐厅，我请你吃饭，正好庆祝一下，如果你不介意的话？"

王玲当然不介意，甚至求之不得。

她优雅地点了点头，踩着碎步追随那个魅力十足的背影。她一想到孙哲粗短走样的身形就作呕起来，那个油腻腻的中年男人真的适合共度一生吗？她心里有了新的想法，谁叫她是永远不知满足的女人？！

王玲跟在本杰明的屁股后面，穿过广场和街道，一直前行。

前方越来越暗淡，逐渐远离了繁华区域，既没有美味从餐厅飘出来，也不见几个人影。她竟没产生丝毫的怀疑，担心破坏这美好的感觉。

错觉还是现实，有时候真没有确切答案。

前方的身影停止了脚步，猛然回过头。

王玲抬起美丽的头颅，准备迎接那仓促浪漫的表白。

"你个女骗子，居然敢玩我！"

一记响亮的耳光打得王玲眼冒金星，同时将她从童话世界打回了现实。

这一巴掌太狠了。

王玲踉跄着险些倒在地上。她捂着火辣辣的脸颊，眼泪汪汪地看着面前的混血美男。

男神脸上温和的笑容不见了，取而代之的是凶神恶煞般的表情。他更像个输了钱回家找老婆发泄的赌棍，一言不合就大打出手。

王玲挺直身板，尽量维持住女人该有的尊严。她向四周扫了一眼，发现自己身处一个像是被遗忘的黑暗世界，这跟不远处那个灯火璀璨的广场差距太大。

"我不懂你的意思，"她的脸上写满委屈和恐惧，"你是不是想黑吃黑？"

本杰明冷冷一笑，拉长着古怪的嗓音朝地上吐了口痰。

"我一向对女人很客气，可你把规矩坏了，我也只好……"本杰明意识到这个女人真是一只菜鸟，没准她也被骗了。

男人再冷酷无情，还是改不了怜香惜玉的毛病。

"这么说吧，你给我的狗屁绝密文件不是为了检测和消灭病毒，而是为了制造和传播病毒。"本杰明每朝前走一步，王玲就后退一步。"一旦上套，那我们就完蛋了，甚至失去了抵御普通流感的免疫力。你心里或许在想这是罪有应得，谁叫我背后的某个西方大国放任病毒泛滥，平时除了挖别人的墙脚，根本没把心思放在防控上。这不是我能改变的，我只负责履行自己的职责，从加密网络上搜集你们最新科研项目的进展，策反个别的败类，你的丈夫孙哲就是其中之一。早在两年前，我和他就在德国柏林有过接触，那时候他还是个坚定的爱国主义者，至少表面上是这样，可一年后他放弃了自己的信仰……"

"他不过是蜂巢公司徒有虚名的大管家，从未实际接触过核心科研项目。"王玲与其说在为丈夫辩解，不如说在为自己预留退路。

本杰明对此不屑一顾，也没有重新点燃怒火的迹象。他不由自主地恢复了艺术教师该有的素养，对讨论课题充满耐心。他肚中蕴藏着精明务实的哲学思想，一旦吐出来却如同一把直击人心的利剑。这个世界奇妙无比，暴力不是解决争议的最佳手段，引诱和误导更能杀敌于无形。

"你的丈夫向你展现的是硬币的正面，而他的反面你还没看到。"本杰明将衣领拉得很高，亚洲腹心的初春真是冷得要命。"孙哲在蜂巢公司的地位独一无二，既能获得董事长的高度信任，又能让欧阳教授有所忌惮，他的无限忠诚和优秀的治理能力让他实际上成了'九歌王者'的守护者。只要用金钱攻破他看似坚固的城墙，他心里的城门就自然向我们打开。之前我们曾考虑将周自横拉下水，可惜没有成功，那个虚伪自负的成功商人有一颗红色的中国心。说了这么多，我们只是希望得到你们国家在生命安全和生物安全科研体系方面的成果，以便共同应对那些潜伏周期更长的病毒。这也是为了整个世界的健康与和平！"

这堆屁话说得冠冕堂皇，再次触动了王玲孱弱易碎的芳心。她像刺猬一样收起全身的尖刺，湿润的眼睛发出纯真女人独有的光芒。

本杰明再次朝前迈了一步，借着夜风贪婪地将女人的香味吸入鼻孔。这浓郁的香味比毒品还让男人迷醉。

他似乎想到了一个挽救之策。

这次，王玲没有退却，也无法退却。她已顶到了后面的墙壁，刺骨的冰凉瞬间侵入她的身躯。

手机铃声不合时宜地响起来，刺破了浪漫的夜空。

本杰明从兜里摸出手机，当着王玲的面接听。真是不见外，这是掌控大局者的固有风度。

"安吉娜，我这边出了点状况，"本杰明伸出舌头舔了一口夜气，非常提神。"准确说很不妙！我在寻找补救的办法，你马上启动B方案，不论付出多大的代价，都要搞定蜂巢公司的老大。"

临到通话末尾，本杰明刻意加重语气。

下篇
没有谜底

他揣好手机,发现身前的女人在剧烈颤抖。显然被吓住了!效果不错,连他的头发丝也在偷偷发笑。

"别怕,我不会伤害你,"本杰明真想亲吻这张美丽而受伤的脸蛋,"既然走到这一步,就不怕多走一步。"

王玲宛如吃了颗定心丸,身子渐渐停止了发抖。她宁愿在床上发抖,也不想在寒风中像随时可能熄灭的烛火一样飘摇。

"快给孙哲打电话,"本杰明的声音充满磁性和杀伤力,"让他想尽一切办法搞到真正的文件,这次千万不能再上周自横的当。"

"你认为这是周总设的局?"王玲弱弱地问道。

"除了他,还能是谁?"

"可怜我们家老孙还自以为料事如神,诸葛转世!"

王玲心中的自责感顺理成章地降了下来,脸上重新浮出笑容。她非常听话地打开限量版的宝格丽挎包……

本杰明安静地等待,他像电影大师准确掌控着最精彩的镜头。对付一个胸大无脑的女人,他驾轻就熟。

一支微型手枪顶住了本杰明胸腔中部偏左的地方。

这一次轮到本杰明浑身打了个寒战。

尽管他是个经验丰富的情报人员,还是感到死神正在敲打他的胸膛。不能低估女人,他在心里咒骂自己太大意了。

掌握主控权的感觉真好。王玲终于不用仰视这个高大帅气的金发男士,只需要盯紧手里的枪。她以前学的是护理专业,实习期的痛苦经历让她改变了人生规划。一个天使般的美女没必要做治病救人的白衣天使,贫穷才是最大的病!这个病曾让她的童年失去了色彩,再不挽回,她的美貌就毫无价值。

她庆幸没有忘记心脏的确切位置,那是人体最脆弱最致命的部位。心脏位于膈肌的上方二肺之间,约三分之二在中线左侧,像一个桃子,而不是苹果。阿拉木图是苹果城,但真不适合偷吃禁果,人得学会克制。

"原来你有准备，不仅有颜值，还有胆识。"本杰明的恭维很肤浅，深邃的目光在寻找反扑的时机。

他遇到太多类似的被动局面，要想扭转乾坤易如反掌。

王玲看穿了本杰明的小算盘，厉声要求他退后。

"桃之夭夭，灼灼其华！像你这么漂亮的女人不适合拿枪。"本杰明的故弄风雅显然不奏效，刻意显摆对中国传统文化的造诣更让女人反感。

一旦女人意识到真正的危险来临，就会对风花雪月失去兴趣，活命才是关键。

"快退后！"王玲再次大吼，人面桃花也有发怒的时候。"别以为我不敢开枪！"

本杰明只好照办，他不能轻易冒这个风险。女人一旦失去控制，固有的游戏规则都不复存在。

他微微低头瞥了一眼顶着自己胸肌的玩意，忍不住笑了。

这是一款奥地利生产的格洛克17型手枪。由于其重量轻、持续性好，广泛应用于世界多国军队和警察的装备上，美国40%的警察都装配了此枪。对于像本杰明这样的内行来说，瞅一眼外壳就知道女人手中的武器是仿真枪。

本杰明已经受够了，他的耐心彻底耗尽，不想再跟这个不知趣的女人多费口舌。他挥舞愤怒的拳头，直接将王玲打倒。

只听重物落地发出"砰"的巨响，除此之外没有一声惨叫和呻吟。近距离搏斗中，出拳太快的一方能直接锁定胜局。他重新认定暴力永远是解决争端的最佳手段，不论在世界上的任何一个角落。

仿真手枪"咣当"掉进了下水道，消失在了最肮脏的地狱……

下篇
没有谜底

第四十九章　金蝉脱壳

　　马超的直觉没错，不论孙哲如何兜圈，目的地始终是机场。他的小眼睛仿佛能穿透夜幕看清幽灵的一举一动，这比戴红外线夜视眼镜管用多了。

　　孙哲将奔驰车停在地下停车场，乘坐电梯来到了航站楼大厅。他的行李箱早在三天前就托运走了，现在只需把自己安全带出境。

　　孙哲深知马超这个精灵鬼很快会识破他的小计谋，加快了办理值机手续。之前他一直避免用手机操作以免提前暴露行踪，任何一点疏忽都会造成前功尽弃。一想到年轻性感的妻子搔首弄姿地躺在阿拉木图酒店的大床上，他就热血沸腾，毫无血色的嘴角滑出得意的笑容。

　　对于一个不苟言笑的职场精英，微笑是奢侈品，但以后将成为他的幸福标签。一幅美好生活的画卷开始在眼前舒展，在空气中也触手可及。

　　他抬头瞅了一眼电子显示屏上的航班信息。

　　时间还早，可他等不及了。

　　从昨晚那场精彩的表演开场，他就在心中不停地抱怨时间不够用，还嘱咐马超必须赶在周总飞回成都前找回东西。而此时此地，哪怕是多余的一分一秒也可能会压垮他高度紧绷的神经。

　　安检通道稀稀拉拉站了些旅客，大多显得很轻松。

　　孙哲汇入这股细流，也装作很轻松的样子。他主动帮助一对年迈的夫妻清点登机所需的证件，这样能缓解过度紧张造成的不安。这一刻他彬彬有礼、言语得体，像个临时到国外出差的企业高管。

　　马超和欧阳芙蓉站在大厅一个不起眼的角落，四只眼睛从未离开过孙哲。杨少波不知干啥去了，大概是因为半裸的穿着被保安挡在了门外。不过，两人都顾不上他，完全被孙总吸引住了。

马超朝大厅温暖的空气中呼出一口更温暖的气流，那像是最后一口气。他的血液凝固了，心脏有一小会儿陷入骤停。他终于恍然大悟，孙哲是在借前来机场迎接周总的幌子出逃！

毫无疑问，孙总就是真正的幽灵，这场游戏的总设计师。他偷天换日将绝密文件藏在蓉欧班列上，同时暗中摆出迷魂阵让一帮傻子疲于奔命。他的同伙则在班列离开中国边境后取出文件，再高价卖出。

这世界上最可怕的不是病毒，而是丑陋的人心！

马超回想起多日前孙哲夫妇邀请蜂巢公司技术骨干吃火锅，对孙总在餐桌上那一番鼓舞人心的讲演仍记忆犹新。如今看来他早就拟定了天衣无缝的行动计划，与员工的聚餐只是剧本的一部分。那是在稳定军心，准确说是表演给周总和欧阳教授看。当所谓的绝密文件被盗后，他第一个冲到前线，接连受伤以致住院治疗，最巅峰的表演是在青城山为马超阻挡雷同的追击。表面上看他是最受伤害的人，实则是最终受益人，其间他向周总的老对手谢福投诚粗看是为了多捞一笔钱，实为把主角的戏份拱手让给自以为是的谢老板，减轻别人对他的怀疑。每一步都拿捏得相当到位，不愧是名副其实的顶级策划大师。

一想到这伪君子曾假惺惺地表示辜负了周总的信赖，马超就感到恶心不已。

马超的脑海中又闪过那次聚餐的一个画面，孙哲的年轻老婆王玲曾向一个朋友打电话炫耀她可能要去哈萨克斯坦旅游。漂亮女人天生喜欢炫耀，当时由于喝多了，她忍不住说漏了嘴。马超还记得，孙哲慌忙用眼神示意妻子别乱说。

哈萨克斯坦正是蓉欧班列离开中国到达的第一个国家！现在越来越明了，那个被派去国外的取货人正是王玲。完美的夫妻档！干这种缺德事，除了两口子，还能信得过谁？

"孙总不去接机口接周总，到安检口排队，这是几个意思？"

欧阳芙蓉美目盼兮自言自语，希望马超再次心有灵犀地给出答案。这次马超完全不搭理，他也需要一点时间适应这个变化。

所幸欧阳芙蓉脑子里只缺了半根弦，很快闹明白了。

"孙总想逃走！"她从喉管深处发出一声尖叫，"难道他真是幽灵？"

马超从纷乱而有序的思路中回过神来，伸手捂住了欧阳芙蓉的嘴巴。

"你会吓着他的！"

"快阻止他登机，否则就来不及了！"欧阳芙蓉甩开马超的手。

"怎么阻止？谁能证明他是幽灵？再说，咱们还没报警，警察也没证据抓他。就算马上报警，等警察理出头绪，他早就溜走了。"

"你一肚子坏水，绝对有办法！"

欧阳芙蓉用崇拜的眼神看着马超，要是她小嘴再甜一点就完美了。马超依然笑纳了这个别扭的赞誉，将呼出去的热气用力吸了回来。小马哥什么时候做过亏本生意？

在好莱坞的很多大片中通常有类似的桥段，主人公采用的最极端有效的损招就是谎称飞机上有爆炸物。当警察发现被愚弄后，主人公并不一定会遭到惩罚，因为他在维护世界和平！

轮到孙哲安检了。

他非常从容地掏出证件，站在红线上接受人脸识别。

确实没时间了，犹豫就等于放任罪恶。马超狠狠咬了一下嘴皮子。

工作人员例行检查身份证和登机牌，没什么问题。这是个毫无劣迹的好公民！

一个巡逻警察正无聊地站在附近，他绝对想不到自己即将接手一桩大案。

马超撇下欧阳芙蓉，撒腿朝警察奔去。

与此同时，安检通道里的孙哲顺利通过工作人员的检视，朝里面走去。他消失在了欧阳芙蓉和马超的视线之外。

一切都结束了，老孙获胜了，从虚拟的幽灵蜕变成了真正的王者！他如释重负，正要将手机放进兜里接受进一步安检。

一个陌生的国际长途电话打了过来。

孙哲没有丝毫惊慌，下意识认定这是妻子的报喜电话。两口子就得第一时间分享快乐。他向安检员微笑致歉，优雅地将手机放到耳边……

妻子的尖叫声和呼救声从遥远的地方传来，隔着手机屏幕都能感受到那种惶恐和绝望！

孙哲尚未反应过来，一个充满磁性的男音又传到他的耳中，犹如电台主持人在与听众通话。

"你发的货是假的。"那个声音平静但让听者不寒而栗，"再给你一次机会，两个小时内搞到真正的货物，我的人会来取。再敢耍我，我直接把你的妻子打包快递给你。"

孙哲在安检门前愣了足足一分钟，然后无比慌乱地收拾好证件逆行跑出通道。工作人员和乘客们并未显出多大的惊讶，都以为这个冒失的中年男人落下了什么重要东西。

他确实丢失了重要东西，那就是他的灵魂。

马超走到巡逻警察跟前刚刚热情地打了个招呼，就看见孙哲慌慌张张地返回。一个不惜背叛公司和友情、一头扎进钱眼里的人竟然杀了个回马枪，而且显得六神无主，连他自己也猝不及防。只有一个合理解释，那就是他的妻子在国外搞砸了，还惹了一身骚。

马超舒舒服服地打了个呵欠，真是天助我也！

小马哥一本正经地向警察请教了一个芝麻绿豆般的小问题，随即耷拉着脑袋回到欧阳芙蓉身旁。他自信没被孙哲发现，那个惹火烧身的倒霉鬼也没工夫搭理他。

"他怎么又回来了？"欧阳芙蓉更加崇拜地看着马超，似乎这小子刚才施了扭转乾坤的魔法。

马超顾不上回答,他设身处地站在孙哲的立场上思考他接下来的行动。要是孙哲真在乎老婆的安全,定会采取挽救措施。那具体挽救什么呢?马超的嘴角浮出笑意,这诡异的笑意让欧阳芙蓉笃信身边的大男孩就是个魔法师。

孙哲在大厅里像只无头苍蝇东撞一下西撞一下,急得满头大汗,都快虚脱了。他无意中抬头瞥了一眼电子显示屏上的航班信息,这才镇静下来,似乎拿定了主意。不一定能成功,但必须赌一把。游戏又回到原点,这就是所谓的自作自受。

他有如一道炸裂的闪电,拖着燃烧的尾巴疯狂地奔向扶手电梯。

"这个孙总是不是疯了?他又想去哪儿?"欧阳芙蓉拍了拍马超瘦削的肩膀,"你倒是说话啊?别老动嘴皮子,又不吭声。"

"是吗?我真有这个毛病?"马超抽了一下嘴巴,"这是高度紧张的表现。他去哪儿,很好回答。在走下扶手电梯时,他的目光从电子显示屏移到自己身旁的指示牌。"

"接机口!"欧阳芙蓉的两道蛾眉挑得老高,"要是他真去迎接周总,就再也无法逃走了。他到底想干什么?就算他不疯,我也快疯了。"

"他决定置之死地而后生。"马超坚强的内心世界被一种莫名的情感撬动了,"这是无奈之举,很可能是孙哲最有人情味的时候。虽然这算不上迷途知返,但足以看出他和幽灵不完全是一类人。我去,这个世界上到底有没有幽灵?"

马超避开欧阳芙蓉迷惑的小眼神,朝扶手电梯走去。

欧阳芙蓉不由自主地跟上,她早就立誓跟定这个男人了。

马超走了几步突然停下来,欧阳芙蓉险些撞上他。

"我明白了!"

马超似自言自语,可欧阳芙蓉还是听到了。

"你明白什么啦?"

马超第二次在机场露出微笑,这是即将见到曙光的微笑。温暖迷人,充满希望,没有一丝瑕疵。要改变自言自语的毛病很难,那就干脆在心里盘算,让灵魂作答。

迷雾在眼前逐渐散去,所有的角色都露出真容。经过整整24小时的折腾,他身上不见丝毫的疲惫,更加精力充沛。那个藏在蓉欧班列上的绝密文件是假的,所以孙哲才不得已去面对今晚最不想面对的老朋友周自横。真正的文件并未丢失,或许只有欧阳教授知道在哪儿。最靠近机密的孙哲居然被骗了,还自以为制定了游戏规则。周总应该早猜到了他的不良企图,只是不愿意拆穿,更主要是没有拿到确凿证据。周总故意去国外出差,好让他在国内放开手脚大干一场,最终结果是露出狐狸尾巴被清理门户。事到如今,谁才是真正的幽灵已不重要,重要的是那些文件的下落。

"你的手机响了。"欧阳芙蓉低声提醒,"应该是周总给你发的微信。"

马超掏出手机一看,果然是周总发的微信。他向欧阳芙蓉投去赞许的目光,才跟了他一天这女孩已学会推理了。马超一旦陷入沉思,即便置身悬崖边也心无旁骛。

微信内容很简单。周总说他已离开机场前往医院探望昏迷一整天的欧阳教授,要求马超和孙哲去医院会合。

马超瞠目结舌。他吃惊的不是因为孙哲刚巧错过了和周总的见面,而是……难道那些文件就在教授身上?这太不可思议了!当所有人都盯着假文件时,谁能想到真品一直没离开过教授半步?

这个错综复杂的世界就喜欢捉弄那些心理脆弱的人!

欧阳芙蓉探头探脑地瞅了一眼手机微信,不是显出吃惊而是被感动了。在单纯女孩的眼里,这个微信表明周总很在乎她父亲,一下飞机不是回公司寻找文件,而是去医院探望病人。

"我们必须以最快的速度赶到医院,可惜没车!"她把求助的目光落在马超身上,其实心里也明白这个伟大的魔法师变不出车来。

"我有!"一个中气很足的声音。

两人循声望去。

衣着考究的杨少波风度翩翩地站在大厅中央,手里晃动着亮闪闪的车钥匙,他有棱有角的脸上洋溢着自信的表情。

欧阳芙蓉如同受到了神灵的召唤,蹦跳着飞奔过去。她美得像只翩翩起舞的彩蝶,任性地遨游在花花绿绿的大千世界。谁也摸不透她的心思!

马超再次陷入自卑的旋涡,他的颜值、学历和财富都被那个油头粉面的男神甩了好几条街。他刚才还自以为重塑了这个女孩的灵魂,如今发现自己的灵魂才被重塑了……

第五十章 回到原点

孙哲驾驶着心爱的奔驰SUV穿梭在璀璨浩瀚的夜色中,他几乎将整个身子收缩于座位上。一个收放自如的人,通常拥有强大的内心世界。

夜幕非但不能遮挡智者的锋芒,反而让锋芒更加突兀。对于一头在希望和绝望之中挣扎的困兽,此时最需要的是一碗心灵鸡汤。

两个小时前他还以为再也没机会欣赏成都的夜景。天道好轮回,苍天饶过谁,他开始相信因果报应、相信人要懂得知足。全球知名的音乐制作公司地狱咫尺制作的经典纯音乐《Victory》回荡在车内。那是胜利之歌,可惜胜利者不是孙哲,而是坐在后排的董事长周自横。

原来老周和孙哲在一起,那个发给马超的微信注定另有玄机。

这首《Victory》是老周最喜欢的乐曲之一。随着气势磅礴的旋律渐入佳境，他的人也几乎站在了世界的巅峰。

"老孙，你好像有点紧张？"

周自横的嗓音稍显沙哑以至于让孙哲感到陌生，估计是太疲倦了。坐飞机绕了地球大半圈，中途在符拉迪沃斯托克耽误了老长一段时间，现在还得马不停蹄地赶往医院，谁受得了啊？这可不是铁人三项！

"我主要是没脸向你交代！"

孙哲带着哭腔，想保持镇静却办不到。再不拿到货真价实的东西，老婆就会横尸国外。

这句话并未触动周自横，他像个远道而来的游客饶有兴味地浏览窗外的夜景。孙哲很清楚这个多年的老友城府极深，谁也猜不透他的心思。除了主动招供，别无他法。

"周总，我知道我有罪，"孙哲一边抹泪一边开车，视野被泪水模糊了，但方向盘依然控制得很稳。"不求你宽恕，只求你救救我老婆！"

"她怎么啦？"周自横将目光从窗外收回，落到前面那个随时可能坍塌的背影上。

如此淡定和冷漠绝非真正的朋友所为，看来老周真的对孙哲失望了。

"没时间了，请别再玩我。"孙哲鼓起勇气，"咱们不去医院好不好？直接回公司拿东西！人命关天啊！"

"东西不是我个人的！"周自横用手托住下巴陷入痛苦挣扎，就像生怕沉重的脑袋会掉下来。

孙哲知道没戏了，终于忍不住哭出声来。

车子依旧平稳行驶着，没有丝毫恍惚。这真是一个合格的老司机。

一声叹息从后排传来。这一声叹息夹杂了太多的感情，就算千言万语也道不尽说不明。

"好吧，谁叫咱们是多年的好兄弟？改道去公司！"周自横做出这个艰难的决定后，继续欣赏窗外的夜景。这个成功人士的格局实在太大了！

因为感动，孙哲的泪水哗啦啦地流得更多了。他掉转车头猛然冲上二环路高架桥，任凭万家灯火汇聚的银河流淌在车轮下。

十几分钟后，孙哲和周自横走进了金融大厦的厅门。

孙哲勾着身子走在前面，周自横挺直身板跟在后面。

老孙像个冒牌导游，带领VIP游客参观这座由法国建筑设计公司设计的伟大作品。这里确实没有一点浪漫主义气息，还平添了一丝紧张和压抑。周自横脸上没有多余的表情，可以说表情几乎是凝固的。他似阔别故土多年，对这里的每一块瓷砖和灯饰都产生微妙的好奇心。

两人走进电梯，直接升到23层，来到一面巨大的玻璃门前。孙哲似乎想到了什么，闪到旁边让老大走前面。

周自横向孙哲摆了摆手，示意老友间不用那么见外。

孙哲听从了周自横的指示，更主要是想以最快的速度拿到东西。他瞪大左眼，盯住一个旋转的小绿灯。

视网膜扫描成功，玻璃门打开了。

孙哲不由得伤感起来。门里的世界曾经有一半是属于他的，可过了今晚他不仅一无所有，可能还会有牢狱之灾。现在不是考虑个人安危的时候，妻子的安危才是最重要的。

孙哲冲进昏暗的走廊，打开所有的壁灯。灯光打在他煞白的脸上，紧跟在后的周总不无慌乱地用手遮住极不友善的光线。周总喜欢在黑暗中独处，这是孙哲很多年前就知道了。那才是王者应有的样子。

保安室里传来一阵极度亢奋的叫床声。

两个男人朝一扇半开的门看去，同时摇了摇头。

那个闯祸的保安不知悔改，又在偷偷看色情片。他坐在椅子上的背影极其猥琐，皱巴巴的保安制服就像是仓促裹上身的地摊货。

孙哲惭愧至极，这个老乡是他推荐到公司当差的。虽然被他利用了，却不知道收敛一下。

孙哲怒火丛生，决定走进去教训一通，也算是最后一次履行职责。

周自横将手放在孙哲肩头，意思是不必了，忙正事要紧。这强有力的手腕镇住了孙哲，让他除了服从无法抗拒。

孙哲依次穿过销售部、技术部和财务部办公室，来到欧阳教授的科研密室。这是他身为公司二当家的巡视路线，下意识的举动暴露了他念念不忘曾经的荣光。今非昔比，他用自己的聪明才智把自己弄出局了。

这里就是事发现场，室内一如昨晚的凌乱。玻璃窗上的裂缝不像什么狗屁图案，倒像幽灵的面孔在嘲笑他这个自负的失败者。

孙哲在密室门前犹豫了一阵，转身来到周自横的办公室。周自横抢先一步走到自己的办公室门口。这是老周的领地，他当然比谁都清楚。

"老周，都到这个地步了，能不能跟我说句实话？"孙哲盯着自己投到地上的落魄身影，"欧阳教授科研结束后，第一时间把详细的书面报告交给你。你却以政策和市场风险为由，将其锁在保险柜里。你对外声称科研进展不顺，大批资金打了水漂。"

周自横没有吭声，只是以微笑回应。这微笑很僵硬，在孙哲看来就是出奇的冷漠和傲慢。友谊一旦翻船，永远无法再同舟共渡。

孙哲仰起粗短的脖子看着高高在上的周自横，做这个简单的动作也显得力不从心。他从未在老大跟前真正挺起腰杆，但这次必须犯上，要不然就没机会了。尽管手臂和后背隐隐作痛，心里疼得更厉害。一个骗子最怕被骗子欺骗，尤其是双方还是公认的好友。

"你这次出国其实是为了寻找大买家，"孙哲的目光里透着不屑。这是破天荒第一次，今晚他确实豁出去了。"作为一个商人，利益永远盖过一切，所谓的家国情怀和社会担当不过是应付组织审查的借口。自从2020年初瘟疫开始蔓延，你和欧阳教授同时看到契机并达成了默契，当时你们可能真的是出于一种责任。随着资金的不断投入，作为商人的你很快改变了初衷，教授依然坚持服务于社会的理念。为了让教授继续安心研发，你表面上顺着他，暗地里则寻找国内外的买家。连我都被蒙在鼓里，一直以来沾沾自喜，以为自己是你最信赖的兄弟，愚蠢到这个地步我也活该一无所有。你的老对手谢福曾提出愿与你冰释前嫌合作共赢，可你小肚鸡肠、贪婪自负，把渔线抛向了国外某个病毒医学机构，而这家机构正秘密研制生物武器。你已猜到我在打这个项目的主意，不仅没有阻止我，还故意放任我偷袭教授。好个一箭双雕，我只配跪舔你的脚趾，你才是真正的幽灵！"

"看来你真没白跟我这么久。"周自横朝孙哲脸上呼出一大口热气，如同在水下憋了很长时间。"有一点说得很对，太自以为是，这是你永远成不了大事的原因。那还等什么，快验证一下保险柜里有没有货？连我自己都等不及了。"

"货？"孙哲被这个敏感的字眼激怒了，这比刀子扎进心窝还难受。

他奋力推开周自横，输入门禁密码。

蜂巢公司对二当家孙哲来说从未有禁地，若不是因为欧阳教授那一次严重警告，他也会破解入侵科研密室的密码。

耳边响起悦耳的声音，坚固的房门打开了。

孙哲毫不客气地走了进去，办公室内的感应灯随即亮了。

一个梦幻般的大房间呈现在眼前，每件装饰物都像是从3D打印机打印出来的。整体感觉缺乏烟火气息，抽象迷离又带着童话色彩，更像一个漂浮在太空的另类空间站。这真不是一个凡人待的地方，就连办公室的主人也瞪大了眼珠。难道每次回来感觉都不一样？或许是他被迫服用的哪种药物的作用！

孙哲没把自己当外人，径直穿过宽大的办公室，走到一面贴着大海背景海报的墙前。他将手伸向海报上的一块礁石，轻轻扭动了几下。礁石转眼不见了，宛如沉入海底。

一个动态人脸识别探头钻出来，开始自主搜索。

周自横知道该他出场了，粗鲁地推开孙哲走到跟前。这确实是他的领地，谁才是公司的王者一个动作就可看出来。

后台芯片存储的照片和探头拍摄到的动态照片快速比对。随着又一下悦耳的声音，人脸识别成功。

所谓的保险柜原来可以如此奢华和宽敞，铜墙铁壁里面装满了主人的收藏品。技术上讲它是个安全屋，与整栋大楼的其他空间分离开。专用的管道和电线确保无限移动设备的连接，警报系统还装有抗压动力传感器。

孙哲现在终于明白为什么周自横喜欢长时间待在办公室，这里离天堂只有一步之遥。他每次试图打开这扇门都会被老周阻止，这次也不例外。但他不再畏惧，因为心里装着一个女人，那成了他的全部。

周自横迫不及待地走进梦幻空间，在保密级别不同的箱子里找寻"九歌王者"。孙哲第一次意识到董事长不是回家，而是抄家。

很快，那棵"摇钱树"找到了。周自横双手捧着一个流光溢彩的盒子，那里面东西的价值足可媲美一个银行的金库。

"老周，快把东西给我。"孙哲从后面扑了上去。

他尚未靠近，就被周自横一拳打倒在地。孙哲没有放弃，而是抱住周自横的腿大声哀求，但换来的不过是一阵阵嘲笑声。

笑声回荡在重金属空间内，让人不寒而栗。

"周总，看在咱们兄弟一场的情分上，帮帮我。"孙哲的眼泪落到周自横的鞋上,旋即被吸干了。"要是十分钟后没把货交给取货的人,我老婆就死定了。"

"你老婆不会死,我就是那个取货的人。"周自横低头看着孙哲,那扭曲变形的面孔完全是幽灵的化身。

整个世界彻底乱套了,所有合理的逻辑关系在这一瞬间失去了支撑。蜂巢公司的大佬竟然是幽灵,还是个被境外组织收买的取货人。

"你到底是谁?"孙哲吓得松开了手,他的身心接近崩溃边缘。

"不管是谁,反正不是周自横!"一个熟悉而顽皮的声音从门口飘进来。

几个保安拿着警棍冲进了办公室,为首的是同样穿着保安制服的马超和欧阳芙蓉。不仅心有灵犀,还穿着情侣款,他俩真是绝配。一个小时前,马超坐在杨少波豪华的大轿车里想明白了一件事:董事长周自横毕竟是绝顶聪明的商人,他回国的第一件事应该是关心"九歌王者"的安全,而非欧阳教授的安危。况且医生已回过电话说教授脱离了生命危险,犯不着再兴师动众去医院会合。所以,他怀疑这个刚回国的董事长有问题。

马超以非常手段悄悄进入机场的监控系统,发现神情恍惚的周自横在接机口被一个戴口罩和棒球帽的男人接走了。通过体型判断那个男人并非孙哲,却似曾相识。周自横之所以轻易相信这个男人,大概是因为对方出示了特殊证明或者足以打消老周顾虑的信物,更可能是老周服用了什么可怕的药物。而周自横现身后的下一个监控画面是在机场的车库,他很不自然地钻进了孙哲的奔驰车。这两个画面相隔不过几分钟,老周的表情反差极大,出奇诡异。马超一时没想明白,只好决定兵分两路。他和欧阳芙蓉抢先回到公司穿上保安制服,同时嘱咐杨少波去医院保护教授。

当周自横和孙哲走进公司时,马超背对房门装作低头看色情片,戏剧性地躲过了两位大神的法眼。周自横和孙哲最关心的是绝密文件，哪顾得上卑微的小保安曹盾？随后，马超和欧阳芙蓉就带着几个货真价实的保安尾随到了董事长办公室，今晚的重头戏终于登场了……

"两位总裁，蜂巢公司刚转正的新员工马超向你们问好。"马超独自上前煞有介事地行了个大礼，"游戏正式结束，把东西给我。"

"小马，别闹了，这东西本来是我的，不，我公司的。"周自横冲马超和颜悦色地笑起来，这笑容极其别扭甚至恶心。

马超盯着这张熟悉而陌生的脸倒抽了口凉气，一边尽力让自己保持镇静。可这很难办到，他的心里翻江倒海，随时可能冲破世俗和理性的所有枷锁！

他回头朝欧阳芙蓉做了个鬼脸，意思是别眨眼见证奇迹的时候到了。欧阳芙蓉瞪大了眼睛，期待魔法师的精彩演绎。这个大男孩从未让她失望，今晚注定将载入她的青春手册。

马超忽然以快如闪电的速度，撕掉了周自横的人造3D仿真脸皮。

伴随着一声惨叫，所谓的周自横露出了原形，原来是雷同！

第五十一章 "九歌王者"的真身

屋子里的所有人都惊呆了，最吃惊的莫过于孙哲。

他怎么也没想到亲自从机场接来的董事长居然是冒牌货，而且是谢老板的跟班。现在来看这个跟班极不简单，表面上是个比机器人还呆板的保镖，其实心里下了一盘大棋，但老孙心里清楚幕后的真正操控者在国外，在妻子王玲的身边。雷同至多是个会演戏的木偶，高冷帅气、不苟言笑的木偶。

雷同抚摸着自己真实的脸颊，一边愤怒地盯着马超手里的仿真脸皮。

每次都被这个怪才坏了好事。雷同又一次后悔没能在医院停尸房和青城山上痛下杀手。谢老板曾多次告诫他"圣人处无为之事，行不言之教"，任何时候都不要过于贪婪，无为才能有所作为。作为一个将死之人，谢老板的感悟多多少少打动了雷同的心。可一想到自己悲催的遭遇和穷困潦倒的生活，他就觉得被欺骗了。再不挣扎，以后就没机会挣扎了。自从那次在直布罗陀海峡遭遇撞船事故后，他忘掉了过去的很多事，唯一没有忘掉的是安吉娜的笑脸。他被送到M国接受治疗期间，又认识了安吉娜的孪生哥哥本杰明，从此徘徊在道义和邪恶边缘。直到两个小时前得知妻子将离他而去，他才意识到自己变得一无所有是因为银行账户里一无所有。当马超等人从都江堰启程悄悄追赶孙哲时，他就抛弃了满嘴道义却抠门自私的谢福。他接受安吉娜的远程操控，为自己赌了一把，没想到最终还是栽在马超手上。

命中注定的克星，永远也躲不过。

"这是M国硅谷一家高科技公司研发的3D仿真脸皮。"马超盯着雷同手里的盒子，他还是不相信神秘莫测的绝密文件就在里面。"现在不仅是刷脸的时代，更是换脸的时代。但如果一个人的脸可以任意更换，太可怕了。科技进步需要正确引导，否则也会像病毒一样带给人类灾难。"

马超将恶心的仿真脸皮扔进垃圾桶，从贴心的欧阳芙蓉手中接过消毒液洗手。他轻松自在地掌控大局，这才是真正的王者风范。王者无所谓地位高低和财富多寡，而在于内心世界的强大和忠诚。

"雷同，不管你今天走到这一步究竟是为了什么，都没资格带走东西。留下它，还是留下你，自己选择。"马超用眼神提醒欧阳芙蓉做好准备以备不测，这个比机器人还冷酷顽固的男人不好对付。

"我真要走，没人拦得住。"雷同握紧拳头。这是豁出命的征兆，更是翻盘的最后机会。他直勾勾地瞪着马超，那是阻挡他变成王者的最大克星，不，这小子才是最可恶的幽灵。

马超从雷同的目光中看出了腾腾杀气，不由得倒退了一步。欧阳芙蓉挡在他面前，随时准备出手。

孙哲趁所有人暂时忽略了他的存在，猛然从地上爬起来抢夺盒子。

雷同猝不及防，闪身躲避。孙哲像条断尾的蚯蚓死死缠住雷同，将夫妻俩的小命都压了上去，

盒子在争抢中"咣当"掉在地上，出乎意料地四分五裂。

原来是个普通的檀木盒，那是当年孙哲送给周自横的礼物。因为那天，老周从一家木材厂拿到了第一个订单！

一些花花绿绿的纸片和卡片散落出来，有发票、公交卡、账单、合同等，就是没有所谓的绝密文件。

马超和欧阳芙蓉顿时目瞪口呆，他们又一次被愚弄了。世界乱套了，脑子再好都不管用。

盒子里是一个成功男人从无到有的证据，看一眼就能触碰到他曾经的心酸。多年前，来自贫困山村的周自横从上大学就不被待见，毕业后也屡屡受气。家庭条件稍好的孙哲不停地鼓励他，从经济上和精神上给予帮助。两人逐渐结下了患难友谊。

孙哲捧着木盒的残片，脆弱的心脏似乎也成了碎片。他想明白了，老周虽然知道他有背叛的企图，可一直没有揭穿，并非是诱使他自我暴露，而是不忍心失去最好的兄弟！

世间根本没有真正的幽灵，除非你把人心看得足够黑暗。

雷同从那堆破烂中没发现想要寻找的东西，嗷嗷大叫起来。他脑子里有个古怪的意念认定这是孙哲捣的鬼，将价值连城的宝贝变成了一堆废纸。

"你还我的'九歌王者'！"雷同飞起一脚将孙哲踹倒。

下 篇
没有谜底

孙哲受到重重一击，粗大的脑袋紧贴温暖的地面，身上所有的伤口都在痛。他没有发出一声哀鸣，也没有对袭击者表示愤怒，却紧紧抱住木盒的碎片。

他在忏悔，在重新思考人生的意义，除了金钱或许还有更宝贵的东西。

"放开孙总，'九歌王者'在我身上！"一个苍老但有力的声音从门外传来，"在我的血液里，在我体内的每个部位。"

这句话太有禅意了，不像科学家说的话，倒像出自哲学家之口。

众人扭头望去。

杨少波推着轮椅上的欧阳教授出现在门口。这才是助手应尽的义务，他可能是科研领域最帅的助手。

"爸，你这么快就出院啦？"欧阳芙蓉完全不信自己的眼睛，伸手触摸着父亲的面容。

老人呼吸平稳，脸色略显苍白，身上的大部分管子消失了。太奇幻了！

"我好像有点明白了，"马超自嘲和自黑道，"不，也许永远都不会明白！原来我也是个笨蛋，还自以为聪明绝顶。"

雷同听说文件在教授身上，张牙舞爪地冲上来。两个保安吓得缩到旁边。马超闭上了双眼，期待那阵美丽的旋风。

欧阳芙蓉蹲下婀娜的身段，使出一个惊艳绝伦的扫堂腿。

可惜力度不够，雷同踉跄的身子颤动了几下，没有倒地。

一个身影从后面猛扑上去抱住了雷同，用尖锐的碎木片狠戳他的脑袋。

孙哲恢复了蜂巢公司二当家的气度，为了捍卫公司的至高机密，他不惜玩命。他不是幽灵，又是幽灵，总是在别人意想不到时出手！

鲜血不断从雷同的头部冒出来，他英俊的面孔在鲜血的浸泡下变得狰狞和诡异。倘若他脑子里真有芯片，估计也被腐蚀了。

欧阳芙蓉吓得一手捂住眼睛，一手攥住马超的衣角。她有些晕血，需要呵护和安慰，这才是女孩的天性。

马超意识到自己是个纯爷们儿，是时候露一手了。

"还愣着干什么？快叫救护车和报警！"马超撕开嗓门冲龟缩在一起的保安们大叫。连续两晚没休息，他干燥沙哑的喉咙都快冒烟了。

他不再想是否还能控制局面，也不想控制局面。做个小人物没什么不好。让一切快点结束吧！他多么希望能坐在公园里泡一杯清茶，让温暖的阳光扫去所有的倦意和阴霾。

一周后的清晨，马超和欧阳芙蓉搀扶着欧阳教授登上了成都339电视塔。鸟瞰身下的这座梦幻之城，所有的烦恼都荡然无存。远处，西岭雪山的魅影正从缥缈的云海中渐次浮现，金灿灿的霞光任性勾勒在天与地的衔接处。诗圣杜甫笔下"窗含西岭千秋雪"的胜景犹如穿越千年，又亘古不变，那是瑰玮神奇的大自然与人们相看两不厌的画卷。

"教授，向您老请教几个问题。"马超不合时宜地说道，如同在画卷中投下败笔。

欧阳芙蓉挑眉剜了他一眼，马超佯作没看见。

其实，欧阳教授一直在等待提问，不用小马哥开口，就知道他心里藏着怎样的疑惑。教授坦言一开始并不知道孙哲在打科研项目的主意，因为他和老周都非常信任孙哲。表面上教授对他意见颇多，心里还是佩服他管理公司的能力。直到发现他偷偷更改过科研密室的密码，教授才真正警觉起来。教授委婉地提醒董事长，老周却没当一回事。两人是患难之交，曾有多少人离间他俩都无果。

没办法，教授只好独自提高警惕，并随时将助手杨少波带在身边。这或许是教授耍的一个小花招，因为很快就造成了一个错觉。孙哲果然深信小杨是绝密项目的实际参与者，将师徒俩同时纳入自己的渔网。教授至今不明白孙哲到底给他服用了什么药，以至于神经错乱，几乎不受控制，看到啥都觉得是幽灵。好在教授提前留了一手，在意识尚未完全丧失前将'九歌王者'彻底删除……"

马超忍不住插了一句："也就是说，那晚在公司遭受所谓的幽灵攻击时，你在故意配合孙哲演戏。"

"我是想让他彻底暴露，以便老周看清他的真面目。没想到他在我的日记本上找到了灵感，利用我对忠武堂的痴迷将游戏越玩越大。至于青城山上发生的那些怪事，应该是杨少波恢复神智后对孙哲的一点小小的报复，大概是受我的影响，小杨也对神秘的忠武堂充满敬畏。沉迷游戏的孙哲深知我和老周喜欢用传统方式保存科研项目内容，就自以为是地盗走文件放进了蓉欧班列的集装箱。人算不如天算，要不是你及时打电话向哈萨克斯坦警方求助，他的老婆早没命了。"

"举手之劳而已！"马超以敬佩的目光凝视着白发苍苍的教授，"我终于明白，你才是'九歌王者'，居然敢把病毒和抗体同时植入体内，以充分验证科研成果。当时你高烧不退，全身插满管子，虽然你解释过这个致命病毒在温度高于39度时没有传染性，依然危险重重，连医生也没有检测出来。好在主治医生收到你提前设置好定时发送的超级恒温芯片预警系统，否则真不知道如何应对。这种预警芯片系统真有你说的那么强大，能适用于机场、火车站、医院等所有公共设施的安检口？"

"那当然，我不就是最好的证明吗？医院里所有的检测设备都失灵了，甚至遭到病毒变异体的攻击，只有我发明的预警芯片排序系统能侦察到。这是一项建立在大数据基础上的综合性检测手段，可同时检测十多种病毒，并能在一分钟内实现潜在致命病毒和非致命病毒的快速区分，准确率高达90%，这便于安检员尤其是临床医生对患者病况进行优先级别排序及针对性治疗，大大降低病毒的传播风险！"

欧阳教授露出欣慰的笑容，笑容在朝阳下显得格外迷人。他的女儿也常常这样笑，那是善良者的标志。

"了不起！不过到现在为止，我都没搞清楚到底有没有绝密文件的存在，也许它的存在完全没意义。你才是我们国家最值得保护的人！真正的王者！"

老人喜欢年轻人的赞美，这能更好地证明他的付出是值得的。"当然有，杨少波正陪同老周带着文件前往北京，这项重要的科研成果属于国家，不属于个人，更不是金钱能衡量的。"

向来聪明绝顶的马超顿时感到整个天都快塌了，脸色刷地凝固了，形如面瘫。那是被挫败被羞辱的表现。眼前刚散尽的迷雾又开始重新聚拢，并迅速包裹了他的灵魂。这是他自始至终没有料到的。折腾了这么久，原来杨少波真是教授最信赖的助手，他小马哥也就刚刚转正而已。

欧阳芙蓉见马超情绪低落，这反而是她预料中的结果。从头到尾她都充当傻白甜，现在更是到了撒糖的时候。

她毫不手软地将马超拽进怀里，当着父亲的面送上一个香吻……

（完结）